A GOOD GIRL

L'auteur

Amanda K. Morgan vit à Nashville au Tennessee. Spécialiste du thriller psychologique *young adult*, elle est l'auteur de deux premiers ouvrages, dont l'un signé sous un autre pseudonyme.

Amanda K. Morgan

A GOOD GIRL

Traduit de l'anglais (États-Unis)
par Mathilde Montier

LUMEN

Titre original : *Such a Good Girl*

Pour Ryan et Lindsay

Ce qu'il faut savoir sur Riley Stone :

• Riley Stone est la perfection incarnée.
(Demandez autour de vous.)

Chapitre 1

Parfaite

— Qu'est-ce que ça t'a fait, d'être élue reine du bal de promo dès ta première année de lycée ?

Sydnee Grace Hill, chroniqueuse à la rédaction du journal de l'école, me sourit, assise de l'autre côté d'une table branlante dans ce que l'établissement de Hartsville High ose appeler une cafétéria – c'est un peu la déprime, cet endroit. Elle prépare un portrait sur moi, à paraître dans le prochain numéro. À chaque mois son élève de terminale. Le mien était prévu en août, mais je n'avais pas une minute à moi car je m'occupais à ce moment-là de lever des fonds pour un refuge contre l'euthanasie animalière. Ils ont donc reporté mon dossier de quelques numéros.

— Oh…

Agréablement surprise, je lui retourne son sourire. Elle a bien travaillé son sujet alors qu'elle débute, et c'est déjà pas mal, je dois dire.

— Tu sais, Syd, ce n'est pas moi au final qui suis devenue reine du bal.

Sydnee, qui vient à peine de rentrer au lycée et en est encore à prendre ses marques, rougit en entendant le diminutif.

— Mais c'est bien toi qui as récolté le plus de voix, pas vrai ?

— Oui, sauf que ça ne compte pas : les premières années ne sont pas autorisées à concourir. Si je me souviens bien, il me semble que c'est Madison Corrigan qui a été élue cette fois-là.

Comme si j'avais pu oublier le moment fatidique... J'ai encore en mémoire l'instant précis où l'on m'a annoncé que je ne serais pas élue. À la place, ils avaient donc appelé sur scène Madison, une grande blonde particulièrement cruelle, qui avait la réputation d'humilier les petits nouveaux devant sa clique de terminales. Elle les forçait à lui tenir ses livres pendant qu'elle allait aux toilettes, à faire sa lessive (y compris ses sous-vêtements et ses tenues de sport trempées de sueur) et même ses devoirs... À l'en croire, lui être dévouée ne pouvait être que bénéfique pour leur image.

L'élection avait sans doute été truquée – personne n'aurait voté pour quelqu'un qui traitait tout le monde si mal.

— Mais tu as gagné cette année, en revanche ! me fait remarquer Sydnee. Et toutes les précédentes...

Un léger sourire toujours accroché aux lèvres, je hoche la tête. J'ai beaucoup de chance. Voir qu'autant de monde vous apprécie et que cette affection ne repose pas sur l'intimidation et le subtil système de caste qui régit les rapports entre les élèves les plus jeunes et les plus anciens, ça m'émeut. Même si ça me fait un peu peur parfois, aussi.

— C'est un honneur, lui dis-je en toute sincérité. Je ne sais pas ce que j'ai fait pour mériter ça.

Elle retranscrit ma réponse mot pour mot. De lourdes boucles rousses retombent devant son visage – quelques mèches collent à ses lèvres luisantes de gloss rose bonbon.

— Est-ce que je peux vérifier quelques éléments factuels avec toi pour le portrait ? me demande-t-elle. Simplement pour m'assurer que j'ai les bonnes informations. Enfin, si tu as le temps, bien sûr...

Sa voix tremble légèrement.

— Mais je t'en prie !

— Tu as été acceptée à Yale, Stanford et Harvard, c'est exact ?

— Presque : Brown, pas Harvard.

Je la regarde cocher le nom des bonnes écoles et rayer Harvard. Elle s'éclaircit la voix.

— Très bien. Et tu es capitaine de l'équipe des cheerleaders depuis...

— Deux ans, maintenant. Depuis qu'Ilana Giavanni s'est fait une rupture des ligaments croisés, en fait.

Avec un hochement de tête, Sydnee prend des notes dans son carnet. J'aimerais lui demander d'enregistrer mes réponses avec son téléphone pour gagner du temps – mes révisions m'attendent ! –, mais elle semble tellement nerveuse que je n'ose pas en rajouter. C'est sans doute la première interview qu'elle mène pour le *Harts High Beat* (oui, c'est imprononçable !) et je ne voudrais pas lui donner l'impression qu'elle ne s'en sort pas comme un chef. Elle se débrouille plutôt bien, d'ailleurs. Je me rappelle ce garçon qui m'avait interviewée sans même parvenir à noter quoi que ce soit tellement ses mains tremblaient. Le pauvre, j'en étais malade pour lui.

— Est-ce exagéré de dire que tu n'as… jamais eu de mauvaise note de toute ta scolarité ?

Sa question me fait rire.

— Je crois que ça m'est arrivé une fois de rendre des lignes d'écriture franchement pas terribles en primaire. Mais oui, j'ai toujours eu de très bons résultats depuis… tu n'as qu'à mettre le début du lycée ?

— D'accord, répond Sydnee, très concentrée. Bon, le passage marrant du portrait, maintenant. Couleur des yeux : bleus… Taille : 1,70 m… Cheveux : blonds ?

— Mon coiffeur fait des miracles, tu ne trouves pas ? m'esclaffé-je en passant les doigts dans ma tignasse. En fait, je suis plutôt blond foncé, voire châtain.

La journaliste en herbe porte la main à sa bouche comme si je venais de lui confier quelque secret honteux.

— J'ai le droit de publier ça ? Que tu es une fausse blonde ?

— Tu peux même mentionner le nom de mon salon de coiffure si tu veux. J'aurai peut-être droit à une remise si je leur fais de la publicité gratuite ! plaisanté-je.

Je tire la langue en lui faisant un clin d'œil. Hilare, Sydnee émet une sorte de gloussement aigu avant d'enchaîner :

— Tu es originaire de Hartsville ?

— C'est là que je suis née et que j'ai grandi, oui.

— Parfait. Bon, maintenant, j'aurais besoin d'une histoire embarrassante.

— Hmm… (Je tapote mes lèvres, pensive.) Je me suis retrouvée coincée dans un ascenseur une fois.

— Quoi ? s'exclame-t-elle, les yeux écarquillés. Mais ça n'a rien de gênant ! Tu as surtout dû avoir la trouille de ta vie…

— Ça, je te le confirme ! D'autant que je venais de boire un énorme café latte au caramel et que je suis restée bloquée là, toute seule, pendant presque quatre heures.

Les prunelles de la jeune fille s'arrondissent encore davantage.

— Qu'est-ce qui s'est passé, alors ? Ne me dis pas que tu t'es fait pipi dessus, quand même ?

— Pas tout à fait… N'oublie pas que j'avais avec moi un gobelet vide de chez Starbucks !

— Non… sérieux ?

Je hoche la tête et Sydnee éclate de rire.

— Le temps que les secours arrivent, le récipient était plein. Impossible de faire passer ça pour du café – l'odeur, tu t'en doutes. C'était assez écœurant… Le technicien qui est venu me chercher a froncé le nez d'un air interloqué pendant toute la fin de la descente, si tu veux tout savoir !

Sydnee s'étrangle à moitié, puis se racle la gorge.

— Riley… Tu es certaine de vouloir que cette anecdote paraisse dans le journal ?

— Oh ça va ! dis-je avec un grand sourire. L'important, c'est que ce soit drôle, non ?

— O.K… Complètement dingue, cette histoire !

— Plus de peur que de mal… J'en ai bien ri, après coup !

Bon, j'avoue, si mes amies m'entendaient dire ça, elles n'en croiraient pas leurs oreilles… Car s'il y en a une qui prend tout au sérieux, c'est bien moi. Mais j'essaie de la jouer cool et d'assumer le rôle que Sydnee attend de moi.

La journaliste en herbe hausse les épaules et j'en profite pour me lever de table.

— Il faut que j'y aille, ma famille m'attend pour dîner. Mais si tu as d'autres questions, envoie-moi un SMS !

— Euh… sur ton téléphone ? me demande mon interlocutrice, perplexe. Je veux dire… ça ne te dérange pas ?

— Bien sûr que non ! insisté-je. N'hésite surtout pas.

Sydnee déverrouille son portable avant de me le tendre pour que j'y rentre mon numéro. Je l'enregistre dans ses contacts sous le nom « RILEY STONE ! 🙂 ! 💋 ». Au moment de le lui redonner, je vois qu'elle me dévisage avec de grands yeux, toute tremblante, comme si j'étais une sorte de célébrité. Pour essayer de détendre l'atmosphère, je me penche vers elle et je lui donne une accolade, puis je lui tapote l'épaule avant de poser son téléphone sur son carnet.

— Si tu as la moindre question, Sydnee, contacte-moi, d'accord ?

Une fois chaussées mes lunettes de soleil, je replace mes cheveux (teints) derrière mes oreilles et je commence à m'éloigner de la jeune fille restée assise dans la cafétéria du lycée.

— J'ai hâte de voir l'interview dans le journal ! Tu me tiendras au courant de la date de sortie, s'il te plaît ?

— Euh… c'est la semaine prochaine. À plus tard, alors, Riley !

— À bientôt !

Avant de la quitter, je lui lance un grand sourire pour essayer de lui faire passer le message : tout va bien, elle a assuré. J'espère que, du coup, elle aura un peu plus confiance en elle la prochaine fois !

— Tiens, ça vient d'arriver pour toi, dit ma mère en me tendant une enveloppe immaculée, ornée du logo *Princeton University* dans un coin.

Même si, comme d'habitude, nous sommes tous dans la cuisine, seul mon père s'occupe vraiment de préparer à manger. Ma mère se contente de sortir les ingrédients du réfrigérateur et de les lui poser à portée de main au cas où il en aurait besoin – comme ça, au moins, elle a l'impression de participer. À vrai dire, toutes les tentatives culinaires de la femme qui m'a donné la vie – quelles qu'elles soient – tournent invariablement au désastre. Elle arrive à peine à confectionner un sandwich au beurre de cacahuètes sans causer de sérieux dégâts ! Mon père, lui, est plutôt doué et, en cet instant, il surveille de près sa spécialité : une sauce tomate qui frémit dans la casserole et embaume la cuisine d'un parfum riche et puissant aux subtiles notes aillées qui en remontrerait à la plupart des cuisiniers de restaurants italiens ayant pignon sur rue.

— Qui veut goûter ? demande-t-il à la cantonade, sans vraiment s'attendre à recevoir de réponse.

Il sait déjà que sa préparation est un délice. Comme toujours.

— Dis, maman, tu as vu d'où ça vient ? demandé-je en agitant la lettre.

Princeton. Avec mon dossier, il y a de grandes chances pour que j'aie été acceptée. À vrai dire, je me doute bien de ce que contient le courrier, j'aimerais juste qu'elle m'accorde ne serait-ce qu'une seconde d'attention. Je ne demande pas la lune, même pas qu'elle se réjouisse – ce qui serait pourtant bien le minimum... – mais simplement qu'elle me regarde. Je glisse un doigt sous le coin de l'enveloppe.

— Maman...

— Une seconde, ma chérie.

Elle me tourne déjà le dos pour s'adresser à mon frère, Ethan, à qui elle jette un grand sourire, les poings sur les hanches. Lui a déjà attaqué le pain à l'ail qui nous attend sur la table – des miettes parsèment la barbe clairsemée qu'il essaie de faire pousser. Elles tombent sur ses genoux à mesure qu'il les époussette du revers de la main.

— Comment va-t-elle ? demande ma mère à voix basse, comme si toute la famille n'était pas déjà au courant que la petite amie d'Ethan est enceinte de six mois.

D'un autre.

Le scandale du siècle ! (Ou pas.)

Je renchéris en prenant à mon tour un morceau de pain à l'ail :

— C'est vrai, ça, quelles sont les nouvelles ?

Pas que je veuille me montrer désagréable, au contraire. J'ai vraiment envie de savoir. Sa copine s'appelle Esther et c'est une véritable sainte… Si on passe outre ses six mois de grossesse et le fait qu'elle s'est amourachée du mauvais garçon – qui n'était donc pas Ethan, vous l'aurez compris – avant de tomber amoureuse du bon (et là, oui, c'est bien de mon frère dont je parle !).

— Ça va, répond-il. Je l'accompagne à son prochain rendez-vous de suivi.

— Comme c'est gentil de ta part, mon chéri… s'exclame ma mère, rayonnante.

Je ressens comme un pincement au cœur. Me voilà en train de triturer une lettre venue de Princeton entre mes doigts pleins de graisse et ma mère ne fait même pas semblant de s'y intéresser ! En revanche, il suffit que mon frère se rende chez le gynécologue avec sa petite amie pour qu'elle dégouline d'amour et de soutien parental.

Je ravale ma déception. Ce n'est peut-être qu'une question de sujet : la maternité l'emporte sur la réussite académique. Sans doute retiendrais-je davantage son attention si mon utérus abritait son futur petit-fils ou sa future petite-fille.

Je m'assieds à la table de la cuisine, en face de mon frère, pendant que notre père ôte la sauce du feu et la verse dans un récipient. Je fourre dans ma bouche l'intégralité de mon morceau de pain – Sydnee et le lycée tout entier seraient tellement choqués ! – avant d'ouvrir le fameux courrier.

« Chère Riley E. Stone », commencé-je à lire la bouche pleine. (Je fais passer le tout avec une grande gorgée d'eau avant de continuer.) « Nous avons le plaisir de vous informer que vous avez été admise dans la promotion 2022 de l'Université de Princeton. »

— Génial, ma puce ! me lance mon père.

Il m'offre un sourire puis retourne à ses spaghettis, qu'il retire de la cuisinière pour les égoutter consciencieusement. L'eau bouillante siffle au contact de l'acier inoxydable de l'évier.

Ma mère me tapote machinalement l'épaule et mon frère me tend son poing serré pour un *check*.

— Est-ce qu'Esther vient dîner ce soir, Ethan chéri ? enchaîne ma mère.

— Dis-lui d'inviter sa famille si elle veut, renchérit mon père, toujours à ses pâtes. J'en ai fait pour une armée. En revanche, s'ils viennent, peux-tu demander à ses parents d'apporter du vin ? Un petit rouge conviendrait à merveille, mais je n'en ai pas acheté depuis des lustres.

— Ça m'étonnerait qu'ils puissent passer : son père est en déplacement professionnel, répond Ethan. Pour sa mère et ses sœurs, je ne sais pas.

Il me lance un petit sourire complice. Je pense qu'il culpabilise un peu de toujours me voler la vedette, même sans le vouloir. Il y a des gens comme ça… qui dégagent une sorte d'aura. Il a toujours attiré l'intérêt et la bienveillance des autres, et ce, même quand il accomplit des tâches pourtant banales, qui ne devraient normalement susciter aucune admiration.

Ethan est le genre de personne qui pourrait entraîner une armée entière dans une bataille perdue d'avance sans que ses hommes n'abandonnent jamais de leur ferveur guerrière.

Au lycée, je me rappelle, il a été suspendu deux semaines quand son prof d'espagnol a découvert qu'il séchait les cours pour organiser des tournois payants de *Call of Duty* (avec récompenses à la clé) dans l'auditorium. Et même après que dix des vingt joueurs ont eux aussi été punis (bien moins sévèrement que lui néanmoins, puisque Ethan était le meneur), il s'en est tout de même tiré avec un bénéfice proche de mille dollars. Pour continuer ses petites activités, il lui a suffi de changer de lieu : la cave de notre maison a ensuite accueilli ces événements clandestins en l'absence de nos parents.

Mon père dépose le saladier de pâtes au milieu de la table, bientôt suivi du bol fumant rempli de son onctueuse sauce au goût inégalé.

— Il paraît que Purdue est une excellente université ! lance-t-il à mon attention. Tu as beaucoup de chance, ma chérie, bravo !

Je baisse les yeux vers la lettre de Princeton, maculée de traces de gras jaunâtres. Pourquoi ne puis-je m'empêcher de croire à chaque fois que ce sera différent ?

— Excellente, oui… répété-je d'un air absent.

Personne ne prend la peine de corriger mon père – de toute façon, je ne suis même pas certaine qu'ils se soient aperçus de son erreur. Le plat de spaghettis commence à circuler de main en main. Ma mère réclame du parmesan et je me précipite vers le réfrigérateur pour lui en râper dans un petit bol rouge en m'exclamant :

— C'est vraiment délicieux, comme d'habitude, papa !

Chapitre 2

Amies

Dites-moi un peu ce qu'il y a de plus beau, au lycée, que de se voir attribuer une salle d'étude rien qu'à soi, tranquille pépère avec ses deux meilleures amies !

Bon, j'exagère peut-être un peu, là. Bien sûr qu'il y a mieux…

Partir en voyage en Europe tous frais payés, par exemple, ou gagner une Lexus flambant neuve avec sièges chauffants, climatisation et wi-fi, ou encore obtenir une fausse carte d'identité absolument indétectable pour s'assurer un accès prioritaire à une source inépuisable d'alcool avant même sa majorité. Mais tous ces rêves ne sont pas près de se réaliser parce que : a) d'après ma mère, c'est dangereux de voyager à l'étranger en ce moment (et elle n'en démord pas) ; b) mon père estime que ma voiture fait parfaitement l'affaire (ben voyons…) ; c) regardons les choses en face, je suis bien trop honnête pour me procurer des papiers falsifiés alors, les utiliser ? N'en parlons même pas !

Moi, je suis du genre à prendre des risques... mesurés, dirons-nous.

Cela dit, dans la catégorie des trucs sympas *et* accessibles, une salle d'étude perso réservée rien qu'à nous trois, ce n'est déjà pas si mal... Il y a deux ans, l'établissement a reçu une grosse subvention qui a été utilisée pour rénover la bibliothèque de fond en comble – d'où l'ajout de ces petites capsules insonorisées où les élèves peuvent travailler dans un cadre un peu plus intime, réviser en écoutant de la musique (dans la limite du raisonnable, bien entendu) ou échanger en groupe sur un devoir. Et, cerise sur le gâteau, ces alcôves bénéficient de vraies portes, ce qui signifie que pendant une heure, tous les deux jours, Kolbie, Neta et moi, on se réfugie là pour passer simplement un peu de temps ensemble (en toute tranquillité ou presque).

Bien entendu, lesdites portes sont équipées de parois vitrées qui permettent aux assistants documentalistes de s'assurer que personne n'en profite pour batifoler ou prendre de la drogue... Mais, en dehors de ça, nous sommes le plus souvent libres de faire ce que bon nous semble, du moment que ce n'est pas de l'ordre du grand n'importe quoi.

En théorie, on est censés travailler bien sûr... Je suis cependant presque certaine que, quels que soient l'époque et le lycée, personne dans ce pays n'a jamais entièrement respecté la fonction initiale de ce type de salle – à commencer par l'élève modèle que je suis.

Liam, un étudiant qui travaille à temps partiel à la bibliothèque du lycée, passe soudain sa barbe à rendre jaloux un bûcheron à la porte de notre cabine.

— Tout va bien de votre côté, les filles ? nous demande-t-il avec un sourire idiot.

Son regard s'attarde une demi-seconde sur Neta et ses oreilles virent au cramoisi. Occupée à enduire ses lèvres de gloss, mon amie s'interrompt, puis pivote sur sa chaise, les jambes croisées.

— Salut, Liam ! lui lance-t-elle, rayonnante. Ça avance, ton projet en sciences de l'information ?

Neta, qui ressemble ni plus ni moins à Sofia Vergara en plus jeune, a tendance à produire ce genre de réaction chez les garçons. Si elle n'était pas aussi sympa et si j'étais encline à la rivalité féminine (ce qui n'est pas le cas, puisque j'estime que des caractères forts tels que Neta et moi doivent se serrer les coudes), il me serait terriblement facile de la détester. D'autant que son charme ne découle pas que de son physique. Elle vient par exemple de recevoir une grosse bourse d'étude en récompense de son avenir prometteur en tant que femme d'affaires. Moi, je parie qu'elle deviendra PDG d'une grande entreprise ou même qu'elle fondera la sienne.

Liam lève le pouce – le geste est un peu maladroit.

— Plutôt bien, oui ! Merci, c'est sympa de demander… Si tu as besoin d'un coup de main avec tes devoirs, je suis là. Et ça vaut pour vous deux aussi, d'accord ? dit-il en nous pointant du doigt, Kolbie et moi, avant de caresser distraitement sa barbe qu'il entortille autour de ses doigts. Bon, à plus !

Le garçon a à peine le dos tourné que Kolbie s'empare du carnet de Neta sur la couverture duquel elle griffonne en violet fluo : « LIAM + NETA = AMOUR TOUJOURS ».

— Sérieusement ? Tu t'es crue en primaire ou quoi ? lâche l'intéressée d'un ton sec.

Mais le léger frémissement à la commissure de ses lèvres la trahit : elle s'efforce de ne pas céder à un fou rire.

— Je trouve ces gribouillis plutôt appropriés, pour ma part, répond Kolbie qui ajoute un petit cœur à côté du mot « toujours ».

— Je suis presque certaine qu'il s'intéresse à moi uniquement parce que tu ne lui parles pas, rétorque Neta avant d'attraper sa trousse d'où elle tire à son tour un stylo. D'ailleurs, Liam est plutôt séduisant quand on aime le style écossais en kilt. Je crois bien que je pourrais en faire mon affaire, figure-toi...

Lorsqu'elle arrache son cahier des mains de Kolbie, je me lève pour regarder par-dessus son épaule. Je ne peux pas m'empêcher de la taquiner :

— Alors pourquoi bafouer la déclaration de votre amour éternel ?

Neta brandit sous notre nez l'inscription rectifiée : « Meilleurs amis » est à présent écrit à côté du cœur raturé.

— Tu me connais, j'aime aller à mon rythme. Donner sa chance à l'amour, lui laisser le temps de se développer... faire preuve d'un peu de maturité, quoi !

— Moi pas ! rétorque Kolbie, catégorique. Quand j'ai rencontré Jamal, en deux secondes, je savais que c'était lui, le bon. Et le moins qu'on puisse dire, c'est qu'on n'a pas traîné. Pas comme toi en tout cas, petit escargot…

Du pied, elle repousse la chaise de Neta qui se met à tourner sur elle-même.

— Non mais oh ! proteste sa victime consentante. Moi, au moins, je ne joue pas les princesses comme notre chère Riley, ici présente, qui ferait passer la reine Elizabeth pour une fille facile.

— Laissez-moi en dehors de tout ça, O.K. ? articulé-je d'un ton exagérément maniéré, en étirant mes diphtongues comme une authentique aristocrate britannique. D'ailleurs, tout le monde sait que la reine Elizabeth cache bien son jeu. Mais ne sois pas jalouse, va. En plus, je suis d'accord avec toi. Moi aussi, j'aimerais y aller doucement si je rencontrais quelqu'un.

Mordillant le bout de son stylo, Kolbie lève un sourcil et, une lueur de malice dans le regard, me lance :

— Je dis ça comme ça, mais pour ce faire, il faudrait que tu sois volontaire pour y aller tout court. Or, d'après les rumeurs…

Je m'insurge aussitôt :

— Je suis exigeante, c'est tout !

Nos éclats de rire résonnent si fort que Liam vient frapper à la porte.

— Les filles, vous pourriez baisser d'un ton, s'il vous plaît ? Ou alors mettre un peu de musique pour ne pas déranger les autres ? nous demande-t-il avec un sourire contrit.

— Désolée, Liam… répond Neta, boudeuse, avant d'ajouter avec grandiloquence au moment où la porte se referme : Mais, je t'en supplie, ne laissons pas cet incident briser notre jeune amour !

De son sac à dos, Kolbie sort une enceinte Bluetooth qu'elle installe sur le bureau. Sitôt lancé l'album de The Features, elle pose ses baskets rouges sur la table. Je m'empare de l'objet pour l'examiner.

— Où as-tu trouvé ça ? Eh bien, Kolbie, je vois qu'on ne s'embête pas ! C'est de la super qualité, dis-moi…

Sacrée amélioration par rapport à un simple iPhone… Ce modèle vient tout juste d'être commercialisé par un magnat de la musique, autrefois rappeur, et il est clairement au-dessus de mes moyens.

— Ma mère m'a autorisée à taper dans l'argent de la campagne Zappos, répond l'intéressée avant d'ajouter avec une moue : Elle m'a forcée à placer tout le reste pour financer mes « études ».

Elle balance ce terme avec un tel dégoût qu'on pourrait croire qu'elle prononce le mot « poison », ou pire, l'expression « jean délavé », qu'elle considère comme has been… Comme si économiser pour l'université n'avait pas la moindre chance de lui être un jour d'une quelconque utilité.

Car en plus d'être mon amie depuis l'école maternelle (ce qui est déjà bien !), Kolbie est… top model. Enfin, presque. Du haut de son mètre quatre-vingt-cinq, elle a été repérée dans un café lors d'un week-end à New York avec sa mère. Un homme avec un jean ultra moulant et une longue écharpe jaune (c'est ainsi que nous l'a décrit l'heureuse élue) a glissé une carte de visite à sa mère et, en moins de temps qu'il n'en faut pour le dire, ma plus vieille camarade se retrouvait dotée d'un agent qui l'a ensuite propulsée dans le monde de la mode et des séances photos pour magazines. Vous l'aurez deviné, Kolbie est une fille sublime, douée de cette beauté un brin angélique que seuls possèdent les plus célèbres mannequins. Sa chevelure bouclée retombe en cascade sur ses épaules. Elle a des dents si parfaites qu'elles peuvent passer pour fausses et ses tenues lui vont toujours comme un gant. On dirait d'ailleurs qu'entretenir son look ne lui demande aucun effort et qu'il lui suffit de se rouler dans un tas de vêtements pour qu'ils lui collent à la peau et se transforment en œuvre d'art.

Inutile donc de préciser que Kolbie est très glamour et vêtue à la pointe de la mode. D'ailleurs, si elle n'était pas déjà la star du lycée, son contrat de mannequin l'aurait de toute façon consacrée.

Mais tout ça a peu d'importance : sitôt son diplôme en poche, elle déménagera directement à Manhattan pour poursuivre sa carrière. Jamal, son petit ami de longue date, en profitera de son côté pour s'inscrire à l'université de New York. Elle a déjà gagné un paquet d'argent. Elle a promis à sa mère d'aller à la fac en parallèle mais, soyons honnête, je ne crois pas qu'elle l'envisage sérieusement. Qui aurait cette discipline, avec un contrat de mannequinat de cette importance ? D'ailleurs, elle pourra toujours reprendre ses études plus tard... Alors qu'on n'a pas tous les jours l'occasion d'apparaître dans le numéro spécial « Ces ados qui ont le vent en poupe » de *Cosmo*. La semaine dernière, Kolbie nous a annoncé que le magazine allait lui consacrer une page entière, pour laquelle elle allait être payée la modique somme de cinq mille dollars. Quand Neta et moi avons appris la nouvelle, on lui a organisé une journée complète au spa pour fêter ça (payée de notre poche, cela va de soi) et je lui ai offert un abonnement de deux ans à la revue en question.

— Bon, Neta, dis-nous tout, lance soudain Kolbie, qui est le prochain sur ta liste, maintenant que RJ est sorti du paysage ?

Occupée à triturer un fil qui dépasse de son ourlet de pantalon, notre amie ne répond pas tout de suite. Elle adore porter des jeans effilochés, si bien qu'elle passe son temps ciseaux à la main histoire d'égaliser les brins qui dépassent ou d'agrandir quelques trous – attention, juste assez pour dévoiler un petit carré de peau nue, rien d'excessif.

— RJ… répond Neta avec un gros soupir.

— Qu'est-ce qu'il a de si exceptionnel ? dis-je. Il t'a quand même trompée avec Lorna l'été dernier, non ?

— Ils ne se sont même pas embrassés. Enfin, presque, mais…

— Est-ce que je dois te rappeler que c'est parce que tu les as interrompus que ce n'est pas allé plus loin ? renchérit Kolbie. Qui sait ce qu'ils ont « presque » fait ensuite, d'ailleurs ? Ou vraiment fait ? N'oublie pas les rumeurs sur RJ et Simone… Et Gabriella, aussi.

— Pitié… reprend Neta en sortant son livre d'économie de son sac. Ce n'est pas comme si je comptais le laisser revenir. J'aime bien le voir ramper : ce n'est pas interdit, à ce que je sache ! Et tout ce que je disais, c'est que je n'ai pas encore réussi à passer à autre chose.

— Neta…

Je tends le bras pour lui poser une main réconfortante sur l'épaule, mais elle me repousse gentiment, avec un sourire plein d'autodérision. On a beau être amies depuis presque toujours, elle n'est pas du genre à se laisser consoler facilement.

— On était ensemble depuis le collège, tu sais. Ce n'est pas facile d'oublier une relation comme celle-là. J'espérais juste… avoir un peu plus d'importance à ses yeux.

Kolbie mâchouille le bout de son stylo d'un air pensif.

— C'est normal. Mais si tu veux pouvoir tourner la page, il faut que tu penses à autre chose, ou encore mieux… à quelqu'un d'autre ! Voyons voir… (Elle se lève et s'approche de la paroi vitrée pour jeter un coup d'œil à la salle principale de la bibliothèque.) Qui est le gars le plus sexy du lycée ? Ça me semble être un bon point de départ.

Neta n'hésite pas une seconde :

— R…

D'un regard noir, Kolbie l'interrompt aussitôt.

— Ne t'avise même pas de penser à lui.

— Tu ne sais même pas ce que j'allais dire ! rétorque notre camarade en se renfrognant sur sa chaise. Et puis, j'ai du travail : laissez-moi me concentrer sur la question des retours sur investissements, merci bien !

Elle agite devant elle son devoir d'économie pour illustrer son propos… sauf que je sais qu'elle l'a réussi haut la main. Je m'approche par-derrière pour la serrer dans mes bras par surprise (« Quel talent d'actrice, Neta, on y croirait presque ! ») avant d'aller rejoindre Kolbie à la porte vitrée et de poursuivre :

— Il y aurait bien Donovan, le quarterback de l'équipe de foot. On est d'accord, dit comme ça, ça fait un peu cliché. Mais c'est l'archétype du mec populaire dans toute sa splendeur.

Près de la section magazines, le jeune homme feuillette un bouquin de la taille d'un pavé. Plutôt intelligent ce gars-là… Je me souviens que l'an dernier, il avait fait un sacré bon exposé sur James Joyce dans le cadre d'un devoir facultatif. Ce qui lui avait valu de sérieusement remonter dans mon estime, surtout quand on sait que le reste de son équipe avait enchaîné les analyses à la mords-moi-le-nœud sur la valeur nutritionnelle des repas servis à la cantine et la beauté des combats de *free fight*.

— Trop ennuyeux, tranche Kolbie, avant de me donner un petit coup de coude. Oh… pourquoi pas November ?

Je suis son regard. Le garçon en question, du genre hipster, a pour nom Francis Hastings Lee mais refuse qu'on l'appelle autrement que November depuis qu'il a commencé la guitare.

Je dois admettre avoir trouvé ça ridicule au départ : un caprice de starlette… Jusqu'à ce que je l'entende jouer. Il est tout bonnement incroyable. On raconte que trois grands labels lui font des avances. Je ne sais pas si les rumeurs sont fondées, quoi qu'il en soit, il a lancé une chanson ou deux sur iTunes et sa chaîne YouTube compte plus de 200 000 abonnés. Ce qui n'est quand même pas rien. Il faut dire que vivre près de Los Angeles, dont la moitié des habitants travaille dans l'industrie du divertissement, ça prédispose le moindre gamin de lycée à faire des étincelles.

— Hmm... pas très envie de rivaliser avec les groupies, intervient Neta. D'ailleurs, les filles, pas la peine de jouer les commères à la porte. Si vous vous basez uniquement sur le physique, le choix est évident, non ?

Kolbie pousse un lourd soupir, puis s'adosse à la vitre pour se tourner vers Neta.

— Oui, admet-elle, il n'y a pas photo.

— Euh... (Je lève les yeux vers Neta puis Kolbie.) On peut savoir de qui vous parlez ? J'ai dû rater un épisode, pour moi on a fait le tour.

— Tu oublies M. Belrose, entonnent-elles en chœur comme si la réponse coulait de source.

Ah, oui... Notre professeur de français.

Ou plutôt, devrais-je dire : le dieu grec au charme ravageur qui nous sert de professeur de français.

Mot-clé : « professeur », cependant.

Avec ses belles chemises boutonnées jusqu'au col, il semble à chaque fois sortir tout droit d'une série télé et s'être matérialisé comme par magie au beau milieu de notre salle de classe. Personne ne peut nier qu'il soit le plus bel homme à des kilomètres à la ronde (pour résumer – je vous la fais courte – il ressemble beaucoup à Ryan Gosling). Mais j'ai du mal à comprendre...

— Les enseignants ne sont pas hors catégorie ?

— Oh que non ! glousse Neta, les joues rosies. Aucun doute là-dessus, il est bel et bien dans la course ! Enfin, sérieusement, qui pourrait rivaliser avec lui ?

Ayant abandonné tout intérêt pour son devoir d'économie, elle s'en sert comme d'un éventail.

— Absolument personne ! renchérit Kolbie.

— Les autres n'ont pas l'ombre d'une chance ! insiste Neta. Ce n'est pas pour rien que notre lycée bénéficie du meilleur niveau de français de tout l'État : toutes les filles hétéros de l'école – plus quelques garçons – se sont inscrites à son cours !

— C'est aussi un très bon prof, ajouté-je, les mains sur les hanches. Mais on ne devrait pas imposer une sorte de limite d'âge ?

Kolbie tend un doigt accusateur vers moi.

— Tu es la pire prude que j'ai jamais vue, Riley. Il a quoi ? Vingt-huit ans... Grand max ! À côté de ça, on fantasme sur des célébrités qui en ont, je ne sais pas, moi, 86 ?

— Tu n'as pas l'impression d'exagérer un peu, là ?

— Tu vois ce que je veux dire, rétorque-t-elle en me fusillant du regard.

Elle n'a pas tort. M. Belrose a beau être prof, il est très jeune. Ça ne doit pas faire plus de quatre ans qu'il a terminé ses études. Peut-être un peu moins d'ailleurs – il n'y a encore pas si longtemps, il assistait le vieux M. Andersen-Kraus en cours de français.

— Il a vingt-six ans, intervient Neta. Le même âge que ton frère, Ri. Ils étaient dans la même classe.

Elle a raison, bien sûr.

— Eh bien, quel que soit son âge, il paraît que c'est la générosité incarnée, ce type, remarque Kolbie. Ce n'est pas lui qui a rassemblé près de dix mille dollars pour la recherche contre le cancer l'année dernière ? Ça, ça devrait te plaire, Riley.

— Et il est bénévole à l'hôpital sur son temps libre, renchérit Neta. Il fait la lecture aux enfants, change leurs bandages, ce genre de trucs, quoi. C'est l'homme idéal, je vous dis.

— Si seulement il n'était pas marié ! lancé-je, ironique. Vous oubliez qu'il a une femme.

J'agite mon annulaire d'un air entendu, mais Neta secoue la tête – ses boucles accompagnent le mouvement.

— Allez, Riley ! Détends-toi. Ce n'est pas comme si on envisageait vraiment de sortir avec un prof… On a bien le droit de rêver, non ?

Kolbie s'affale de nouveau sur sa chaise et repose les pieds sur notre table.

— Sérieusement, tu n'arrives même pas à admettre qu'il est sexy, je me trompe ?

— Il est, euh… très bel homme, si.

— « Très bel homme », répète Neta d'une voix suraiguë et mes deux camarades éclatent de rire.

— Ouh mes oreilles ! C'est vraiment moi que tu essayais d'imiter, ou Mickey Mouse ?

Et je fais mine de lui lancer mon livre de chimie à la tête – on s'écroule de rire sur nos sièges, toutes les trois.

Je suis en train de mimer l'assassinat de Neta quand la porte pivote sur ses gonds. Liam se fige sur le seuil, les yeux écarquillés.

— Euh… excusez-moi les filles, dit-il, je vous aime bien, mais faites moins de bruit s'il vous plaît. Et sois sympa, Riley, n'agresse personne, tu veux bien ?

Mon livre plaqué contre mon torse, les joues contractées à mort pour réfréner un fou rire, je m'efforce de rester sérieuse.

— Reconnais, Liam, qu'il faudrait vraiment inscrire ça dans le règlement de la bibliothèque si vous voulez que ce soit respecté.

— Je veillerai qu'on fasse poser des écriteaux, répond-il, ironique.

La porte a à peine eu le temps de se refermer que nous sommes de nouveau pliées en deux.

— Le défi de l'année, annonce Neta en essuyant ses larmes, caser Riley avec un mec ! (Elle se lève, brandit un stylo rose fluo avant de me toucher le bout du nez avec, comme si elle m'adoubait.) Que Dieu ou le père Noël m'en soient témoins, tu auras un petit ami avant le mois de mai, Riley Stone, quoi qu'il m'en coûte.

— Oh, non non non ! dis-je en battant en retraite. J'ai déjà tout ce qu'il me faut, merci !

— Tu es désespérante, ma vieille ! râle Kolbie en faisant mine de s'arracher les cheveux. Regarde-toi ! Tu es brillante, super drôle et carrément canon. (Elle énumère mes critères de séduction en les comptant sur ses doigts.) Je suis certaine que 200 % des gars du lycée rêveraient de sortir avec toi. Sans parler des potes de Jamal à l'université. D'autant que tu te plairais avec un étudiant, c'est certain ! Ils sont vachement plus matures.

— J'ai d'autres priorités, rétorqué-je en réajustant ma veste. Comme aller à l'université par exemple... et pas seulement pour y fréquenter des beaux gosses.

— Enfin, Riley, tu es déjà admise dans... quoi ? Huit établissements ? s'insurge Kolbie. En plus, c'est un plaisir de sortir avec un mec, tu t'en rends compte, tout de même ? Pour peu que tu en dégottes un qui n'est pas un gros crétin comme RJ, bien sûr...

Neta commence à protester mais est tout de suite interrompue par notre camarade, qui reprend :

— Tu sais bien que j'ai raison. Bref, tout ça pour dire, Riley, que c'est la meilleure chose qui puisse t'arriver. Tu sais, Jamal est un garçon adorable. Être avec lui me rend un peu plus heureuse chaque jour.

Je ressens un étrange pincement au cœur. Je repense à Ethan et Esther, à leur couple un peu bancal et pourtant si parfait.

Mais aussi au fait que, malgré toutes les erreurs que mon frère a commises, j'ai toujours eu l'impression que mes parents lui réservaient en toutes circonstances des trésors d'indulgence. Que tout ce qui le concernait avait... davantage d'importance à leurs yeux, étrangement.

Aujourd'hui encore, j'aimerais tellement qu'ils soient vraiment fiers de ma réussite, qu'ils se comportent un peu plus avec moi comme avec lui... Mais à chaque fois qu'on est présents tous les deux, c'est comme s'ils étaient irrésistiblement attirés par lui. Je les vois même graviter physiquement vers lui... Comme s'il était plus sympa, plus facile à vivre que moi, alors même que j'ai toujours fait tout ce qu'il fallait et qu'Ethan… eh bien… Il est ce qu'il est, quoi.

Il a eu son lot de petits soucis, dirons-nous. De ce côté-là, c'est un adolescent ordinaire – respecter les règles, ce n'est pas du tout son truc.

— Allez, Riley ! insiste Neta qui me prend dans ses bras. Ça pourrait être tellement bien ! On ferait même des sorties en couples !

La main posée sur l'épaule de mon amie, je réponds :

— Écoutez, les filles, je vous adore. Vraiment. Mais dès que j'ai mon diplôme, je mets les voiles. Sauf catastrophe, une grande université me tend les bras. Et qu'est-ce que je ferais, alors, d'un petit ami ? Il ne ferait que me ralentir, et puis… depuis quand ai-je besoin de quelqu'un pour être bien ? Je suis une femme forte, je me suffis à moi-même !

Avec un clin d'œil, je lève le bras en contractant le biceps, à l'image de Popeye. Kolbie pose son menton sur son poing et pousse un gros soupir.

— Je n'ai jamais dit que tu avais besoin d'un homme, Riley. Mais de t'amuser, ça, oui.

— Je ne fais que ça, de m'éclater, répliqué-je. Tout le temps !

— Ah oui ? réplique Neta. Quand as-tu enfreint une règle pour la dernière fois ?

— Restez dans les parages, je suis bien décidée à mâcher du chewing-gum pendant mon prochain cours, dis-je avec espièglerie.

Neta, exaspérée, lève les bras au ciel – un geste qui me rappelle ma mère lorsqu'elle est contrariée.

— Tu es désespérante, Riley ! Mais je n'abandonnerai pas si facilement. Crois-moi, tu auras un rencard avant la fin de l'année.

Pendant une poignée de secondes, je joue avec l'espoir qui gonfle ma poitrine : celui de mener une vie de lycéenne normale. Sortir avec quelqu'un ne serait peut-être pas si mal, après tout.

Puis je tue ce désir comme on mouche une chandelle.

Je vaux mieux que ça.

Chapitre 3

Leçons

— *Bonjour, tout le monde* * [1], lance M. Belrose.

Nonchalant, une pile de feuilles à la main, il sourit à ses élèves qui rentrent dans la salle de classe les uns après les autres.

Il y a quelque chose d'inimitable dans sa voix… une nuance qui ne ressemble à aucune autre. Quelque chose en lui… qui me donne des frissons, là, jusque sous la peau de mon échine.

Je me prends le front entre les mains, comme si j'étais simplement un peu fatiguée, et j'appuie discrètement les paumes contre mes paupières, histoire de reprendre un peu mes esprits.

Thea Arnold, une terminale dotée d'un goût bien trop prononcé pour les bijoux, s'arrête tout près de lui.

— *Bonjour, monsieur* *… minaude-t-elle d'une voix volontairement aguicheuse.

---

[1] Tous les passages en italiques suivis d'un astérisque sont en français dans le texte. (N.d.T.)

Derrière elle, ses amies gloussent avant de prendre place au premier rang, le plus près possible du bureau, où elles s'amusent à croiser et décroiser les jambes, à multiplier les moues boudeuses et à se mettre du gloss brillant à longueur de cours.

— *Bonjour, Thea**, répond M. Belrose d'un ton neutre.

Il la salue d'un petit hochement de tête tandis qu'elle s'installe juste devant lui, à sa place habituelle.

L'enseignant, plutôt conciliant, laisse chacun s'asseoir là où il veut. Il n'est pas comme les autres professeurs, qui mettent un point d'honneur à faire des plans de classe. Bien entendu, la plupart des filles investissent les premières rangées. Sauf moi. J'avoue que je trouve la manœuvre un peu désespérée. Je la comprends tout à fait – comme elles savent pertinemment qu'elles ne fréquenteront jamais un enseignant marié, qui plus est mignon à tomber à la renverse, elles cherchent à profiter du spectacle autant que possible. Mais, un peu de dignité, tout de même ! Moi, le troisième rang me convient très bien : je suis assez près pour pouvoir suivre la classe sans en perdre une miette, mais pas assez loin pour passer pour un cancre – quelle abomination !

Sitôt la majorité des élèves installés, M. Belrose commence à distribuer son paquet de feuilles.

— Qu'est-ce que c'est ? demande aussitôt Thea d'un ton soupçonneux.

Elle a beau apprécier la vue de notre professeur, elle n'est pas pour autant du genre bûcheuse. Cela dit, il paraît qu'elle ne doit ses notes qu'à la paresse : selon la rumeur, elle aurait passé un test de Q.I. dont les résultats étaient excellents – un véritable petit génie caché ! Voilà qui expliquerait d'ailleurs comment elle a pu avoir accès à ce cours, réservé normalement aux meilleurs éléments.

— *En français* *, la reprend l'enseignant.

Il a une voix, disons… intéressante. Son ton n'appelle à aucune négociation – nous connaissons de toute façon les consignes –, mais il est comme… empreint de douceur. Engageant, attentif et…

Non, M. Belrose ne m'intéresse pas. Pas du tout, même. Tout ce qui compte, ce sont mes études, mon avenir. Je suis une fille responsable, j'ai la tête sur les épaules, merci bien. Il y a bien un ou deux acteurs célèbres auxquels je ne dirais pas non… Mais les figures d'autorité, c'est pas mon truc. Surtout pas les enseignants. Pas les hommes qui portent de belles chemises cintrées et parlent d'une voix grave qui leur donne l'air suprêmement intelligent…

— *Qu'est-ce que c'est* * ? répète Thea en articulant lentement.

— *Une interro surprise* * ! répond notre prof, tout sourire.

Je me redresse d'un coup. Dans ce domaine, je suis la reine. En fait, j'ai réussi avec brio tous les tests du genre que Belrose m'ait jamais soumis.

Garrett, la star de l'équipe de baseball, fait semblant de s'étrangler. Cay, l'un de ses amis, lui donne une tape sur le bras.

— Fais gaffe, mec ! *En français* * !

Toute la classe éclate de rire.

— *Un point supplémentaire pour monsieur Burke* * !

Le sourire aux lèvres, notre enseignant pointe Cay du doigt d'un geste théâtral. Voilà aussi pourquoi tout le monde adore M. Belrose : il jouit d'un incroyable sens de l'humour. N'importe quel autre professeur aurait été contrarié par la plaisanterie de Cay, lui pas du tout. Plus fort encore, il le récompense. Ce n'est qu'un point, bien sûr, mais cet homme sait y faire, non ?

Je jette un rapide coup d'œil à la feuille qui a atterri sur mon bureau. Ça m'a l'air plutôt facile… Une simple liste de verbes, juste un petit tour d'horizon. Et des vieux, en plus. C'est une habitude de Belrose. Il nous interroge sur des leçons vues plusieurs semaines auparavant, pour s'assurer qu'on les a vraiment bien mémorisées. Il ne veut pas qu'on se rappelle une règle de grammaire juste le temps de passer une interro pour l'oublier ensuite à mesure que de nouvelles informations nous arrivent. Il veut qu'on intègre vraiment le français, qu'on l'apprenne comme lui l'a appris… qu'on puisse au final se balader dans les rues de Paris, Tours ou Nice sans être complètement perdus, que faire des courses, demander notre chemin ou tenir une conversation de tous les jours se retrouvent petit à petit à notre portée… Bref qu'on sache se débrouiller, en somme !

Je réponds rapidement aux questions tandis que Belrose circule dans les allées. On entend parfois ses petits claquements de langue réprobateurs quand il passe derrière certains élèves.

— *Très bien* *, glisse-t-il à quelqu'un.

Avec lui, c'est toujours difficile de se concentrer pendant les examens. Comme je suis la première à avoir terminé, je vais déposer ma copie sur son bureau. Au moment où il se penche vers Teri von Millhouse, il profite de ce que nos regards se croisent pour me faire un clin d'œil.

Lèvres pincées, sans le gratifier du moindre sourire, je lui tourne le dos avant de retourner d'un pas désinvolte vers mon siège où je me rassois, la colonne vertébrale et les épaules bien droites. Je laisse mon esprit vagabonder au gré des affiches que M. Belrose a accrochées au mur : des photos de la Seine, des reproductions de peintures du Louvre, de ravissantes photos aériennes de la Côte d'Azur et une petite image très clichée de la tour Eiffel, un incontournable dans toute classe de français qui se respecte. Je ne me retourne pas vers M. Belrose.

Mon professeur de français ne m'intéresse pas.

Non, pas du tout. Ou du moins, pas de cette façon. Il faut plus qu'un beau visage et un accent français impeccable pour me faire perdre pied. Peu importe qu'il m'ait lancé un clin d'œil ou qu'il m'accorde en général plus d'attention qu'aux autres. Ce qui est probablement normal quand on est la meilleure de la classe.

Ce qui compte, en revanche, ce sont mes notes. Et *Les Misérables*, l'une de mes grandes passions dans la vie.

D'ailleurs, puisqu'on en parle…

Je me laisse aller contre le dossier de ma chaise pour extirper de mon sac mon exemplaire du roman. J'essaie de me plonger dans sa lecture, mais mon regard dévie immanquablement vers M. Belrose qui retourne s'installer à son bureau où il s'attaque à la correction des devoirs en attendant les retardataires. Il ne relit pas le mien d'entrée de jeu, puisque je l'ai rendu en premier : ma copie se trouve tout en dessous de la pile. Le professeur passe plusieurs minutes à raturer de rouge bon nombre de mauvaises réponses avant d'atteindre la dernière feuille, où il inscrit un 18.

Ce n'est pas comme si je pouvais vraiment lire la note depuis ma place, mais aux mouvements de son poignet, je devine que le deuxième chiffre n'est autre qu'un 8.

Avec un petit sourire secret, je continue à mâchouiller le bouchon de mon stylo. Quelques minutes plus tard, l'enseignant se lève pour distribuer les copies.

— Bon, je vais repasser à l'anglais, le temps de voir la correction ensemble. Quand je vous donne un verbe, vous me répondez avec son équivalent français. Voyons voir... Thea !

Choisie en premier ! Sa groupie numéro un rayonne de joie.

— Allez, on commence par des choses faciles : *to make.*

— *Faire* *, récite-t-elle.

Même si son accent est loin d'être au point, elle connaît son vocabulaire sur le bout des doigts. Je me demande bien pourquoi...

— Correct, répond M. Belrose avec un sourire.

Le regard de la jeune fille s'embrase comme un feu d'artifice, puis le professeur enchaîne sur le deuxième mot :

— Et maintenant, à qui le tour ? Hmm... Riley ! Riley, comment dit-on *to kiss* ?

Mes joues s'enflamment sans prévenir. Bien entendu, le verbe français correspondant ressemble énormément au mot *embarrasser* *... Exactement ce qu'il est en train de faire avec moi en ce moment même.

— *Embrasser* *.

— Et sans surprise, Riley connaît la bonne réponse !

Son sourire s'élargit davantage qu'avec Thea. À peine est-il passé à un autre élève que mes pommettes s'empourprent de plus belle. Tête baissée, je fais retomber mes cheveux en rideau devant mes yeux en priant pour que personne ne me regarde.

M. Belrose ne m'intéresse pas, je vous l'ai déjà dit ? Non, pas du tout.

— Tout va bien, là-dessous, Stone ? demande Garrett qui me plante la gomme de son crayon entre les côtes.

Je l'ignore. J'ignore tout le monde, même après que le rouge écarlate de mes joues se soit dissipé et que la cloche ait sonné. J'ai laissé passer près de quatorze questions dont je connaissais la réponse mieux que quiconque dans cette classe. En toute hâte, je fourre mes manuels dans mon sac avant de me diriger vers la porte. Mes mèches blondes camouflent toujours mon visage.

— Riley ? *Un instant, s'il te plaît* *.

Non, je n'ai pas rêvé, M. Belrose cherche bien à me retenir.

Dans mon esprit se matérialise soudain la pensée, complètement incongrue, de ces moines, quelque part en Asie, capables de contrôler leur corps au point de ralentir leur pouls par la simple force de leur volonté. Comme j'aimerais jouir de ce pouvoir à présent...

Lentement, je me retourne vers mon professeur.

— *Oui* * ?

Son visage s'adoucit, les plis et les angles sévères de son masque habituel d'enseignant se lissent. Il adopte une expression presque amicale.

— Je voudrais te dire deux mots. Est-ce que tu as un moment ?

Je replace la bretelle de mon sac à dos sur mon épaule. J'ai mal rangé mes livres et le coin de ma méthode de français me rentre dans le dos, près de ma hanche droite. Je me concentre sur ce détail. Mon manuel, rien que mon manuel.

— Je vous écoute.

Nous sommes si proches l'un de l'autre... je sens les battements irréguliers de mon cœur. Saleté de corps qui me trahit, inutile de le nier : je suis sous le charme. Encore quelques secondes et je vais imaginer ses mains sur ma peau... Mon Dieu, il faut absolument que je me ressaisisse, et vite !

Quelque chose derrière moi semble soudain retenir l'attention de M. Belrose.

— En fait, on verra ça une prochaine fois, d'accord ? Félicitations pour l'interro, tu as vraiment fait beaucoup de progrès, cette année.

Intriguée par ce revirement, je suis son regard pour découvrir que l'un des joueurs de l'équipe de basket, qui vient d'être transféré d'un autre lycée de la ville, fait la queue après moi pour lui parler.

Hmm… Quel que soit le sujet que voulait aborder M. Belrose, il ne souhaite apparemment pas l'évoquer devant un tiers.

Mon estomac fait un bond, que je m'efforce aussitôt de maîtriser. Peu importe ce qu'il avait à me dire… ça n'a aucune importance.

Absolument aucune.

Je carre les épaules, avant de sortir de la classe.

Je ne flirterais pas avec lui. Et jamais il ne le ferait avec moi. Je ne suis pas comme Thea. Ce qu'il y a entre M. Belrose et moi est différent, puisque nous avons… un passif.

N'oublions pas qu'il a le même âge que mon frère.

Je remonte le couloir jusqu'à mon casier, que je déverrouille sans même y penser. Je range mes livres et récupère ceux dont j'ai besoin : ils sont proprement alignés, étiquetés par couleur en fonction des cours.

M. Belrose m'a déjà apporté son aide par le passé.

Il n'a en effet pas toujours été professeur.

Fut un temps, il n'était qu'un ami de mon frère que je connaissais sous le nom d'Alex et le conseiller craquant qui travaillait auprès des jeunes de la paroisse, dans l'église où, chaque année, nous levions des fonds en faveur de centres contre les violences domestiques. Fut un temps, je ne me souciais pas outre mesure de lui adresser la parole. À l'époque, il ne coiffait pas ses cheveux avec autant de soin, pas plus qu'il ne portait de chemises boutonnées jusqu'au col et de vêtements kaki. À l'époque, il surveillait beaucoup moins son langage. C'était avant qu'il n'aille passer son année de terminale en France, où il a rencontré Jacqueline. Avant qu'il n'épouse quelqu'un tout droit sorti d'un tableau impressionniste.

Je me souviens d'un jour, en particulier.

Un moment partagé avec Alex. Et non M. Belrose. Pas à cette époque, en tout cas.

Je faisais du bénévolat. C'est important pour moi. Pour être honnête, ça fait même partie intégrante de ma vie. Ce n'est pas juste une ligne sur mon CV. D'ailleurs si je devais lister toutes les œuvres de charité auxquelles j'ai participé, il faudrait abattre tout un pan de forêt rien que pour le papier.

Cette après-midi-là, je collectais des vêtements pour les victimes de violences domestiques. La nuit précédente, ma mère et moi avions passé en revue la totalité de son dressing plein à craquer et je m'étais amusée à essayer ses talons aiguilles pendant qu'elle triait ses vieux T-shirts avec des exclamations étouffées à mesure qu'elle redécouvrait ce qu'elle portait autrefois.

— *Tu es certaine que quelqu'un voudra vraiment porter ça ?* m'avait-elle demandé, le nez plissé, en exhibant un pull orné d'un petit rouge-gorge brodé sur la poche de devant. Je ne voudrais pas les insulter.

Perchée sur sa plus haute paire de stilettos dont elle refusait de se séparer tout en jurant qu'ils étaient vraiment trop inconfortables, je m'étais approchée d'un pas incertain de la pile de vêtements à donner et y avais ajouté l'habit incriminé.

— *Ça ira très bien.*

Au bout de plusieurs heures, j'avais fini par emporter tant bien que mal un énorme sac-poubelle noir.

M. Belrose (Alex à l'époque) m'avait vue franchir la porte les bras chargés, croulant sous le poids de mon barda. D'une main, j'avais coupé court à sa tentative de me soulager de mon fardeau.

— *Je m'en occupe !*

J'avais tiré le ballot jusqu'au stand où nous avions tous les deux été assignés avant de le hisser sur la table.

Il ne s'était pas départi de son sourire. Incapable de dire s'il me trouvait bête de refuser son aide ou si je l'impressionnais, j'avais opté pour cette dernière hypothèse, celle qui faisait de moi une fille indépendante et audacieuse que les gens admiraient. Mais lorsque j'avais écarté de mon visage les mèches qui collaient à ma peau couverte de sueur (j'avais la très mauvaise idée de porter la frange à cette époque), il s'était quelque peu rembruni.

— *Ça n'a pas l'air d'être la grande forme, Riley.*

Il avait soutenu mon regard – et fixé mon œil gauche qui se parait d'un cerne violet tirant sur le noir.

Je lui avais souri autant que mon visage me le permettait. Si la douleur était supportable, ma paupière me lançait en permanence sans jamais se faire oublier. Le soir précédent, durant un match de basket, j'avais reçu un coup de coude d'une fille qui ressemblait davantage à Thor qu'à une élève de quatrième.

Ce qui m'avait fait rater mon panier à trois points.

Et même l'un des deux lancés francs qui avaient suivi, puisque je ne voyais rien de l'œil gauche.

(C'est peu de temps après cet incident que j'avais décidé de devenir cheerleader à temps plein – une activité qui me correspondait bien mieux.)

— *Soirée difficile,* avais-je marmonné en ouvrant le sac-poubelle. *Bon, on trie ça comment ?*

— *Euh, chaussures, pantalons, T-shirts. Puis par taille. Qu'est-ce que tu as, là-dedans ?*

J'avais sorti un pull à col roulé rose.

— *Celui-ci, c'est du M. Mais ma mère devait faire du 36 ou du 38 à l'époque.*

— *D'accord.*

Alex s'était penché pour attraper une poignée de vêtements, avant de commencer à les répartir en plusieurs tas sans même les plier.

Une femme avec une énorme barrette en forme de banane dans les cheveux s'était alors approchée de notre table, les bras encombrés par une boîte qui puait le moisi.

— *J'ai des habits à donner,* avait-elle dit. *Je peux vous les laisser ?*

— *Vous êtes au bon endroit !*

Malgré le sourire que je m'étais efforcée de lui adresser, elle s'était contentée de continuer à mâcher son chewing-gum, d'un air inexpressif.

— *Vous pouvez me donner un reçu pour les impôts ?*

Je l'avais dévisagée.

— *Euh…*

— *Si ce n'est pas possible, je les ramène chez moi,* avait-elle prévenu, la main déjà agrippée à son butin. *Y a que des belles choses, là-dedans.*

L'un des pulls à motif cachemire de ma mère sur l'épaule, Alex était venu à la rescousse.

— *Je m'en occupe.* (Il m'avait lancé le vêtement.) *Corvée de triage, Riley.*

Avec un grand sourire, il avait tiré un carnet de sa poche arrière.

Une minute après que j'aie recommencé à trier les habits que j'avais apportés, Alex était revenu avec la boîte moisie qu'il avait ouverte dans un nuage de poussière.

— *Riley,* m'avait-il interpellée à voix basse, de sorte que personne ne nous entende dans les stands voisins, *je peux te poser une question très sérieuse ?*

J'avais levé les yeux vers lui, puis hoché la tête. Pour une raison étrange, mon cœur battait la chamade. Le sang me pulsait aux oreilles, comme des basses surpuissantes qui vrombissent à l'intérieur d'une voiture.

— *Bien sûr,* avais-je répondu d'une voix à peine plus forte qu'un murmure.

Avec agilité, il avait attrapé un foulard en soie lavande qu'il avait enroulée autour de son cou avant de poser la main sur mon épaule.

— *Dis-moi franchement... Cette couleur me va-t-elle au teint ?*

Les lèvres frémissantes, il retenait un sourire narquois.

J'avais éclaté de rire. Malgré la douleur cuisante qui s'en était suivie à cause de mon œil, je n'avais pas pu m'en empêcher.

— *Absolument pas,* avais-je répondu en lui reprenant l'étoffe.

Le tissu avait glissé de ses épaules en un claquement sec.

— *Qu'est-ce qui se passe ici ?*

Au son de la voix familière qui avait couvert mon rire, nous nous étions retournés.

Ethan…

Tristement fidèle à lui-même. Ses cheveux en bataille se dressaient en épis d'un côté, comme s'il s'était endormi contre une surface plane, et vu l'odeur qui émanait de lui… il avait bu. Encore.

Et pas qu'un peu.

— *Tu es en avance,* avais-je dit, glaciale, mais très calme. *Tu étais censé venir me chercher dans une heure.*

— *Hello, ça va ?*

Alex et Ethan s'étaient salués d'une accolade à mi-chemin entre la poignée de main et la bourrade amicale. Sauf que mon frère tenait à peine sur ses jambes.

Il avait secoué la tête comme pour s'éclaircir les idées.

— *Ouais, nickel. Y aurait un endroit où je pourrais m'asseoir ?*

Mon collègue et moi avions échangé un bref regard. Laisser quelqu'un de soûl s'installer à notre stand contre les violences domestiques ne serait pas du meilleur goût.

— *Euh, oui. Écoute, tu ne veux pas aller t'allonger quelques minutes, plutôt ?*

Alex avait saisi Ethan par le bras pour le guider derrière les hautes piles de vêtements, où il avait jeté par terre quelques sweats à capuche. Ethan s'y était allongé, la tête posée sur un chemisier à fleurs roulé en boule en guise d'oreiller.

— *Tu crois qu'il va réussir à rester éveillé encore longtemps ?* avait chuchoté Alex en revenant vers moi.

— *À priori, il n'est déjà plus des nôtres,* avais-je répondu avec un hochement de tête. *Au moins, on est tranquilles... à condition qu'il ne se mette pas à ronfler !*

Un vieil homme avec une canne s'était approché de notre table et Alex l'avait aidé – de mon côté, j'observais mon frère à la dérobée : à ses paupières closes et sa bouche légèrement entrouverte, je pouvais en déduire qu'il dormait.

De mon sac à main, j'avais extirpé un déodorant en spray et en avais vaporisé dans sa direction, dans l'espoir que personne ne sente les relents d'alcool qui se dégageaient de lui. Je ne voulais pas que l'on voie mon frère dans cet état. Que l'on ait cette image de lui.

Il valait mieux que ça. Il méritait mieux. Personne ne comprenait ce qui ne tournait pas rond chez lui, à cette époque. Moi, pas plus que les autres. Il rentrait tard le soir, dormait toute la matinée et ne me parlait plus. Mais cette loque, ce n'était pas lui.

Restait malgré tout un problème : il n'allait pas dessoûler dans l'heure. Ou même avant le soir. Il allait donc falloir que je trouve une autre solution pour rentrer à la maison. Je me voyais mal appeler mes parents : ils étaient déjà furieux contre Ethan, pas question d'aggraver la situation.

Je m'étais affalée sur une chaise avec un gros soupir. Quelques minutes plus tard, Alex m'avait rejointe, avant de s'asseoir par terre en tailleur, à mes pieds.

— *Ça va ?* m'avait-il demandé, en me regardant droit dans les yeux à travers ses mèches ébouriffées.

— *Oui, oui.*

Ces quelques mots, automatiques, m'avaient échappé avant même que je ne me rende compte du mensonge éhonté que je venais de proférer. Une attitude que j'avais d'ailleurs toujours adoptée, sans doute. Il est vrai que cette question fait partie de celles auxquelles on n'attend pas vraiment de réponse. Est-ce que c'est quand même tromper quand on n'est pas censé dire la vérité à la base ?

— *Ton œil…*

Il avait esquissé un geste pour me toucher, mais s'était ravisé à mi-chemin.

— *Je sais,* avais-je dit avec un hochement de tête. *C'est pas terrible.* (J'avais hésité l'espace d'une seconde.) *Je… ne suis pas au mieux de ma forme, on va dire.*

J'étais bien consciente de l'induire en erreur. Lui croyait que je parlais seulement de mon coquard, alors qu'en réalité, c'était faux. Ma remarque était plutôt d'ordre général et englobait tout. Tout le reste.

— *Enfin, ça va aller, hein,* m'étais-je repris en désignant ma paupière. *Une joueuse s'est juste montrée un peu agressive pendant le match d'hier.*

Alex s'était contenté de me lancer un regard interrogateur. Il était patient, n'insistait pas, pourtant la question, inexprimée, flottait entre nous. Je le voyais dans ses yeux.

— *Ça ne va pas très bien à la maison en ce moment.* (J'avais jeté un coup d'œil vers Ethan pour m'assurer qu'il dormait toujours.) *Ethan rentre toujours complètement soûl. Mes parents sont furieux, mais mon frère essaie juste de gérer la situation comme il le peut. Après tout, ce n'est pas comme si mon père ne buvait pas, lui aussi.*

— *Ah bon ?* s'était étonné Alex.

J'avais acquiescé d'un signe de tête.

— *Parfois, ça me fait peur… Je crains qu'un matin… il ne se réveille pas. Quant à ma mère… c'est juste une coquille vide. Elle est creuse… Et elle a beau afficher l'image de la femme parfaite de l'extérieur, c'est comme si elle n'était même plus humaine à l'intérieur. C'est pareil pour nous tous, d'ailleurs : on est semblables à ces petites figurines de plastique qui paraissent ne présenter aucun défaut, jusqu'à ce que l'on repère les points de soudure.*

Soudain consciente de l'amertume qui pointait dans mes propos, je m'étais interrompue. J'avais tourné la tête vers le stand de droite pour vérifier que les trois femmes qui s'y activaient ne prêtaient pas attention à nous.

— *Garde ça pour toi, s'il te plaît.*

J'y étais sans doute allé un peu fort, mais son attention me faisait du bien.

Il avait tendu le bras, puis entremêlé nos deux auriculaires – on aurait dit deux adolescentes partageant des secrets à la nuit tombée.

— *Bien sûr.*

Je lui avais souri, du côté de mon visage qui ne me faisait pas mal.

— *Merci !*

Nous étions restés silencieux pendant plusieurs minutes : personne ne faisait attention à nous, assis que nous étions sur notre stand au beau milieu du gymnase, nos doigts encore entrelacés.

— *C'est idiot, je le sais, parce que c'est ce que tout le monde dit,* finit-il par lâcher. *Mais tout va s'arranger.*

Même si sa remarque avait en effet quelque chose d'un peu bête, c'était exactement ce que j'avais besoin d'entendre à ce moment-là. En tout cas, je m'étais laissée aller à le croire.

Aussi n'avais-je pas retiré ma main de la sienne et, à la fin de la soirée, il avait soutenu Ethan jusqu'à sa voiture. Sur le chemin du retour, pendant que mon frère cuvait sur la banquette arrière, Alex avait de nouveau mêlé ses doigts aux miens et les avait serrés. Il n'avait soufflé mot, pourtant, à son contact, je savais ce qu'il pensait.

Tout va s'arranger.

Chapitre 4

Honte

— Rob !

À l'autre bout du couloir, Rob Samuels, élève de terminale et quarterback que je connais depuis la maternelle, est en grande discussion avec M. Peters, professeur de chimie et coach sportif en charge de la stratégie d'attaque.

Rob et moi étions plutôt proches autrefois. On jouait ensemble presque tous les jours à la récréation – on monopolisait le toboggan en spirale à l'est du terrain de jeux, dans le coin le plus éloigné des surveillants. Un jour, je venais de tomber de l'échelle, Rob m'avait ramenée à l'intérieur pour me mettre un pansement sur le genou sans laisser voir aux autres enfants que j'avais pleuré. En cours de sport, quand on devait faire les équipes pour le football américain et que Rob était capitaine, j'étais toujours la première à être choisie, quoi qu'il arrive. Puis, peu à peu, il est devenu très bon dans son domaine, et de mon côté, j'ai commencé à fréquenter Neta et Kolbie. Les choses ont changé. J'ai changé.

Désormais, je ne suis plus que de loin les progrès de l'équipe de football américain. J'ai perdu la flamme, je suppose. J'assiste toujours aux matchs et les encourage, bien sûr. Je sais qui gagne ou perd, pourtant mon esprit est ailleurs. Je connais tous les joueurs par cœur, suis même capable de citer les techniques, si besoin. Mais je ne fais que... réciter. Je ne m'autorise plus à y prendre du plaisir.

Il ne m'entend pas.

— Eh, Rob ! le hélé-je de nouveau.

Sur la pointe des pieds, j'agite la main, sous le regard intrigué de la moitié des élèves du hall. M'ayant remarquée, M. Peters se penche vers son interlocuteur pour lui dire quelque chose. Je suis trop loin pour entendre ses propos mais Rob se retourne.

Son visage se fend d'un large sourire.

Il est heureux de me voir. Comme toujours... Depuis toujours.

C'est comme ça que je sais que je peux compter sur lui.

Son sac à dos calé sur l'épaule, il attend que je le rejoigne au bout du couloir, son sourire benêt aux lèvres.

— Salut, Riley.

— Salut, Rob. Bonjour, monsieur.

L'enseignant me salue d'un signe de tête, avant de gratifier Rob d'un petit coup de poing à l'épaule, l'air de dire « vas-y, champion » – un geste qui, à n'en pas douter, a rapport avec moi –, puis disparaît dans sa classe. Sa réaction me donne un peu la nausée.

— Quoi de neuf ? demande Rob. Je peux faire quelque chose pour toi ?

Je jette un coup d'œil par-dessus mon épaule vers la salle de Belrose.

Bonne question…

Car même Rob, ce garçon blond, intelligent, que des millions de filles adorent et qui a déjà obtenu deux bourses sportives lui ouvrant les portes de bonnes écoles très respectées, se méfie un peu de me voir lui adresser la parole.

Riley Stone ne flirte jamais avec personne.

C'est de notoriété publique.

Il doit donc forcément y avoir une raison qui explique pourquoi je lui parle aujourd'hui. Et c'est le cas.

C'est à cause de… ce soir-là. Avec Alex.

Ou Belrose.

Ce qui s'est passé cette fois-là n'est pas digne de Riley Stone.

Même d'une jeune et innocente Riley Stone.

Je me suis montrée insensée. Et vulnérable.

C'est aussi suite à ce qui s'est passé dans la salle après les cours la semaine dernière.

Jamais une telle chose ne doit se reproduire. Il faut que je me consacre à mon avenir, que mes parents puissent être fiers de moi… Et si je dois mettre des obstacles entre nous deux pour me préserver, je n'hésiterai pas.

Je passe mon bras sous celui de Rob afin de l'attirer à moi.

— C'est juste que… on était amis autrefois, tu te souviens ?

— Bien sûr, répond-il.

Son ton traduit une sorte de prudence, comme s'il attendait le fin mot de l'histoire. Pourtant, dans sa voix perce aussi un sentiment qui ressemble à de l'urgence.

— Je pensais à toi, c'est tout.

Un semblant de timidité et une touche de douceur accompagnent mes propos. Rob occupe simplement un coin de mon esprit, voilà tout. Je ne lui promets rien. Mais si je pouvais passer devant la salle de Belrose avec mon ancien camarade accroché à mon bras, j'arriverais peut-être à me convaincre que je ne m'intéresse pas à mon professeur et que lui non plus… Enfin, bref.

Ça devrait suffire, pour l'un comme pour l'autre. Il le faut.

— Ah oui ? demande Rob, d'une voix un peu plus rauque que d'habitude. (Son bras se raidit sur le mien.) Ah oui ?

Il fait ça souvent. Se répéter. C'est du moins une habitude qu'il avait, autrefois.

— Eh oui ! m'entends-je acquiescer. Tu as quoi comme cours maintenant ?

— Histoire internationale. Et toi ?

Il pose sur moi des yeux pétillants d'émerveillement – on dirait qu'il n'arrive pas à croire sa chance. D'ailleurs, tout autour, je sens les regards converger vers nous. En cet instant, j'ai l'impression d'être une star, mais dans le mauvais sens du terme : je perçois la curiosité intrusive des autres élèves, prêts à prendre des photos, à chuchoter, à analyser et décortiquer ma vie pour leur propre plaisir… Alors, oui, j'exploite leur voyeurisme, je choisis les personnages principaux, écris d'avance l'histoire qui va servir mon propre intérêt.

— Je vais en étude. Tu m'accompagnes à la bibli ? lui lancé-je. Histoire de rattraper le temps perdu !

— Avec plaisir, répond Rob.

Il me dévisage toujours comme si j'étais un mystère impénétrable, mais je lis aussi du bonheur dans ses prunelles. Il se dirige vers les escaliers.

— Attends, l'arrêté-je, où vas-tu ?

— Là où tu m'as demandé ?

Ah… Il veut emprunter le raccourci qui mène directement à la salle d'étude où Kolbie, Neta et moi nous retrouvons toujours, au deuxième étage de la bibliothèque. Or, cela voudrait dire ne pas passer devant la salle de français.

— Ça t'ennuie si je fais un arrêt par mon casier d'abord ? demandé-je avec quelques battements de cils supplémentaires.

Ce qu'on raconte est vrai : ce simple geste a un effet ravageur. Pour preuve, il suffit à Neta de cligner des paupières pour que tous les garçons rampent presque à ses pieds.

Cela dit, ça vaut pour tout ce que fait Neta, et ce, depuis la primaire, en fait.

Torse bombé et épaules redressées, Rob m'accompagne jusqu'à mon casier.

— Tu passes une bonne journée ? demande-t-il.

Occupée à fourrer dans mon sac des crayons dont je n'ai pas besoin, je mets plusieurs secondes à me rendre compte qu'il attend ma réponse, les yeux rivés sur moi.

Ce n'est pas juste une question vide de sens pour lui, il veut vraiment savoir.

— Euh, oui, dis-je avec ce sempiternel réflexe. La routine, quoi. Et toi ?

— Oui, incroyable, même. (Il me dévisage de son regard gris soudain solennel et je sais qu'il le pense vraiment.) Enfin, vraiment géniale, quoi.

Lorsque je lui souris, mon cœur se serre un peu dans ma poitrine. Mais plutôt que d'y prêter attention, je me pends de nouveau à son bras et me laisse guider jusqu'à la bibliothèque, comme si cette place de cavalier à mes côtés lui revenait de droit. À mesure que nous avançons, je perçois autour de nous les chuchotements s'amplifier dans le couloir : tout le monde semble bien plus s'intéresser à ce qui se passe dans ma vie que moi-même.

Sauf pour ce qui est des dix secondes durant lesquelles je longe la salle de français. Du coin de l'œil, j'aperçois M. Belrose, avec une chemise à motifs – des bleuets – bien boutonnée. Appuyé contre le chambranle de la porte, le talon de son pied gauche calé sur la pointe de sa chaussure droite, il discute avec Lydia Andrews.

Je me figure qu'il s'interrompt une brève seconde en me voyant passer d'un pas léger au bras de Rob. Mais à aucun moment je ne tourne la tête pour vérifier. Et après tout, pourquoi le ferais-je ? M. Belrose ne représente rien pour moi.

Peut-être mon imagination me joue-t-elle des tours, pourtant je suis presque certaine de sentir son regard dans mon dos tandis que je m'éloigne.

Je n'y accorde cependant aucune importance. Enfin, pas vraiment.

— J'ai une réunion avec l'équipe ce soir, annonce Rob, contrit, lorsque nous atteignons les larges portes vitrées de la bibliothèque. Sinon je t'aurais proposé d'aller faire un tour.

— Ce n'est pas grave, Rob, on se voit demain au bahut de toute façon.

Je lui lance un grand sourire, perfectionné par la pratique, qu'il me retourne, éblouissant.

— C'était chouette.

— Ça m'a fait plaisir, acquiescé-je avec un petit hochement de tête.

Et malgré tout, je suis sincère. Vraiment.

Rob hésite l'espace d'un instant. Je connais ce regard… il est sur le point de me poser une question. À laquelle je n'ai aucune envie de répondre.

— Écoute…

La sonnerie le coupe soudain dans son élan.

Je feins la panique à la vue de l'heure sur mon téléphone portable.

— Il faut que je file, on se voit plus tard, d'accord ?

Je lui effleure le bras avant de m'engouffrer dans la bibliothèque. Quand je me retourne, il n'a pas bougé d'un pouce et me fixe à travers les portes vitrées sans se soucier de l'heure qui tourne. De mon côté, je ne risque rien en étude, mais je sais que les sportifs paient leurs retards en cours en tours de stade supplémentaires à l'entraînement.

Rob est pourtant toujours là à m'observer, la bouche entrouverte.

Je lui adresse un petit signe de la main, puis grimpe les marches jusqu'à notre salle dédiée où m'attendent Kolbie et Neta.

— Bon sang, Ri ! m'interpelle aussitôt Kolbie en exhibant son téléphone sous mon nez. Tu sors avec Rob en douce maintenant ?

Là, sur l'écran, s'affiche une photo de moi bras dessus, bras dessous avec Rob. Sur l'image, je fixe le couloir droit devant moi sous le regard de mon cavalier qui me couve des yeux, incrédule.

— Ce n'est rien, dis-je avant de m'installer sur ma chaise et de sortir mon livre de français – comme si j'allais vraiment mettre ce temps à profit pour conjuguer des verbes ! Sans rire, c'est juste un vieil ami qui m'accompagne en cours. Qui t'a envoyé ça d'ailleurs ?

— J'en ai reçu deux, intervient Neta. Les élèves ici me débectent. Et tu ferais mieux d'être prudente, Ri. Ce gars-là t'a dans la peau. Si tu lui parles encore une fois, il risque de tomber amoureux pour de bon.

— Tu te fiches de moi ? s'exclame Kolbie, qui manque de s'étrangler. Rob est fou de Riley depuis la maternelle, du jour où ils ont construit ensemble un château en bâtonnets d'esquimau pour le cours d'arts plastiques et que Riley l'a laissé l'embrasser.

— Oh, Riley ! Tu étais précoce, dis donc ! Qui l'aurait cru ?

— Ce n'était même pas le premier, poursuit Kolbie. Riley bécotait tout le monde à la maternelle. Et quand je dis « tout le monde », je n'exagère pas.

Je me mets à rire.

— J'avais un sérieux problème avec ça. Mon père m'avait lu cette histoire où une princesse embrasse une grenouille qui se transforme en prince et, je ne sais pas, ça a déclenché chez moi une véritable lubie. En deux temps trois mouvements, mes parents étaient convoqués par l'assistance sociale, gloussé-je. Un vrai scandale !

— La parfaite petite Riley Stone, obsédée du baiser, chantonne Neta avant de reprendre son sérieux. Tout ce que je sais, c'est qu'il va falloir que tu gères cette histoire avec Rob. Si ça va plus loin, il va te harceler de messages avant la fin de la semaine. (Elle jette un coup d'œil à son portable qui vient de vibrer.) Oh, tiens, encore une autre !

La photo nous montre, Rob et moi, en train de marcher dans le couloir, avec Belrose en arrière-plan.

Ce dernier détourne le regard, de toute évidence préoccupé, sans remarquer que je parcours le couloir au bras d'un autre.

Ce qui ne me pose bien sûr aucun problème.

— Je vais m'en occuper, leur dis-je.

Le soir même, après les cours, j'attends que les admiratrices de M. Belrose aient fini de poser leurs questions idiotes sur leurs devoirs de français et sortent de sa salle de classe pour y pénétrer à mon tour. Je me plante devant le bureau auquel il est assis, une paire de lunettes à monture noire posée sur le nez. Légèrement éraflées, elles ont un petit côté hipster – je me demande s'il en a vraiment besoin ou s'il ne s'agit que d'un accessoire de mode.

— Bonjour, monsieur.

Il lève les yeux comme s'il venait de remarquer ma présence, alors que je sais pertinemment que mes talons ont produit un claquement très satisfaisant sur le carrelage lorsque je suis entrée.

— Riley ? En quoi puis-je t'aider ?

Il plisse le front, comme s'il ignorait la réponse à cette question.

— J'ai cru comprendre que vous vouliez me parler ? La dernière fois, à la fin du cours ? réponds-je d'un ton égal.

Cette conversation est une simple formalité. Plus tôt j'aurais rayé ça de mes pensées et mieux ça vaudra.

— Oh, c'est exact. (Il claque des doigts, avant d'ouvrir le tiroir de son bureau.) Je suis désolé, je ne voulais pas t'en parler devant les autres. Je ne voudrais pas créer de jalousie, je suis sûr que tu comprends.

Un instant plus tard, M. Belrose en sort deux feuilles d'une blancheur immaculée, retenues par un petit trombone noir.

— Tu es la seule élève à qui je donne ceci, Riley. Il s'agit d'un formulaire de candidature pour la bourse Lou. F. Durand, elle ne concerne que ceux qui désirent poursuivre l'étude du français à l'université. Il faut avoir un niveau vraiment excellent pour y accéder. Pas besoin que le français soit ta matière principale, mais tu devras t'inscrire dans au moins deux unités d'enseignement. Ce programme couvre aussi les frais pour un semestre à l'étranger. Ça t'intéresserait ?

J'ai chaud, mon cœur bat la chamade… Je m'attendais à tout sauf à ça. Des études en France ? Plus d'argent pour l'université ? Bien sûr que ça me fait envie. J'adorerais partir six mois en France !

Je me compose un sourire.

— *Beaucoup,* dis-je. *Merci* *.

— Je t'en prie, répond-il en retirant ses lunettes avec un sourire. Tu vas l'avoir, j'en suis certain. En recevant ce dossier, j'ai tout de suite su que cette bourse était pour toi. Tu ferais une excellente professeure de français, tu sais.

— Vraiment ? demandé-je.

Ce métier ne m'intéresse pas. À vrai dire, je n'ai pas d'idée exacte concernant mon avenir, mais, une chose est sûre, ce n'est pas ainsi que je le vois. J'ai envisagé des millions de carrières au moment de remplir les dossiers de candidature pour les différentes universités, pourtant aucune ne m'emballe vraiment. Malgré tout, le compliment de mon professeur était sincère, aussi ajouté-je un « Merci ! ».

Quand je prends les formulaires que M. Belrose me tend, sa main effleure la mienne, l'espace d'une seconde, à peine.

Aucune étincelle ne se produit, contrairement à ce qu'on lit dans les livres. Aucun choc. En revanche, la sensation est douce, chaude et… je ressens quelque chose. Un courant, comme si un lien nous unissait. Je n'ai rien perçu de tel avec Rob quand nous marchions bras dessus, bras dessous.

— Passe une bonne soirée, dit-il en retournant à ses papiers restés sur son bureau.

Bien sûr, il fait comme si de rien n'était. Mais impossible qu'il l'ait manqué. Une telle connexion ne s'invente pas, elle est vécue intensément par les deux êtres concernés. Belrose reste cependant impassible, professionnel jusqu'au bout.

— Merci, vous aussi, monsieur.

Je glisse les documents dans une pochette au fond de mon sac avant de tourner les talons.

— Toi et Rob, hein ? demande-t-il doucement, alors que je suis encore à mi-chemin entre son bureau et la porte.

Bingo ! Je souris intérieurement.

— Peut-être…

Mon petit stratagème a fini par porter ses fruits, tout compte fait.

Cette nuit-là, je rêve de Rob. De lui, de moi, de glaces à l'eau… Nous parlons, nous rions, nous marchons. On est bien, là, tous les deux, vraiment bien, même. Jamais je n'aurais cru vivre ça un jour avec lui. Je remarque à quel point ses cils brillent du même blond que ses cheveux. Mais soudain, lorsqu'il se penche pour m'embrasser, Rob disparaît.

À sa place se tient Alex.

Pas M. Belrose, non.

Le Alex du stand, celui qui accrochait son auriculaire au mien et me tenait la main dans sa voiture. Le Alex, gentil, drôle et un peu fou. Un Alex qui a tout de l'élève somnolent, à demi éveillé en cours, et pas grand-chose d'un professeur.

Et ce Alex-là, je prends plaisir à l'embrasser.

Ce qu'il faut savoir sur Riley Stone :

- En CE1, Riley était quarterback partant dans l'équipe de football américain junior, ce qui emplissait son père de fierté.
- Sa mère lui a fait arrêter dès l'année suivante pour l'inscrire à l'entraînement de cheerleading et de gymnastique.
- Riley a remporté tous les concours d'orthographe auxquels elle a participé. Tous sans exception.
- À l'âge de dix ans, Riley avait déjà tellement pris l'habitude d'être la meilleure en tout qu'elle s'est mise à confectionner des trophées de consolation pour réconforter les autres élèves. Elle en faisait des spéciaux pour son frère, qui semblait ne jamais réussir ce qu'il entreprenait.
- Enfant, Riley a toujours voulu participer à des concours de beauté, mais ses parents le lui ont interdit.
- En revanche, ils lui ont permis de devenir mannequin dès son plus jeune âge, après qu'elle a fait sensation dans un restaurant Applebee's, avec son adorable frimousse barbouillée de glace. À quatre ans, elle a même fait une apparition dans une publicité nationale.

Chapitre 5

Évasion

— Ah, c'est toi !

Les sourcils froncés, Ethan s'écarte de la porte d'entrée.

— Oui, je peux entrer ? demandé-je en jetant un coup d'œil dans son appartement, plongé dans le noir.

On dirait presque que je viens de le tirer de sa sieste. Une seule source de lumière – la télévision, sans doute – émet une lueur vacillante.

— Enfin, je te dérange peut-être… ajouté-je. Esther n'est pas là ?

— Non, elle est chez ses parents. Vas-y, je t'en prie. C'est rare de te voir ici, dis donc… Que me vaut cet honneur ?

Ethan s'efface pour me laisser passer.

Je pénètre dans son antre tout en inspectant les lieux. Sa petite télé est bien allumée, et l'appartement entier sent un mélange de tortillas rassis et de désodorisant Febreze. Je m'installe dans le canapé à côté d'un tas de linge – propre ou sale, je ne saurais le dire.

— J'avais juste besoin de sortir, j'étouffais chez les parents.

— À ton avis, pourquoi j'ai déménagé aussi vite ? réplique Ethan avec un sourire. Non pas que je rejette notre éducation de classe moyenne privilégiée, mais cette maison se révèle parfois l'endroit le plus étriqué au monde.

Il comprend… Mon frère me comprend. J'ai envie de lui sauter dans les bras. Au lieu de quoi, je hoche la tête.

— Tu veux boire quelque chose, une bière ? me demande-t-il.

— De l'eau, ça ira. Si tu en as bien sûr.

Ethan disparaît dans la cuisine, avant de revenir avec une bouteille d'eau minérale d'une marque bas de gamme, que j'accepte avec gratitude, puis se vautre dans un fauteuil relax, qui semble avoir une dizaine d'années. Je ne l'avais jamais vu jusqu'à aujourd'hui… Or, la seule et unique fois où je suis venue ici, c'est lorsque mon frère a emménagé après la fac. Mon Dieu, tant de temps a déjà passé ?

— J'aurais fait un peu de ménage si j'avais su que tu viendrais, me dit Ethan en ouvrant sa canette de bière.

Il lance la capsule vers la cuisine – je l'entends retomber au sol.

— Ben voyons ! répliqué-je en riant.

Il sourit.

— Bon, O.K., ça n'aurait pas changé grand-chose. Mais j'aurais au moins essayé de cacher la misère… mis mes vêtements par terre, par exemple. D'un côté, ce n'est pas non plus comme si tu t'étais mise sur ton 31 pour venir me voir.

Il jette un regard entendu à mon sweat-shirt « HARTSVILLE HIGH CHEERLEADERS ».

— Eh oh ! protesté-je, je sors tout juste de l'entraînement.

— J'aurais pu le deviner, rien qu'à l'odeur.

Je résiste à la tentation de lever les yeux au ciel. D'accord, je le reconnais, ma queue de cheval n'est plus qu'une masse de cheveux emmêlés et trempés de sueur que j'ai plus ou moins arrangée en un vague chignon à l'aide d'un élastique, mais… c'est mon frère ! Il est pourtant écrit dans les lois sacrées de la famille que, mis à part à Thanksgiving ou lors de la visite de l'arrière-grand-tante Béatrice que l'on n'a pas revue depuis deux ans, il n'est pas obligatoire de chercher à impressionner : de toute façon, ils sont forcés de vous aimer, vu que la génétique en a décidé ainsi.

— Je ne relèverai même pas…

— Ça te dit de regarder la télé ? propose Ethan, qui s'efforce de jouer les hôtes respectables.

Au moment où il fait mine de me lancer la télécommande, je l'interromps d'un geste.

— Tout me va, choisis, toi !

Je ne regarde pas vraiment la télévision. En fait, je n'en ai pas le temps – exception faite de quelques téléréalités croustillantes qu'il n'est pas franchement nécessaire de suivre pour comprendre.

J'ai d'autres préoccupations plus importantes en tête.

Mon frère opte pour un match de basket, et pendant quelques minutes nous restons là, en silence, à suivre la partie, ensemble, dans son appartement à l'odeur étrange. Il est heureux, tout simplement. Son bonheur est total, maîtrisé, constant. Non pas que ses petits boulots paient bien ou qu'il ait trouvé la solution miracle pour aider à élever l'enfant d'un autre, mais il aime Esther et elle le lui rend bien. Et ça lui suffit amplement.

Il n'a besoin de rien d'autre.

Des échecs, il en a connu des millions, on ne peut pas dire le contraire. Il a eu des ennuis à l'école, avec ses notes, avec nos parents, et même avec la police, mais, malgré tout, c'est bien lui qui, aujourd'hui, est tranquille dans son petit appartement avec ses meubles d'occasion (qui ont déjà dû voir défiler plusieurs propriétaires, à vrai dire) et il a sa vie en main.

Plus que moi, en fait.

Bien sûr, stricto sensu, moi aussi, je gère. Cela va de soi.

— Riley, est-ce que ça va ?

— Pardon ? demandé-je.

Ethan ne regarde plus le match, il me regarde, moi.

— Tu sembles un peu… tendue. Il y a un truc qui te tracasse ?

— Non, non, ça va, assuré-je en essayant pour la dixième fois de lisser mes cheveux du bout des doigts.

— Ça, répond-il avant de prendre une gorgée de bière, ça veut tout dire.

— Quoi au juste ?

Je me force à reposer ma main sur mes genoux. Je ne gigote pas. Je reste calme.

— Que quelque chose ne va pas.

— Puisque je te dis que tout va bien, lâché-je, cinglante. Simplement, je ne comprends pas comment tu peux être aussi heureux dans la vie avec les ennuis qui te tombent dessus sans cesse. Ça doit être tellement stressant !

— Riley, de quoi tu parles ? demande-t-il, intrigué.

— De ta petite amie enceinte ? De l'enfant à naître qui n'est pas le tien ? Ton boulot précaire ? Ton casier judiciaire ? Y a rien qui te pose problème là-dedans ?

— Premièrement, tu n'as pas à te faire de souci pour moi, ce sont mes affaires. Mais si tu veux vraiment savoir, mon travail me permet de payer mes factures et de mettre un peu de sous de côté. J'économise pour le bébé. Ensuite, ma copine me rend heureux. Et, enfin, je te rappelle que je ne suis pas tout à fait ce qu'on appelle un criminel. Alors, franchement, de quoi devrais-je m'inquiéter, à la fin de la journée ? J'aime ma vie telle qu'elle est !

Il a parlé d'un ton très calme, comme si je ne venais pas d'insulter son existence entière sans le vouloir. Il se tait un instant, et le silence envahit la pièce, seulement troublé par les échos du match de basket – les commentateurs, la foule de supporters, sans oublier la sonnerie de la mi-temps – ainsi que par la circulation à l'extérieur. La lueur changeante des feux de signalisation éclaire le salon : rouge, vert, orange, puis de nouveau rouge. À la fois exaspérantes et apaisantes, les lumières éclaboussent le sol et le bord du fauteuil.

Ethan se penche vers moi.

— Ce ne serait pas plutôt de toi qu'on parle, Riley ?

Je hausse les épaules, geste que je ne me serais jamais autorisé en cours.

— Parce qu'à mon avis, continue mon frère, c'est ta propre vie qui t'inquiète. Tu ne sais pas ce qui cloche ni comment faire pour que ça aille mieux. Peut-être même que tu n'es pas vraiment heureuse... C'est à cause du lycée ? Tout le monde sait que c'est une période difficile, et puis, les angoisses d'adolescent, ça craint... Bref tu connais la chanson ! Mais moi, je crois surtout que... (il s'interrompt, s'adosse dans son fauteuil avant de boire une gorgée de bière) tu as simplement besoin de décompresser au moins une fois dans ta vie, histoire de voir ce que ça fait.

— Euh, pardon ? dis-je, très calme.

Je ne sais pas pourquoi mais je me sens soudain toute bizarre, un peu somnolente... comme complètement décalée. Je m'attends presque que quelqu'un apparaisse tout d'un coup pour me secouer et me forcer à me réveiller. Il n'y a qu'Ethan pour me parler comme ça, et encore, uniquement quand nous sommes seuls. Personne d'autre ne s'y aviserait.

Je ne le permettrais pas.

— On s'imagine parfois que toute notre vie doit être planifiée avant même d'entrer à l'université. Ça ressemblerait à un jeu de dominos géant : il suffirait d'en heurter un seul pour que tout parte en vrille et s'effondre. Mais ce n'est pas ça, la réalité, Riley. Il faut que tu apprennes à te détendre de temps à temps.

Ce n'est pas grave de lâcher prise sur certaines choses, tu sais ? En plus, tu as déjà un CV en béton sur lequel t'appuyer, lui ne risque pas de s'envoler.

Je dévisage mon frère, assis en tailleur dans son vieux fauteuil avec son sweat et son T-shirt troués.

— Dis donc, tu fais dans le développement personnel maintenant ? Tu te fais payer au black ?

— Ferme-la, réplique-t-il en essayant de garder son sérieux avant de me jeter un oreiller puant au visage. J'essaie d'assumer mon rôle de grand frère.

Je me saisis du tas de linge que je lui lance en représailles (bon, d'accord, c'est surtout pour ne plus avoir à rester assise à côté, je le reconnais), puis l'interroge sur son nouveau jeu vidéo, le seul achat qu'il se soit permis en dehors des dépenses consacrées à Esther.

Mais, au fond de moi, je réfléchis à ce qu'il vient de me dire.

En somme, il veut que je la joue en mode Sandy dans *Grease*. Sauf que je suis incapable de me comporter comme tout le monde. Ça m'angoisse. Profiter simplement de la vie, à l'image de n'importe qui, est au-dessus de mes forces. Pourtant, Dieu sait que j'aimerais pouvoir le faire... J'aimerais pouvoir « lâcher prise ».

Selon Ethan, ça me rendrait plus heureuse.

Peut-être devrais-je effectivement me laisser aller ? Juste un tout petit peu.

— Enfin, bref, conclut-il, sinon quoi de neuf ? Ça va, le lycée ?

— Ce n'est pas franchement palpitant... On croise toujours les mêmes têtes. Oh, un de tes anciens amis enseigne maintenant, réponds-je, désinvolte, puisque, après tout, la conversation ne représente aucun enjeu pour moi.

— Ah oui ? Qui ça ? me demande mon frère en changeant de chaîne au moment où le sport laisse place à une publicité pour détergeant.

— Alex Belrose. Il est prof de français.

— C'est pas vrai ! s'exclame Ethan avec un rire moqueur. Je l'aurais plutôt vu bosser en crèche, lui.

Son ton est clairement condescendant. Il n'a apparemment aucun souvenir du jour où le fameux Alex l'a laissé cuver sur un tas de vieux vêtements avant de nous ramener chez nous parce qu'Ethan n'était plus en état… Et ce n'est pas moi qui vais le lui rappeler. D'autres détails pourraient lui revenir en mémoire – comme nos mains entrelacées.

Ces histoires appartiennent au passé et j'entends bien les y laisser.

— Eh bien non. Je suis dans sa classe.

— Je parie que c'est le boxon, ricane Ethan.

— Comment ça ?

Imperturbable, je parle d'une voix égale. Je ne me sens pas concernée, en théorie du moins.

— C'est juste qu'il n'était pas vraiment du genre intello à l'époque.

— Sérieux ? Je ne pensais pas. Je l'ai en français renforcé, tu sais. Il n'est pas si mauvais. Bon, ce n'est pas non plus le meilleur prof qui soit, mais il s'en sort.

Je culpabilise un peu de parler de lui de la sorte. M. Belrose est un excellent professeur, en réalité. Il se préoccupe du sort de ses élèves. Enfin, je crois. Ou alors, c'est simplement qu'il n'est pas encore tombé en dépression. Il veut que tout le monde apprenne, s'enrichisse et s'intéresse à la langue comme lui l'a fait avant nous. Personne n'a jamais commis quoi que ce soit qui l'ait traumatisé pendant son cours. Du moins, pas encore. Toutes les filles du lycée ou presque lui tournent autour, mais je ne pense pas qu'il ait jamais cédé. C'est quelqu'un de bien.

— C'est ce que je dis, réplique Ethan en riant. Au lycée, c'était un coureur invétéré. Il avait une nouvelle copine toutes les semaines et, à la fac, il était toujours trop défoncé pour se soucier des filles. J'ai fini par le perdre de vue, je ne savais pas qu'il avait obtenu son diplôme. (Mon frère s'interrompt, le temps de trouver une chaîne de *free fight* où deux énormes colosses se rouent de coups. L'un d'eux a un œil injecté de sang.) Enfin, bref, c'était un drôle de type.

Je ravale mon envie de le questionner. Il ne faut pas que je trahisse mon intérêt sur le sujet.

— Ouais…

Je prends une gorgée d'eau. Cette marque bas de gamme, toujours un peu huileuse, me donne l'impression d'avoir la langue pâteuse, même après que j'ai avalé. Cela dit, ça vaut toujours mieux que l'eau du robinet.

— Au fait, reprend Ethan, rien à voir mais la petite sœur d'Esther raconte que tu sors avec Rob Samuels. J'ai bien envie de le rencontrer, ce garçon.

— Eh bien tu as tort, dis-je en secouant la tête.

— Euh, comment ça ? Tu ne veux pas que je fasse sa connaissance ou tu ne sors pas avec lui ?

— Les deux, mon capitaine.

Chapitre 6

Rebelle

La sonnerie retentit, à peine étouffée par les épais rayonnages de la bibliothèque.

C'est déjà la deuxième (la dernière avant la reprise, donc). Et ce n'est pas comme s'il s'agissait d'une heure d'étude où Liam n'oserait pas mentionner à ses responsables mon incartade côté ponctualité. Non, j'ai mon cours sur Shakespeare, celui avec Mme Hamilton, connue pour être aussi compréhensive qu'un manche à balai.

Mais peu importe. Jusqu'à présent, je n'ai jamais été en retard. Pas une seule fois. Pourtant, il faut que je le fasse, il faut que je tente le coup. Histoire de voir si Ethan a raison.

Appuyée à deux mains sur une étagère en bois gravée d'un grand S en police Courier, je balaie du regard les titres jusqu'en bas, où les livres les plus négligés souffrent du simple désavantage d'avoir été écrits par un auteur doté du mauvais nom de famille. Je me trouve dans la section « fiction ». J'ai flâné entre les rayonnages, puis erré au milieu des rangées d'ordinateurs et des présentoirs de magazines, dans l'attente que les derniers retardataires venus passer le temps pendant leur pause s'en aillent.

Ce genre d'élèves se moquent bien d'avoir des problèmes. On dirait même qu'ils les cherchent – ils s'attardent à dessein, traînent autant que possible et lambinent. Tout le monde est conscient de leur petit manège (eux les premiers) : ils repoussent jusqu'au dernier moment l'heure de retourner en classe, quitte à en subir les conséquences – tant qu'elles restent mesurées, évidemment.

Leur mode de fonctionnement est simple : ils évaluent les risques et, à la lueur des potentielles répercussions, posent les limites à ne pas dépasser.

Malgré tout, contrairement à moi, ces fauteurs de troubles invétérés ne s'en sortiraient pas indemnes s'ils se mettaient en tête de tenter ce que je m'apprête à faire.

Dans un coin de la bibliothèque, il existe une porte en bois sans écriteau que les professeurs empruntent à longueur de journée. Si l'on reste dans les parages pour jeter un coup d'œil à l'intérieur, il n'y a pas grand-chose à voir, hormis un simple couloir blanc et les toilettes réservées au personnel. La plupart des élèves ignorent d'ailleurs où mène ce passage. Les professeurs préfèrent rester discrets à ce sujet.

Mais, moi, je le sais.

Je suis effectivement au courant de beaucoup de choses.

Une fois ce battant franchi, passé les sanitaires, on arrive à une autre porte au bout du couloir, sur laquelle est accrochée une petite pancarte marron où se détachent trois mots simples, mais d'une importance non négligeable :

« Salle des professeurs »

J'ajuste les bretelles de mon sac à dos.

Une assistante bibliothécaire approche dans ma direction avec un chariot qu'elle pousse entre les différents rayonnages. L'une des roues grince à mesure qu'elle range les livres esseulés à leur place sur les étagères. Quand elle m'aperçoit, elle m'adresse un sourire hésitant, comme si elle sentait qu'elle n'avait pas affaire à une retardataire habituelle. Elle continue à pousser son chargement, dont la roulette proteste au rythme des fréquents arrêts.

Elle n'osera pas m'arrêter.

J'en suis capable. Moi aussi, je peux enfreindre le règlement.

Les battements de mon cœur, étranges et sourds, résonnent dans ma poitrine et j'ai les mains moites. Je ne fais jamais ça, d'ordinaire.

Mais, cette fois, si.

J'avance à pas mesurés vers mon objectif. Je ne marque pas de pause, je ne fais preuve d'aucune hésitation : je pousse la petite porte, puis pénètre dans le couloir blanc… où je tombe aussitôt nez à nez avec Mme Carter-Smithy, qui enseigne l'anglais aux premières années.

— Riley ! s'exclame-t-elle, avec un sourire, les bras chargés de cahiers d'élèves.

— Bonjour, réponds-je sans me départir de mon calme.

La Riley de tous les jours lui aurait offert de l'aide pour porter ses affaires et demandé comment se déroulaient ses cours cette année. Aujourd'hui, cependant, je ne suis pas dans mon état normal.

Ce n'est d'ailleurs pas pour autant que Mme Carter-Smithy me demande de comptes.

À vrai dire, elle ne ralentit même pas l'allure.

Elle s'engouffre dans la bibliothèque, comme si Riley Elizabeth Stone avait une excellente raison de se trouver dans le couloir menant à la salle des professeurs, un endroit strictement interdit aux élèves.

Et il y en a bien une.

Je remonte le corridor, dépasse la porte des toilettes et la fontaine à eau des enseignants qui semble n'avoir jamais servi (aucun chewing-gum n'en a jamais bouché le robinet en tout cas).

Puis j'entre dans la salle.

Le spectacle vaut le détour…

Le lycée a dû profiter des travaux de rénovation dans la bibliothèque pour refaire la salle des professeurs. À première vue, ils n'ont pas lésiné sur les moyens. Des tableaux sertis de cadres de bois poli – de l'art, du vrai, pas de vulgaires croûtes récupérées dans des hôtels miteux – ornent les murs. De gros fauteuils en cuir replets entourent une cheminée de taille modeste, et de petites tables confortables, accompagnées de ravissantes chaises, sont dispersées un peu partout dans la pièce. Sans oublier le meilleur pour la fin : de la nourriture à volonté.

Sur le comptoir qui délimite l'espace cuisine, un bol jaune rempli de fruits frais est posé à côté de tout un assortiment de biscuits au chocolat, de Skittles et de M&M's. Dans un coin, un réfrigérateur arbore une note sur laquelle on peut lire : « Boissons gratuites – limité à une par jour ».

Les profs se la coulent tellement douce ! Bien plus que je ne le pensais.

On me remarque à peine.

M. Wellingsby, qui enseigne les arts plastiques, est installé dans un fauteuil, les jambes calées sur un accoudoir. La tête tournée vers la fenêtre, le regard absent, il pioche dans un petit paquet de chips. Assis à une table, M. Codsworth et Mme Sidmore, tous deux professeurs de mathématiques, la cinquantaine et célibataires (enfin, pas selon les rumeurs, qui leur prêtent une relation), sont absorbés dans leur conversation. Il y a aussi Mme Garder, spécialisée en géographie, en pleine dispute au téléphone.

Tous me jettent un vague coup d'œil, mais personne ne prend la peine d'intervenir. J'inspire profondément. Il faut que je donne l'impression d'être ici à ma place.

Je traverse la pièce en louvoyant entre les obstacles, puis ouvre le réfrigérateur que je trouve rempli de sodas, de jus, de bouteilles d'eau et de déjeuners étiquetés de prénoms que je n'ai jamais pris la peine de mémoriser.

J'attrape une bouteille d'eau pétillante et me détourne du frigidaire. M. Wellingsby m'observe d'un air interrogateur auquel je réponds par un sourire.

Déstabilisé, il me le rend avant de retourner à sa rêverie.

Un cambrioleur ne sourirait pas, après tout.

Sans me soucier de cacher l'objet de mon larcin que je tiens à la main, je me dirige vers la sortie, puis je laisse la porte se refermer doucement derrière moi.

Et cela semble ne poser de problème à personne. Aucun obstacle ne me barre la route. Personne ne me court après pour me demander ce que je fabrique ou pourquoi je me suis servie.

Je cligne des yeux, comme pour reprendre contact avec la réalité, avant de me retourner lentement… et contempler le petit écriteau de bois.

« Salle des professeurs »

Je l'ai fait.

Le sang sifflant à mes oreilles, je me rue dans les toilettes, et me penche au-dessus d'un des lavabos, les mains appuyées de part et d'autre de la vasque blanche, en m'efforçant d'ignorer les cheveux qui bouchent l'évier.

Je fixe mon reflet dans le miroir.

Moi, Riley Elizabeth Stone, je viens de voler une bouteille d'eau dans la salle des profs.

Juste sous leur nez.

Alors que je suis en retard en cours.

Pourtant, personne ne m'en a empêchée, parce que… eh bien, c'est moi.

Je souris à mon reflet. Il se pourrait qu'Ethan ait raison, après tout. Peut-être même qu'il y a une leçon à tirer de toute cette histoire…

Et si mon statut d'élève modèle m'offrait la meilleure couverture qui soit pour m'amuser ?

Qu'est-ce que ça fait, d'avoir des ennuis d'ailleurs ?

Un étrange sentiment d'excitation s'empare soudain de moi.

Je remonte le couloir désert, mes talons claquent sur le carrelage et tout me semble… étonnamment normal (sauf que d'ordinaire je tiens à la main une autorisation, un document qui me proclame au-dessus des règles). Je pousse la porte de la salle de classe où se déroule le cours sur Shakespeare et pénètre dans la pièce en comptant mes respirations. Inspiration. Expiration.

Le portrait à l'huile du dramaturge, accroché au mur d'en face, me dévisage d'un air de reproche.

— Oh, Riley ! Je me suis dit que vous étiez sans doute absente aujourd'hui.

— Non, désolée, madame.

Je lui adresse mon sourire le plus angélique, celui que je réserve tout spécialement à l'équipe professorale – elle me le retourne.

Puis je vais m'asseoir. Comme si de rien n'était.

Et elle reprend son cours. Comme si de rien n'était.

Comme si je n'étais pas arrivée en retard. Ou que je ne venais pas de jouer les voleuses dans la salle des professeurs.

— Riley ? Pourrais-tu te charger des répliques de Macbeth pour la lecture ? demande alors Mme Hamilton.

Cette dernière remarque finit de me convaincre qu'elle ne m'en veut pas. J'adore Macbeth, c'est même mon personnage préféré. Et je trouve ça génial que Mme Hamilton laisse les filles jouer de grands rôles – elle n'est pas de ces professeurs qui cantonnent les filles aux figures féminines et *vice versa*.

Je récite mes vers et souris en mon for intérieur.

Selon toute apparence, la perfection offre bel et bien le meilleur alibi qui soit. Je lis le texte en pilote automatique, mes pensées déjà tournées vers le cours suivant : sport.

J'aime bien ça, à vrai dire. D'autant que j'ai cette matière en commun avec Kolbie et Neta, ce qui me permet de passer du temps avec mes amies. Aujourd'hui, c'est endurance, ce qui se résume à faire quelques tours de gymnase. Rien de bien difficile. M. Gladstone se moque de savoir si nous nous donnons à fond, à partir du moment où nous faisons un peu d'exercice et qu'il n'a pas besoin de nous parler sexualité plus de deux fois l'an.

Sauf que là, tout de suite, je n'ai pas très envie d'enfiler mon jogging défraîchi et je suis presque sûre d'avoir oublié ma brassière dans le coffre de ma voiture. D'ailleurs, pour le déjeuner, on avait prévu avec Neta et Kolbie de se retrouver chez Annie Up's, un chouette café à deux pas du campus. Serait-ce vraiment si terrible si je m'y rendais un peu en avance ?

Alors, dès que la sonnerie annonce la fin du cours, je fourre mon exemplaire de *Macbeth* dans mon sac. Et au lieu de me rendre en sport, je me faufile à l'extérieur par la porte latérale située à côté de la salle de musculation puis me dirige vers le restaurant où je m'installe à une table près de la fenêtre avant de commander un café latte au caramel. Mes lunettes de soleil sur le nez, je tire de mon sac un long ruban rose que je tresse mes cheveux en une queue de cheval un peu décoiffée qui remplace ma coiffure habituelle très soignée. Pendant quelques minutes, je m'autorise à me sentir spéciale, adulte en quelque sorte.

Ethan serait fier de moi.

Mon téléphone vibre.

Je viens de recevoir un message de la part de Neta dans la conversation partagée avec les filles :

OÙ EST-CE QUE TU ES ? TU ES MALADE ?

Je souris malgré moi. Bon, c'est vrai, j'aurais pu les prévenir, quand même. Normal qu'elles se fassent du souci. Je bois une petite gorgée de café avant de leur écrire :

Je sèche. Suis à Annie Up's. Vous ne voulez pas vous dépêcher d'ailleurs ? Je meurs de faim.

La réponse de Kolbie ne se fait pas attendre :

Tu es devenue folle ou quoi ? Qui est à l'appareil et qu'avez-vous fait de Riley ? Je ne rigole pas !

Je glousse en les imaginant en train de courir sur la piste avec leur téléphone à la main. Elles doivent me maudire.

Moi : On se voit pour le déjeuner. Je compte sur vous pour me couvrir au besoin auprès de Gladstone.

Neta : NON MAIS SÉRIEUX, RI, TU T'ES FAIT ENLEVER OU QUOI ?

Je remonte mes lunettes de soleil sur mon front et leur envoie une photo de moi avec mon latte afin de lever leurs doutes éventuels : je n'ai été ni kidnappée, ni forcée à sécher le cours de sport sous la menace. Ce serait bien ma veine si mes deux meilleures amies lançaient une alerte enlèvement ! Là, c'est certain, j'aurais vraiment des ennuis pour avoir séché…

Kolbie : ???? TU TE FOUS DE NOUS ??????

Moi : Quel est le programme ce week-end ? On s'ennuie dans ce trou. Ça vous dirait de sortir ?

Assez contente de moi, je termine tranquillement mon café. La serveuse m'apporte le menu du midi. J'en profite pour choisir sans tarder une salade et une part de cheesecake aux Oréo en dessert pour moi, et commande aussi en avance une soupe à la tomate et au fromage fondu pour Kolbie et un panini au poulet avec des frites pour Neta.

Une vingtaine de minutes plus tard, mes amies débarquent dans le café : Neta a, comme d'habitude, attaché ses cheveux lisses en une rapide queue de cheval, tandis que Kolbie, fidèle à elle-même, est la perfection incarnée. Elles me rejoignent à ma table.

— Enfin, Riley, qu'est-ce que tu fabriques ? attaque aussitôt Kolbie, furieuse. Tu nous expliques ?

Je hausse les épaules, à la manière d'Ethan.

— Je n'avais pas envie d'aller en sport. Gladstone était fâché ?

Neta pousse un soupir théâtral.

— Non, il a pensé que tu étais restée travailler à la bibliothèque pour je ne sais quelle raison et t'a marquée présente… Sérieusement, Riley, quelque chose ne va pas ? Et qu'est-ce que tu as fait à tes cheveux ?

— Tout va bien. (J'aperçois la serveuse sortir de la cuisine avec nos assiettes.) Oh, j'ai commandé à votre place pour que vous n'ayez pas à manger trop vite avant de retourner en cours. J'espère que ça vous va.

L'expression de Kolbie s'adoucit légèrement en voyant arriver sa commande.

— Merci, c'est sympa. Mais tu nous dois des explications, Riley. On était vraiment inquiètes. Sans rire, Neta était sur le point d'appeler le 911. Je ne plaisante pas, elle avait déjà commencé à composer le numéro et tout.

— Je suis désolée les filles, dis-je, consciente qu'elles aimeraient me voir nourrir des remords. (Je remue les glaçons dans mon verre à l'aide de ma paille.) J'aurais dû vous prévenir plus tôt. J'ai pris cette décision sur un coup de tête.

— Mais pourquoi ? Je ne comprends pas, lâche Neta, les lèvres pincées, d'un air préoccupé. Un jour, tu te morfonds pour un point perdu sur un contrôle et le lendemain tu cherches les heures de colle. Qu'est-ce qui t'arrive ?

— J'en ai juste assez d'être tout le temps moi. J'ai envie de vivre d'autres expériences ! Je sais, ça n'a pas grand sens, à moins d'être… dans ma tête.

Je soupire. Comment leur expliquer ?

— Eh bien… répond Kolbie au bout d'un moment. Tu étais sérieuse quand tu disais vouloir sortir ce week-end ?

Les pieds calés sur la chaise en face de moi, je repousse des miettes de cheesecake aux Oréo du bout de ma fourchette.

— Si vous voulez de moi.

— Attends une seconde : on parle bien de la même chose, là ? me lance Neta. Tu sais qu'il ne s'agit pas d'une collecte ? Tu es certaine que tu ne pensais pas plutôt à l'une de ces manifestations dont tu raffoles, du genre « sauver des chouettes affamées » ou « aider à nourrir des enfants qui meurent de faim » ?

Je secoue la tête. Le pire, c'est qu'elle ne plaisante qu'à moitié. Je suis plutôt connue pour passer mon temps libre à organiser des levées de fonds et des événements pour lesquels je m'habille chez Rent the Runway, la dernière folie des fashionistas ou LE site qui permet au citoyen lambda de louer des pièces de prêt-à-porter de grandes marques. Lors de ce genre de cérémonies, je reçois des récompenses en tant que lycéenne engagée tout en faisant semblant d'être aussi émue que si j'étais nommée à une sorte d'Oscar pour ados.

Mais pas cette fois. Là, maintenant, j'ai envie de faire la fête.

Et de boire.

Peut-être même que j'irai jusqu'à prendre une bière.

Taquine, Neta me donne une tape sur le bras du revers de la main.

— Sérieusement, Ri ? Ça fait combien d'années qu'on te supplie de nous accompagner ? Depuis, quoi, la primaire ?

Je me laisse aller à sourire.

— Sans doute.

Neta attrape son smoothie à la fraise d'une main et son téléphone de l'autre.

— Alors c'est parti pour ce week-end ! Ça va être un truc de dingue. Carlos organise une soirée chez ses parents, ça va être génial ! Ils ont une maison sur les hauteurs, et même une piscine intérieure. Ou sinon on pourrait aller du côté de chez Alice, en mode plus tranquille. Ou alors, on se la joue à l'ancienne et on se balade en voiture et on y va au petit bonheur en attendant de voir sur quoi on tombe !

— Je suis partante.

— Pour quoi ? demande Neta.

— Tout ça à la fois, réponds-je avec un sourire machiavélique.

Chapitre 7

Presque

— Jell-O shots, mesdemoiselles ? demande Mario Anders, un plateau argenté chargé de petits gobelets au contenu multicolore à la main. Au choix : cerise, citron, pamplemousse et il doit me rester fraise, mais il va falloir vous décider très vite !

— Avec plaisir ! s'écrie aussitôt Neta, qui s'empare de trois shots : un au citron, un deuxième à la fraise, et un dernier au pamplemousse.

— Seulement si ça te fait envie, bien sûr, me rassure-t-elle en me tendant le shooter au contenu rouge.

Curieuse, je porte le verre à mes narines.

Serrées comme des sardines, nous occupons un gros canapé en cuir au deuxième étage d'une immense maison perchée sur les hauteurs de la ville. Neta et Kolbie semblent passer un moment absolument génial, mais elles en sont déjà à leur troisième verre. Les murs vibrent au rythme de la musique poussée à fond (une playlist qui date à coup sûr des années 1970, car je n'ai reconnu qu'une seule chanson. Et encore, uniquement pour l'avoir déjà entendue dans un film).

Mes deux meilleures amies, hilares, sourient à tout le monde. Les cuisses moites collées aux coussins, j'essaie de les imiter en prenant sur moi pour ne pas réfléchir à l'allure que je vais avoir lorsque je me relèverai, les fesses trempées de sueur. Tout comme je m'efforce de ne pas me demander si je pourrais participer à un moment ou un autre à une conversation digne de ce nom. C'est donc ce genre de soirées dont les filles parlent avec enthousiasme pendant des heures tous les lundis quand elles racontent tout ce que j'ai encore « raté durant le week-end » ?

Des rayons de stroboscopes ringards balaient le haut de la cage d'escalier au rythme de la musique, pendant qu'un type blond assez costaud, vêtu d'un T-shirt déchiré, se déhanche de façon plutôt étrange dans le hall de marbre au rez-de-chaussée.

Pour l'instant, ça ne lui réussit pas vraiment.

Je me contrains à ne pas regarder par la fenêtre pour la dix-huitième fois de la soirée. Pas de voiture de police à l'horizon. De toute façon, les flics ne viendront pas, c'est certain. Et quand bien même ils feraient le déplacement, ce ne serait pas pour jouer les gros bras. La famille de Carlos Rodriguez, plutôt aisée, jouit d'une très bonne réputation, si bien que personne n'osera appeler les forces de l'ordre pour tapage nocturne si le bruit vient de chez eux. À vrai dire, si des agents débarquaient, ce serait sans doute pour empêcher les curieux de s'incruster. C'est dire à quel point ces soirées sont *select*.

En tout cas, c'est ce que Kolbie m'a raconté. Apparemment, Neta et elle seraient déjà venues des millions de fois à des fêtes organisées par Carlos, d'ailleurs réputées pour être grandioses et où on ne risque pas d'avoir trop d'ennuis. D'où leur choix, pour cette première sortie, de commencer en douceur avec une petite fiesta sympa chez les Rodriguez, plutôt que de m'emmener tout de suite acheter de l'alcool fort en toute illégalité dans une station-service – au hasard.

— Tu connais la technique pour prendre un Jell-O shot ? me hurle Kolbie à l'oreille en attrapant le sien, de couleur violette.

Je l'entends à peine alors qu'elle se trouve juste à côté de moi.

— Euh, non… Comment on fait sans cuillère ? beuglé-je en retour.

Je hasarde de nouveau un regard vers la fenêtre – toujours pas de gyrophare en vue –, puis jette un coup d'œil à la ronde. Aucun couvert en plastique, ce qui aurait le minimum du bon sens, franchement.

— Il faut que tu le décolles avec le doigt, explique Neta en glissant son ongle sur le pourtour du verre. Et ensuite, tu n'as plus qu'à le retourner. (Elle gobe le contenu du shooter, puis avale.) Hmm… On ne sent même pas la vodka. Tu devrais essayer, Riley, c'est vraiment trop bon !

Kolbie, elle, se contente de presser le gobelet dont le contenu tombe directement dans sa bouche… pas très classe. Du coup, je choisis de suivre les conseils de Neta. Ce n'est pas si mauvais, en fait. Le goût est fruité, sucré et ça passe tout seul – si on oublie l'arrière-goût légèrement amer qui me reste dans le fond de la gorge. Je préfère ça de loin à la bière que je traîne depuis près d'une heure et demie.

— Tu n'as pas trop la tête qui tourne ? demande Kolbie. Tu veux autre chose ?

— Euh, non ça va, merci, réponds-je.

Je n'ai pas l'impression que boire soit tellement mon truc. En plus, ça ne me fait rien.

— Plus on enchaîne les verres, moins on a peur de se faire attraper, lance Kolbie. Je sais, ce n'est pas le conseil du siècle, mais c'est la pure vérité !

Elle lance son shooter vide à un garçon qui passe avec un énorme sac-poubelle. Il essaie de le récupérer au vol mais le gobelet rebondit sur le parquet.

— Il fait beaucoup trop chaud sur ce canapé, se plaint Neta en m'agrippant par le bras. Allons nous mêler un peu aux autres ! Il est grand temps de voir s'il y a quelques mecs mignons ici à Bellview, tu ne crois pas ? Oh ! (Elle s'interrompt, me lâche une seconde pour plonger dans sa pochette, dont elle extirpe un gloss rose fluo.) Tiens, mets ça. Ça ira bien avec ton teint !

Je la dévisage. Je ne me maquille jamais avec des couleurs aussi vives. Ça ne me va pas, c'est comme ça. Mais à vrai dire, rien ici (que ce soit la fête ou même l'objectif premier de cette nuit) ne me ressemble. Et puisque je ne suis pas moi ce soir, j'applique une petite dose de gloss sur mes lèvres, simplement pour lui faire plaisir.

— On revient, Kolbie ! lance Neta.

Avant de m'entraîner sans la moindre hésitation vers un groupe de garçons, où elle se charge des présentations : je fais alors la connaissance de Zayne, Jordan et Benn (avec deux « n », me précise-t-il, comme si c'était beaucoup mieux que Ben avec un seul « n »).

— Oh, mais j'ai déjà entendu parler de toi ! m'apostrophe Zayne en me serrant la main – il la garde d'ailleurs dans la sienne un tout petit peu trop longtemps à mon goût. C'est bien toi, la fille qui ne sort jamais, non ?

Génial… Ma réputation de petite fille parfaite et casanière s'est répandue jusque dans les autres lycées du coin. Malgré tout, Zayne me plaît assez, avec son grand sourire, ses dents régulières et ses cheveux sombres bouclés. En plus, il est juste à la bonne taille pour moi.

— Oh vraiment ? répliqué-je. Qu'est-ce que je fais là, alors ?

— Tu me surprends, répond-il avec un sourire. Et crois-moi, ce n'est pas rien.

— Ah oui ? Si c'est si difficile que ça, qu'est-ce que j'y gagne, du coup ?

— Eh bien, le droit de… de devenir ma coéquipière de bière-pong ! Ça te va ?

— D'accord, mais à une condition. Enfin, deux, à vrai dire.

— Tout ce que tu voudras, plaisante Zayne, le sourire toujours aux lèvres, comme s'il anticipait ma réponse.

— D'abord, tu dois m'apprendre les règles, énuméré-je, un doigt dressé. (Je lui souris en buvant une nouvelle gorgée de ma bière tiède. *Non mais dans quoi est-ce que je m'embarque ?* Je lève un deuxième doigt.) Ensuite, je ne jouerai que contre Neta et un partenaire de son choix.

À ces mots, l'intéressée glisse son bras sous celui de Benn avec deux « n ».

— Tu as intérêt à être doué, lui dit-elle.

— Je n'ai jamais perdu… pas ce soir du moins, réplique Benn en finissant sa bière.

— Unpeufacile,c'esttapremièrepartie!legourmande-t-elle.

Tous deux éclatent de rire. Le jeune homme la contemple comme s'il n'y avait plus qu'elle au monde, quant à elle… elle le déshabille littéralement du regard.

Zayne nous guide jusqu'au rez-de-chaussée, dans une pièce à côté de la piscine où nous découvrons une table de ping-pong agrémentée de gobelets à moitié remplis de bière. Mon associé m'explique le concept : si l'équipe adverse parvient à mettre la balle dans l'un des verres, il faut en boire le contenu. De ce que je comprends, tout l'intérêt du jeu, c'est la bière, sans quoi ce serait ennuyeux à mourir.

— Je crois qu'on a un problème, chuchoté-je à Zayne.

— Lequel ? demande-t-il, soudain inquiet.

Avec un sourire, je tripote son col de chemise.

— Je déteste la bière. Du coup, si on perd…

— … c'est pour ma pomme, finit-il à ma place, hilare. Tu fais une sacrée coéquipière, dis donc !

— Non mais, c'est toi qui m'as choisie, je te rappelle ! protesté-je. Tu ne peux t'en prendre qu'à toi-même.

— Oh, rassure-toi, je n'ai aucun regret !

De l'autre côté de la table, Neta me lance un clin d'œil. Je résiste à la tentation de lever les yeux au ciel – comme si je ne savais pas flirter... Ça n'a rien de difficile, pourtant. Il suffit de jouer sur les trois cordes sensibles des garçons ivres en soirée :

1) de la bière

2) du sport (quel qu'il soit)

3) une bonne dose de sensualité

Et voilà, c'est plié.

Ce n'est pas sorcier, ça ne s'apparente même pas à un défi. Et soyons honnête... ce n'est pas franchement palpitant. Les fêtes se résument-elles donc toutes à ça ? Des shots un peu amers et des balles de ping-pong envoyées dans des verres de bière stagnante ?

C'était pour ça qu'Ethan voulait que je laisse tout tomber ? Ce fameux domino dont il parlait valait-il vraiment la peine d'être mis par terre ?

— À toi de commencer, annonce mon partenaire en me tendant une balle dégoulinante d'alcool. Mets-leur une raclée, Stone.

Pas très hygiénique, tout ça...

— Décale-toi, Zayne, tu veux, j'ai besoin d'espace, lui rétorqué-je.

Je le pousse d'un coup de hanche – ce qui ne semble pas lui déplaire – et me mets en position. Un œil fermé pour mieux viser, je m'efforce d'ignorer les huées de Benn et Neta, de l'autre côté de la table, qui cherchent à me déconcentrer. Mon amie me tire la langue et, même si je ris, je ne cède pas pour autant. Faites place à Riley, maîtresse zen de l'art du bière-pong.

Je lance la balle…

… qui rebondit sur le rebord du premier gobelet avant d'atterrir dans le deuxième.

— Ça compte quand même ? demandé-je à Zayne.

Celui-ci attend, bras en l'air, que je me décide à claquer ma paume contre la sienne – ce que je finis bien sûr par me sentir obligée de faire.

— Je veux, oui ! Buvez, bande de loosers ! rugit-il, triomphant.

Avec une moue boudeuse, Neta récupère la balle. Elle m'adresse un nouveau clin d'œil, prend une petite gorgée, puis tend le verre à son équipier qui le descend cul sec. De la bière ruisselle sur ses joues mal rasées.

— Ah ! s'exclame-t-il en s'essuyant la bouche du revers de la main. Ça fait du bien !

— Encore à nous ! déclare Zayne avant de prendre une nouvelle balle. Vas-y, Stone !

Je me remets en position, mais cette fois, le projectile file tout droit heurter Benn en pleine poitrine.

— Raté ! pesté-je.

Mon coéquipier me tapote gentiment l'épaule – ses doigts s'y attardent d'ailleurs une demi-seconde de plus que nécessaire.

— Ne t'inquiète pas, on les aura la prochaine fois. À notre tour de les déconcentrer maintenant.

Il se met alors à beugler du bout de la table de ping-pong et je me joins à lui – même si au fond, je me sens ridicule. J'ai soudain envie de partir.

Sauf que c'est à ça que ressemble une fête et c'est moi qui ai voulu venir.

Ils ratent leur cible. À nous.

Voilà donc ce que font les jeunes de mon âge.

Avec un soupir, je regarde Zayne lancer la balle dans l'un des gobelets adverses. Je l'acclame, lui tape de nouveau dans la main. Lorsque je rate le tir suivant, le projectile passe à l'adversaire. Cette fois, Zayne ne me laisse pas me défiler, alors je me force à boire autant que possible avant de lui tendre le verre pour qu'il le finisse. Je me sens un peu étourdie, comme si ma vision avait un temps de retard sur moi lorsque je tourne la tête et que mon sourire ne cadrait plus tout à fait avec ma bouche.

La balle change de nouveau de camp.

À quel point me prendrait-on pour une dingue si je la passais au désinfectant ? Le goût de la bière en serait peut-être meilleur… ou pire, cela dit. Je ne sais même pas si les autres le remarqueraient.

Kolbie a sans doute raison de sortir avec un garçon plus âgé. Je suis certaine qu'à l'université, les fêtes n'ont rien à voir avec cette mascarade. Ça doit être plus fun, plus… recherché. Plus intéressant.

Peut-être même qu'il y est possible de discuter (et par là, j'entends de vraies conversations, pas simplement des flirts idiots entre deux balles ruisselantes de bière).

Ou bien alors c'est exactement la même chose.

Une main se pose sur mon épaule. Je me retourne. *Kolbie !*

— Ça va, Ri ? Tu as descendu combien de bières ?

— Une, dis-je avec un sourire. Enfin, je crois…

— Ça tourne ? demande-t-elle, les sourcils froncés. On ne dirait pas, pourtant…

En fait, si. En quelque sorte. Mis à part la vision trouble, je ressens une vague de chaleur au creux de ma poitrine et j'ai l'impression de flotter sous l'eau, juste sous la surface. Tout avance au ralenti. Mais je ne suis pas complètement ivre et, étrangement, le stade où j'en suis semble beaucoup moins drôle et agréable que là où en sont les autres.

— Ça va…

Elle passe son bras autour de mes épaules.

— Notre amie ici présente a besoin d'une remplaçante, dit-elle aux autres. Le temps de faire un saut aux toilettes. Elle sera de retour en moins de deux, pas vrai, Ri ?

Une main sur ma nuque, elle plonge ses yeux dans les miens. Elle me connaît tellement par cœur… *Prends tout le temps dont tu as besoin loin de ce jeu idiot*, semble-t-elle me souffler.

Je la remercie en silence avant de me tourner vers Zayne.

— Je reviens tout de suite. Je compte sur toi pour être à la hauteur !

Les reparties me viennent avec une facilité déconcertante. Des mots, creux, vides de sens.

Il me tend son poing pour un *check*.

— T'inquiète, c'est pas la mer à boire !

Je lui lance un sourire éblouissant face à cette plaisanterie facile avant de fuir vers les sanitaires. Les deux premiers que je trouve sont fermés à clé, mais j'en trouve d'autres, à deux pas de la piscine, qui tiennent davantage lieu de cabine pour se changer que de toilettes.

J'allume la lumière, puis, sitôt la porte fermée, je l'éteins de nouveau et me laisse glisser au sol pour savourer ce bref moment de solitude.

J'ai envie de rentrer chez moi. Je veux retrouver ma chambre, mon lit… Être tranquille. Je me sens seule au milieu de tous ces visages inconnus, en décalage avec tout le monde, pas à ma place. Vu de l'extérieur, ces jeunes me ressemblent, mais il est clair que je ne suis pas des leurs. Ce soir, la vérité me saute au visage : rien ne cloche chez eux, c'est dans ma tête que quelque chose ne tourne pas rond.

Le front appuyé contre le battant, les yeux clos, j'entends soudain frapper à la porte.

— Ri ? Tu es là ?

Ah, Kolbie… Qu'est-ce que je ferais sans toi ?

Je me lève pour déverrouiller le loquet.

— Qu'est-ce que tu fabriques dans le noir ? Tout va bien ?

Elle rallume la lumière en entrant. J'esquisse l'ombre d'un sourire.

— Oui, désolée. J'avais juste besoin d'un peu de temps pour moi. Ces gars… je ne sais pas pourquoi, je ne les sens pas.

Mon amie me dévisage avant de prendre la parole :

— Je comprends, c'est pareil pour moi. J'ai dit à ton pote Zayne de prendre mon tour pour pouvoir partir à ta recherche.

Je soupire et elle s'assoit à côté de moi. Je cale la tête contre son épaule.

— Ce n'est pas mon monde.

— Ça, c'est sûr. Mais en quoi est-ce si grave, dis-moi ?

Elle s'interrompt soudain et un silence relatif nous enveloppe. Au dehors, les basses surpuissantes résonnent au point de faire vibrer le sol.

— C'était peut-être une erreur de vouloir te pousser à tout prix dans les bras de quelqu'un, reprend-elle. Tu as sans doute juste besoin de sortir avec un garçon un peu plus âgé, plus mature. Je… je suis désolée, on ne voulait pas te mettre la pression, tu sais.

— Ne t'inquiète pas pour ça.

C'est tellement rassurant de voir qu'elle me comprend.

Pourtant, ses mots m'interpellent… Pense-t-elle à quelqu'un en particulier ? Quelqu'un que nous connaissons toutes les deux ?

Non. Impossible. Bien sûr que non…

— Tu veux rentrer ? demande-t-elle.

J'acquiesce. Je commence à avoir la tête qui tourne, en plus de me sentir toute barbouillée. Je ne suis pas mal pour autant, mais je commence à perdre le contrôle et à paniquer.

Que se passerait-il si la police débarquait pour de bon ?

Tous mes dominos se retrouveraient éparpillés au sol… Ça apprendrait à Ethan d'essayer de faire de moi une adolescente digne de ce nom !

— Allez, viens. (Kolbie se relève, avant de me tendre une main que j'agrippe pour me remettre debout à mon tour.) Je pense qu'on a assez fait la fête pour ce soir.

— Tu es une amie en or, tu le sais, ça ? lâché-je en m'appuyant légèrement sur son épaule.

Elle titube, retrouve l'équilibre, puis glisse mon bras autour de sa taille.

— N'oublie pas toutes les nuits où c'est toi qui t'es occupée de moi, finit-elle par répondre. Toi qui m'as tenu les cheveux et m'as laissée rentrer en douce chez toi quand j'avais bravé le couvre-feu. (Elle grimace.) Non, en fait, je dis n'importe quoi, sois sympa, oublie tout ça.

Avec un sourire, je la serre tout contre moi.

— Je serai toujours là pour toi, Kolbs.

Les mots se bousculent dans ma bouche.

Elle me retourne mon sourire.

— Je sais.

Chapitre 8

Librairie

Les librairies sont des endroits où je me suis toujours sentie à ma place.

Bien plus qu'au milieu d'une soirée, devant un film ou un tableau. Dans les livres, sont cachés des trésors : des vies, des secrets, des murmures… Et même ces petits fragments de vérité que personne ne peut déceler, pas même ceux qui connaissent par cœur la vie de l'auteur, ont lu son livre et lui ont posé toutes les questions possibles et imaginables. À mon avis, certaines de ces confidences demeureront à jamais inexplorées, y compris par ceux qui les écrivent.

J'en oubliais presque de le préciser : j'aime lire, aussi, bien sûr.

Le profil parfait de l'intello, quoi.

Samedi après-midi. Je me suis réveillée avec un léger mal de tête. Je me suis servi un verre d'eau filtrée puis, après avoir pris deux paracétamols, j'ai enfilé un grand pull ample et un foulard évanescent couleur lavande, tressé mes cheveux en une longue natte dorée et me suis rendue dans ma librairie préférée : une petite boutique dans South York Village, baptisée *Pockets*. Devant la devanture, les gens se prélassent autour de petites tables en mangeant des croissants et en buvant du thé à l'anglaise (avec lait et sucre) dans des tasses en terre cuite.

À l'intérieur, les rayonnages se serrent les uns contre les autres et les vieilles étagères croulent sous le poids des livres, souvent entassés sur deux rangées de hauteur et trois de profondeur. L'odeur qui y règne est merveilleuse – un mélange de colle et de vieux papier. Une fois dans le magasin, j'inspire longuement, savourant le parfum apaisant que seuls reconnaissent les vrais amoureux de cet endroit.

Jamais je ne pourrais emmener Kolbie ou Neta ici. Elles ne comprendraient pas, ne verraient pas les choses de la même manière que moi. Non pas qu'elles n'aiment pas les livres, bien au contraire. Elles sont loin d'être bêtes. Mais cette librairie représente beaucoup à mes yeux, je me sens ici chez moi. Or, je n'ai pas très envie de partager le secret de cet endroit avec mes amies (elles risqueraient de ne pas trouver très attrayant le papier peint décollé aux murs ou le fait que le robinet des toilettes ne délivre que de l'eau froide).

Je suis en train de flâner dans la section poésie et viens tout juste d'extirper de son rayon un exemplaire d'occasion de *Burning in Water, Drowning in Flame* quand j'entends une voix… que je reconnaîtrais entre toutes.

— Qu'est-ce qui te ferait envie, mon cœur ?

— Je ne sais pas. Ils ont des magazines ? répond une femme, dont j'imagine la moue boudeuse.

— Des anciens numéros, peut-être. Je ne sais pas. Tu ne veux pas un roman, plutôt ?

Je jette un regard curieux par-dessus mon recueil de poèmes de Bukowski : Alex Belrose et Jacqueline, sa splendide épouse, se tiennent à l'autre bout de l'allée. M. Belrose enlace nonchalamment sa femme par la taille, laquelle, élancée et ravissante, a l'air de sortir tout droit des pages de l'édition française de *Vogue* – après le passage d'un photographe de mode expert en retouches. J'ai cru comprendre qu'Alex l'avait rencontrée pendant son année en France. Elle est américaine, bien entendu, tout comme lui, mais ils auraient apparemment vécu là-bas une fougueuse histoire d'amour qui sonne un peu trop beau pour être vraie. En plus de ses longues jambes et de son teint sublime, son nez ressemble à un bouton de rose égaré là. Ses vêtements ont tout du plumage d'un oiseau majestueux – avec leurs reflets chatoyants, on dirait une reine.

Elle n'a rien d'une femme ordinaire. De ce qu'on en dit, en tout cas.

Je baisse les yeux sur mon recueil de poésie et parcours la page du doigt – en réalité j'ai arrêté de lire depuis un moment déjà. Je me recroqueville un peu plus sur moi-même… J'aimerais tant disparaître. Je n'ai aucune envie de parler à Jacqueline. D'être comparée à elle. Je me sens soudain toute petite, infime, incongrue. Si seulement ces deux-là pouvaient ne jamais avoir mis les pieds ici, que cette petite librairie reste mon endroit à moi, et rien qu'à moi, où je n'ai pas à me soucier des intrus (y compris ceux du genre mignon que j'ai toujours rêvé de rencontrer dans la rue par hasard).

Je réajuste mon foulard, de façon à m'en draper les bras et le dos, mais au moment où je me détourne de la vitrine du magasin, afin que personne ne me voie, quelqu'un me tapote sur l'épaule.

— Bonjour.

Je me retourne tellement vite que j'en perds presque l'équilibre. *Monsieur Belrose…*

— Oh, bonjour.

— Je suis désolé, je ne voulais pas te faire peur, dit-il avec un sourire. Je n'ai pas le droit de te parler en dehors des horaires de cours, c'est ça ?

Je fais mine de vérifier à gauche, puis à droite que personne ne se trouve à proximité.

— La loi l'interdit, chuchoté-je. À vrai dire, je ne savais même pas que le gouvernement laissait les professeurs sortir de l'enceinte du lycée. Je pensais qu'ils vivaient tous enfermés là-bas et prenaient leur douche dans les lavabos.

L'air solennel, il hoche la tête.

— Je vois que tu connais notre secret… Mais on a quand même droit à deux heures de sortie le week-end, histoire de donner le change et de nous faire passer pour des personnes normales.

— Ça a presque marché, répliqué-je en claquant des doigts.

— Mince, raté ! s'exclame M. Belrose avec un rire.

Son regard s'attarde sur mes mains desquelles il prend le recueil.

— Bukowski, hein ?

— Oui, c'est mon poète préféré.

— Un peu sombre pour mon élève la plus brillante.

— Les apparences sont parfois trompeuses, lancé-je, avant de me maudire aussitôt.

Non, mais n'importe quoi ! Je viens vraiment de dire ça ? À un prof ? Je suis devenue dingue ou quoi ?

— Ça ne m'étonnerait effectivement pas qu'elles le soient, répond M. Belrose, du tac au tac. En fait, je ne suis moi-même pas très friand de poésie, à moins que ce ne soit des auteurs classiques ou français. Je préfère lire des romans écrits dans notre bonne vieille langue américaine. (Avec un sourire tendre, il frôle du bout du doigt le dos des ouvrages posés sur les étagères.) Je viens souvent ici le week-end. J'y ai déniché beaucoup de mes livres préférés.

— Ah oui ?

Je croise les bras sur ma poitrine. Il relève les yeux sur moi.

— Ça a l'air de te surprendre ! Tiens, Stephen King par exemple. Un bon bouquin d'horreur, ça me plaît autant qu'à n'importe qui. (Il me montre un exemplaire de *Shining*, avant de le remettre en place religieusement.) Ou alors Hemingway. J'adore quand l'écriture est parfaitement ciselée, tu vois ce que je veux dire ? Comme dans *Le Vieil Homme et la Mer*, un de mes incontournables. Mais toi… tu as des goûts différents. Je le sens. Je parie que tu lis des textes plus sombres, du genre qu'on ne trouve pas à la bibliothèque du lycée. Et je ne parle pas des romans d'épouvante habituels.

— Il n'y a pas que ça, protesté-je. J'aime beaucoup Jane Austen, comme n'importe quelle fille. Pareil pour les histoires d'amour. Sans oublier Shakespeare. (Dans l'étagère voisine, j'attrape un exemplaire des *Œuvres complètes* dudit auteur – pas du tout rangé au bon endroit – que j'agite, entre mon pouce et mon index.) Je lis aussi des romans jeunes adultes, des livres illustrés et tout ce que je peux accompagner de cookies aux pépites de chocolat et de thé à la menthe.

Je caresse le dos des livres, comme Belrose quelques minutes plus tôt – mes doigts accrochent des particules de poussière.

— Oh ! lâche-t-il, les mains jointes dans le dos.

— Euh… qu'entendez-vous par là exactement ?

— Puis-je te faire une suggestion ?

— Ai-je vraiment le choix ?

Je sais que je ne devrais pas, mais le danger m'électrise à l'idée de flirter ainsi avec lui alors que Jacqueline se trouve juste à côté de nous. J'ai soudain trop chaud. Je retire mon foulard, que je fourre en toute hâte dans mon sac.

— Toujours, me répond-il très sérieusement en me regardant bien en face, de ses yeux verts si intenses.

Je rêve ou quoi ? Je dois avoir mal compris… À quoi joue-t-il ? Je sens que la situation est sur le point de m'échapper, et pourtant…

— Chéri ? Où es-tu ?

Le timbre de voix ne laisse aucun doute quant à l'identité de la personne qui vient de parler.

Mon cœur se serre un peu, malgré moi. Et en même temps, cette intervention me soulage d'un grand poids.

— Ici, Jackie ! lance M. Belrose dans son dos.

Puis il se retourne vers moi et me fourre brusquement un livre dans les mains. J'ignore s'il l'avait avec lui depuis le début ou s'il vient de le prendre sur une étagère.

— Prends ça, souffle-t-il. Ça devrait te plaire. Tu me diras ce que tu en auras pensé, tes impressions, ton ressenti.

Je me surprends à serrer l'ouvrage contre moi. Mon professeur se dirige alors vers l'extrémité de l'allée où il interpelle son épouse. Celle-ci le rejoint, chargée d'une pile de magazines, parmi lesquels je crois reconnaître des numéros de *People*, *Closer* et *OK !*

— Tu as fini ? Cet endroit est d'un ennui… gémit-elle de sa voix de crécerelle.

En cet instant, je ne peux m'empêcher de la détester un peu : non seulement elle ose critiquer ma magnifique petite librairie, mais en plus, elle vient de tout gâcher.

— Oui, c'est bon, répond M. Belrose. Tu prends tout ça ?

— J'en ai marre, on y va ? geint-elle de nouveau, en guise de réponse.

Sans précaution aucune, elle lui tend les revues que l'enseignant cale alors sous son bras.

— Pas de problème, dit-il avant de se tourner vers moi et de m'adresser un signe de la main. Au revoir, Riley. On se voit en cours. Bonne lecture !

Avec un pincement quelque part entre mon estomac et mon cœur, je lui retourne son geste.

Ce n’est qu’une fois après avoir payé le fameux livre et être rentrée chez moi que je me rends compte que j’ai perdu mon joli foulard.

Il a dû tomber de mon sac.

Chapitre 9

Mensonges

Il n'y a rien de pire que les bus scolaires. Je ne sais pas à quoi cela tient. Peut-être est-ce l'âge des passagers – tous mineurs – qui a poussé les concepteurs à se dire : « Bon, oublions d'entrée de jeu toute notion de confort (critère normalement décisif pour un véhicule traditionnel), et contentons-nous du strict minimum. Quelques sièges en vinyle gris dans une carcasse métallique (pas besoin de ceinture de sécurité, c'est superflu !), ça fera l'affaire. Quant au moteur, ce n'est pas bien grave s'il donne l'impression d'être sur le point d'exploser à tout moment. Après tout, ce n'est pas comme si le chargement avait une quelconque valeur. »

Et pendant ce temps-là, les autres bus bénéficient d'assises rembourrées, de la climatisation, d'un chauffage qui ne fait pas grincer tout le véhicule, et même d'écrans de télévision.

— Je dors toujours super bien là-dedans, lance Neta, avant de bâiller et de poser la tête sur mon épaule. J'adore ces sièges : on dirait que les odeurs de sueur ont imprégné la mousse à vie, je trouve ça hyper réconfortant.

Elle prend une profonde inspiration et est prise d'une quinte de toux.

— Tu es vraiment dégueu, répliqué-je en faisant semblant de vomir.

— Je dis ce que je pense, c'est tout. (Elle change de position pour mieux se caler contre moi.) Ça ne te dérange pas si je m'appuie sur toi ? Ces immondes bus sont parfaits pour piquer un somme.

Le pire, c'est qu'elle a raison. Peut-être est-ce dû au roulis apaisant du véhicule qui se traîne sur la route, à l'absence d'à-coups… ou alors c'est le monoxyde de carbone qui s'infiltre dans l'habitacle et nous empoisonne à petit feu. Possible.

Avec un bâillement, je lutte contre le sommeil. Nous nous rendons à un concours d'éloquence. Il s'agit cette fois d'un faux procès où je joue une psychiatre qui atteste de la santé mentale du plaignant. Je parcours rapidement mes notes, puis me tourne vers Neta : les yeux fermés, elle respire doucement par le nez. À gestes précautionneux, je me penche en avant pour attraper à tâtons dans mon sac… un livre en particulier, à la reliure en tissu usée. Toujours d'une main, je le pose sur mes genoux.

C'est celui que M. Belrose a choisi pour moi à la librairie. Celui qu'il m'a remis, qu'il m'a conseillé de lire. Il s'intitule *L'Amant* *.

On peut dire que ça n'a rien d'anodin. Et dire que son épouse se trouvait à deux pas de nous quand il m'a conseillé cet ouvrage… Se pourrait-il qu'il y ait de l'eau dans le gaz entre eux ? Comment expliquer l'attitude d'Alex, autrement ?

Le livre est en version française, bien entendu. Je progresse lentement, je prête attention à chacun des mots, cherche le vocabulaire sur mon téléphone et relis des passages entiers… Un secret y est caché, un message qui m'est destiné. J'en suis certaine.

Il ne peut en être autrement.

L'Amant raconte l'histoire d'une jeune fille qui fait la rencontre d'un homme d'affaires âgé de vingt-sept ans. L'héroïne est encore plus jeune que moi, quant à l'homme, il n'a qu'un an de plus que M. Belrose. J'avance méticuleusement d'une page à l'autre.

— Qu'est-ce que tu lis ?

Neta vient de se réveiller. Je sens mes joues s'empourprer.

— Euh, rien.

Je laisse mes cheveux retomber devant mon visage, un de mes mécanismes de défense qui semble en passe de devenir un automatisme.

— Tu m'en diras tant… réplique-t-elle avant de se redresser en se frottant les yeux. Tu as trouvé ça où ?

— Au lycée. (Le mensonge me vient naturellement, comme s'il attendait depuis longtemps son heure.) C'est pour un devoir.

Je remercie le ciel en silence que ni Neta ni Kolbie n'aient pris français comme langue étrangère et qu'aucune d'elles n'en comprenne un traître mot. Cela dit, toutes deux se seraient inscrites au cours de Belrose, si elles n'étaient pas déjà en espagnol avancé.

— Oh, aucun intérêt ! Moi qui espérais que ce soit un roman érotique ou quelque chose d'un peu glamour… soupire-t-elle. Il n'y a que toi pour rougir comme ça pour des lectures scolaires. Détends-toi, Ri. On n'a pas cours de la journée, enfin presque.

— Tu n'en profites pas pour relire tes notes ? lui demandé-je.

Elle abaisse la capuche de son sweat, dont elle tire les galons qui se resserrent autour de son visage.

— Tu rates des heures de sommeil précieuses dans le bus, lance-t-elle. Il faut vraiment que tu lâches tes bouquins et que tu penses à t'amuser un peu. Qu'est devenue la Riley rebelle de ce week-end en mode « Oh, chouette, de l'alcool ! Allez, on se met tous à poil et on se fait arrêter par les flics ! » ?

La tête inclinée et le menton calé dans le creux de ma main, je fais mine de réfléchir.

— Tu as raison. Heureusement que tu es là pour me rappeler mes propres paroles. En revanche, tu as oublié le moment où, sous l'effet de la drogue, j'ai hurlé à la mort car je me croyais dans un avion, prête à sauter dans le vide avec un parachute improvisé.

— Ben voyons… Je t'ai surtout épargné tous les jurons qui sont sortis de ta bouche ! glousse Neta, avant de chausser une paire de lunettes noires et de caler de nouveau la tête contre le dossier de son siège. Maintenant, arrête de m'empêcher de dormir avec tes trucs d'intello.

Avec un soupir, je range le livre dans mon sac à dos, entre mon devoir sur Shakespeare et un exemplaire de *Le Soleil se lève aussi*. Mieux vaut éviter que mes camarades de français me surprennent à le lire. Eux risqueraient de traduire correctement le titre… et il me faudrait alors trouver une meilleure excuse.

Or, tout le monde sait que les mensonges les plus simples sont les plus efficaces.

De toute façon, j'ai plutôt envie de continuer ma lecture sans personne autour, juste avant d'aller me coucher, par exemple. Toute cette histoire a pris une tournure très… personnelle à mes yeux. J'ai presque l'impression que quelqu'un me murmure à l'oreille un secret qui ne peut être révélé qu'une fois que je suis seule, installée dans mon lit, sous les couvertures, à écouter la maison respirer pendant que tout le monde dort.

Malgré tout, je n'arrive pas à m'expliquer pourquoi je rechigne autant à dire à Neta que l'ouvrage vient de M. Belrose. Elle adorerait apprendre que je l'ai croisé par hasard à la librairie, lui et sa splendide épouse. Ce n'est pas comme si j'avais quelque chose à cacher. Tout le monde a un faible pour lui, non ? Pourquoi donc sa meilleure élève échapperait-elle à la règle ? Neta et Kolbie seraient vertes de jalousie si je leur rapportais notre conversation. Et puis, ça me ferait du bien de leur en parler. De me confier à elles. Cela serait-il si affreux à admettre ? Même si je dois avouer que son conseil de lecture et la scène avec sa femme m'ont plus que troublée, ce n'est pas comme s'il se passait quoi que ce soit entre nous.

Quoique…

Soudain prise d'un frisson, je jette un regard à l'extérieur, aux arbres et aux champs qui défilent derrière la vitre. *Non, ce n'est rien, rien du tout.* Ce n'est que la version française d'un roman… et ce n'est qu'un simple hasard si je me trouvais justement dans cette librairie d'occasion au même moment que Belrose et sa femme. Je pose le front contre la paroi, Neta ronfle doucement à côté de moi. Je sens alors mon téléphone vibrer dans ma poche et le tire pour consulter mes e-mails. Une poignée de nouveaux messages apparaissent sur l'écran : une publicité pour un magasin de chaussures du centre commercial, un coupon de 20 % de réduction chez Abercrombie utilisable ce week-end et puis… un autre encore.

Un courriel non lu provenant d'une adresse dont je n'ai encore jamais reçu aucun message. Du moins, pas que je m'en souvienne.

Et comment aurais-je pu l'oublier ?

Car l'adresse est facilement identifiable. Elle contient les mots « alex » et « belrose ».

L'e-mail en lui-même ne compte que trois mots :

Alors, ce livre ?

Un froid glacial se répand dans mes veines, aussitôt remplacé par une sensation de brûlure qui s'évanouit aussi vite qu'elle est venue.

Étrangement, mon premier réflexe serait de poser mon portable. Ou plutôt, d'effacer le message avant de lâcher mon téléphone afin de pouvoir faire comme si je n'avais jamais rien reçu. Comment ça, un professeur est entré en contact avec l'une de ses élèves au sujet d'un roman français plutôt ambigu qu'il lui a conseillé dans sa librairie préférée ? Non, pas du tout. Faire comme si tout était normal. Oui, absolument normal. Rien à signaler.

Mais je ne peux pas.

Ça me plaît beaucoup. Merci du conseil.

Mon doigt hésite au-dessus de la touche « Envoyer » pendant près de trente secondes. Enfin, je me décide à appuyer sur l'écran et le message part.

La réponse ne se fait pas attendre.

C'est l'un de mes romans préférés.

Mon cœur bat la chamade. Après un regard vers Neta, je m'écarte légèrement d'elle en relevant mes genoux entre elle et moi pour me ménager un petit espace privé afin qu'elle ne puisse pas apercevoir la conversation.

Je peux savoir pourquoi ? demandé-je, tiraillée entre la curiosité et l'angoisse de déjà connaître la réponse.

Lis, tu devrais comprendre.
C'est ce que je fais.
C'est bien, tu es une fille sage.

Le dernier e-mail m'interpelle. Comment ça ? Que veut-il dire par là ? Le ton est non seulement très condescendant mais aussi beaucoup trop personnel, et je ne sais pas quoi répondre… Parce qu'il a raison. « Une fille sage », voilà ce que je suis.

Je fixe mon téléphone : aucun nouveau message. De mon côté, que pourrais-je ajouter ? J'ai l'impression que mon estomac s'est transformé en bétonneuse dans laquelle se mélangent joie et nausée, excitation et horreur. Le front de nouveau appuyé contre la fenêtre, je contemple l'asphalte flou qui défile derrière la vitre.

Ce qu'il faut savoir sur Riley Stone :

- À l'âge de dix ans, Riley a lancé une collecte de chaussettes pour les sans-abri. Elle a sollicité une douzaine d'écoles et rassemblé plus de 1 500 paires de socquettes qu'elle a redistribuées entre les différents centres d'accueil locaux. Riley en a gardé une ravissante paire violette pour elle, car, à dix ans, personne n'est parfait, après tout.
- À douze ans, Riley a eu l'occasion de donner un discours auprès de l'association des vétérans de sa région. Elle y a évoqué ce que représentait leur engagement, pour elle et son arrière-grand-père, qui avait combattu pendant la guerre du Vietnam. Son discours a été acclamé et la vidéo en ligne compte, à ce jour, 130 000 vues – ce qui reste loin d'être viral aux yeux de Riley.
- À l'école primaire, Riley a établi un record national du plus grand nombre de cookies vendus en allant proposer ses biscuits devant les résidences étudiantes, connues pour leurs nombreuses soirées.
- À l'âge de sept ans, Riley, qui récoltait toujours d'excellentes notes, a entamé une thérapie comportementale, car ses parents s'inquiétaient de la pression que la fillette s'imposait à elle-même. Les médecins et psychiatres ont approuvé cette décision, compte tenu du tempérament de l'enfant, mais M. et Mme Stone

appréhendaient les répercussions que pourrait avoir un tel suivi sur Riley, si cela venait à être ébruité. En conséquence de quoi, elle n'a jamais consulté que par périodes de quelques semaines consécutives.

Chapitre 10

Secret

« *Une fille sage.* »

Il a raison.

Sur toute la ligne.

On peut dire qu'il m'a bien cernée. Certes, j'ai été en retard en cours. J'ai même séché. Je suis allée à une vraie soirée où j'ai bu de la bière et joué à des jeux idiots. Oui, le temps d'un week-end absurde, j'ai fait tout ce qu'un lycéen lambda est censé faire, mais ça ne veut rien dire du tout. Ça ne change pas ce que je suis.

Moi, j'appartiens à la catégorie des filles sages. J'y suis abonnée, enregistrée, mon nom y est inscrit, et plutôt deux fois qu'une. Mon frère, lui, est encore un peu perdu, même s'il a trouvé Esther et qu'il se croit amoureux. Nous sommes tous coincés avec nous-mêmes, à moins d'opter pour une décision drastique et brutale qui changerait notre être en profondeur et déchirerait notre âme.

« Une fille sage. »

Je ne sais pas pourquoi sa remarque me tourmente à ce point. Elle tourne sans arrêt dans ma tête. Elle me suit au lycée, jusqu'en salle de français où elle s'installe confortablement sur mon épaule et se love autour de mon cou pour me chuchoter à l'oreille :

Rien. Je ne suis rien de plus.

M. Belrose ne me regarde pas particulièrement lorsqu'il nous rend nos devoirs. Ni clin d'œil, ni sourire. Il se comporte avec moi comme avec Thea... avec le léger dégoût de quelqu'un qui tient à bout de bras un objet déplaisant mais important, de façon à le garder le plus éloigné possible du corps, afin de ne jamais, au grand jamais, avoir à vraiment le toucher.

— Je me permets de vous rappeler à tous que vos rédactions sont à rendre aujourd'hui, annonce M. Belrose.

À voir son sourire, on pourrait croire qu'il s'agit d'un jour spécial que nous attendions tous.

Il y a de cela à peu près un mois, il nous a donné à faire une dissertation. Du genre plutôt balèze... Huit pages. Ce qui est déjà énorme, quelle que soit la matière.

Sauf qu'en plus, Belrose a exigé qu'elle soit entièrement rédigée *en français* *.

Autant dire que ce devoir est un monstre. D'ailleurs, même les filles qui ont un faible pour le prof ont râlé (cette fois, il ne s'agissait clairement pas d'un rendu que l'on pouvait bâcler la veille avec une bonne cure de Red Bull).

J'en ai bien sûr profité pour faire le mien sur la campagne de Jules César en Gaule. Je l'ai terminé il y a deux semaines et ai pondu dix pages : l'histoire de France est un sujet bien trop riche et passionnant, huit pages étaient loin d'être suffisantes pour me permettre de couvrir avec précision la conquête romaine, ses tenants et aboutissants. Bref, du moi tout craché.

Je sors ma dissertation de mon trieur, pour l'apporter à M. Belrose.

Aujourd'hui encore, il porte des lunettes, celles à la monture noire et épaisse qui accentuent le vert profond de ses yeux. J'essaie de ne pas y prêter attention. Ses grandes prunelles de jade ne m'intéressent pas le moins du monde.

Lorsqu'il me voit approcher, un petit sourire étire légèrement la commissure de ses lèvres, si discrètement que je le remarque à peine.

— *Merci, mademoiselle Stone* *.

Il porte alors sa main gauche au niveau de sa taille.

Un tissu vaporeux couleur lavande dépasse de sa poche.

Ça ressemble… *Non, impossible !*

Mais si, c'est bien mon foulard…

Il observe ma réaction. Une lueur d'amusement brille dans son regard émeraude – qui soudain m'intéresse davantage.

Son sourire s'élargit.

Chapitre 11

Sens cachés

— Comment savoir si un garçon t'apprécie ?

Neta et moi passons la soirée chez Kolbie, dont la maison est presque aussi belle que celle de Carlos. Ses parents, surprotecteurs, accordent une grande importance à la famille, mais la laissent tout de même passer du temps avec nous dans la salle de cinéma installée au sous-sol.

Car oui, ses parents ont un home cinéma. Directeur général dans une entreprise d'informatique, le père de notre amie en connaît un rayon niveau technologie (d'où notamment les enceintes encastrées dans le sol).

— Comment ça ? demande Neta. Tu me passes le turquoise s'il te plaît ?

Je lui tends le flacon de vernis à ongles. Nous nous faisons une pédicure devant *Seize bougies pour Sam*, projeté sur le grand écran. Au moins une fois par mois, on se fait une soirée où on se repasse des vieux films. Certains commencent vraiment à dater, du genre de ceux *à la Audrey Hepburn*, alors que d'autres, comme *Dix bonnes raisons de te larguer*, rentrent de justesse dans la catégorie.

— Tu n'as pas vu comment Zayne se comportait avec toi à la soirée ? renchérit Kolbie. Il était en extase devant toi et riait à chaque fois que tu ouvrais la bouche.

Elle choisit un vernis blanc qu'elle me lance, afin que je puisse me faire une french manucure (enfin, « tenter » serait une formulation plus juste).

— Non mais je ne suis pas idiote, non plus, répliqué-je en rattrapant le flacon avant d'étaler du papier journal sous mes pieds. Ce que je voulais dire, c'est que… tous les garçons ne sont peut-être pas aussi peu subtils, si ?

— Qu'est-ce que tu entends par là ? demande Neta.

Intriguée, elle abandonne ses ongles de pied à moitié faits pour plonger la main dans le paquet de pop-corn – ses doigts en ressortent luisant de graisse.

Quand par exemple il sort ton foulard de sa poche et joue avec sans te lâcher des yeux, pensé-je.

Et qu'il s'agit d'un prof.

— Eh bien, est-ce que ça compte si au lieu de te draguer en lançant des balles dans des verres de bière ou en te bavant dans le cou, il se montre particulièrement gentil avec toi ?

— Attention à ce que tu dis ! Je te signale que RJ m'a fait un suçon dès notre premier rendez-vous, rétorque Neta, sur la défensive.

— On a bien vu comment ça a fini… (Kolbie tend la jambe pour examiner ses orteils.) Je ne sais pas trop si j'aime ce rose... quoique, je crois que je le préfère au bleu.

Neta lui jette une poignée de pop-corn.

— Eh ! Tu as intérêt à nettoyer tout à l'heure, proteste notre hôte. Ma mère ne plaisante pas avec ça.

— Arrête de critiquer RJ alors.

— Et toi, arrête de défendre un type qui t'a jetée comme une vulgaire chaussette.

Agacée, Neta lui envoie une nouvelle salve (au fond, elle sait très bien que notre amie dit vrai).

— Non mais sérieux ? s'exclame Kolbie en se relevant.

— Est-ce qu'on pourrait en revenir à ma question ? demandé-je.

Distraite, je manque mon ongle et j'étale par mégarde un peu de vernis blanc sur mon doigt de pied. Raté...

— Si au moins on savait de qui tu parles... lance Neta.

Un pop-corn tombe dans son décolleté, qu'elle récupère avant de l'engloutir sans hésiter.

— Tu as tellement la classe, je n'en reviens pas, ironise Kolbie, les sourcils froncés.

— Et encore, tu n'as pas tout vu, rétorque Neta avec un clin d'œil.

Je m'esclaffe avant de reprendre :

— Non mais sans rire. Je ne vise personne en particulier. C'est juste que je me demandais... Comment ça se passe avec des garçons plus matures – sobres, qui plus est – qui ont sans doute dépassé leur période bière-pong. Quelle est la règle dans ce cas-là, si je puis dire ?

Kolbie braque sur moi son pinceau enduit d'un vernis rose pastel, dont une goutte tombe sur le papier journal à ses pieds.

— Puisque je suis la seule ici à vivre une relation saine, je pense que c'est à moi de répondre en premier. D'abord, le jeune homme en question cherchera une excuse pour avoir un contact physique avec toi. Pas d'une façon flippante, du style à te coller aux basques dans un bar, mais de manière attentionnée. Il va t'effleurer la main ou époussettera un cil de ta joue. Bref, tu vois le genre.

— Tu es en train de nous dire, interviens-je, que Jamal t'a vraiment fait le coup du cil ? Allez, avoue plutôt que tu as piqué l'idée dans *N'oublie jamais* ou je ne sais quel film à l'eau de rose !

— Je t'assure, ça s'est passé pour de vrai ! Puis il a commencé à « oublier » des affaires pour que je les lui rapporte. Et bien sûr, j'en ai fait de même. J'ai par exemple laissé une boucle d'oreille chez lui et lui, son iPod chez moi.

Je sens mes joues rosir quand je repense à mon foulard. Le fait qu'il l'ait conservé n'a rien d'anodin, je le sais bien. J'ai malgré tout du mal à y croire... Il y a tellement d'autres filles plus jolies que moi au lycée ! Pourtant, s'il le garde si précieusement, c'est bien qu'il y a quelque chose. Je donnerais cher pour pouvoir en parler à Neta et Kolbie, mais c'est exclu, bien sûr. Si seulement...

Je revois sa façon de me regarder en caressant le tissu. Une sensation étrange m'envahit le bas-ventre.

— Ça peut prendre un moment, ajoute Neta, mais il finira par te faire savoir que tu l'intéresses vraiment.

Et c'est là que tu sauras que c'est le bon. Comme avec Jamal, hein, Kolbie ?

Satisfaite de sa pédicure, l'intéressée se cale contre le dossier de son fauteuil.

— Tout à fait.

— Tu en as de la chance, renchérit Neta. Je suis toujours abonnée aux fans de suçons, moi.

— Parlons sérieusement, reprend Kolbie en indiquant l'écran, ce film est vraiment naze, non ? Franchement, une touche d'humour ne serait pas de trop, vu la dose de racisme.

— J'essaie encore de digérer la surenchère de viols, lâche Neta en attrapant la télécommande. Tout ce dont une fille rêve, vous ne trouvez pas ?

— Tout le monde est d'accord pour arrêter là ? demandé-je. Pour ma part, j'ai eu mon quota.

Nous zappons alors sur des émissions de téléréalité qui, loin d'être exemptes de sexisme, restent malgré tout plus sympas à regarder.

Le lendemain, en cours de français, M. Belrose nous annonce une surcharge de travail à venir.

— Mais pourquoi ? gémit Thea, en faisant mine de s'arracher les cheveux. Moi qui pensais que vous nous aimiez bien, monsieur, que nous étions même votre classe préférée ! En plus, on vient juste de vous rendre le pire dossier de tous les temps !

— Eh bien, disons que je vais avoir beaucoup de temps libre durant les prochaines semaines, répond-il. (Ses yeux se posent sur moi.) Ma femme sera absente, si vous voulez tout savoir, elle va rendre visite à sa mère.

M. Belrose soutient mon regard.

Et moi le sien.

Cette fois, c'est certain, il me veut. Vraiment.

Mon cœur semble vouloir jaillir de ma poitrine. Tout autour de moi, la classe tombe en pâmoison.

— Et comment allez-vous vous occuper pendant ce temps-là, *monsieur* * ? demande Teri von Millhouse.

Penchée en avant, le menton posé dans le creux de la main, elle bat des cils.

— Rattraper mon retard sur Netflix et vous accabler de devoirs, répond l'enseignant avec un mouvement de la tête.

Je me rends soudain compte que ses cheveux ont poussé. Il me rappelle Alex.

Pas un prof. Juste Alex. Le garçon que je connaissais autrefois.

— Je peux venir vous rendre visite si vous vous sentez seul, intervient Thea, la main levée.

— Et voici venu le moment pour moi de vous demander d'ouvrir vos livres à la page 76, avant que la situation ne devienne encore plus embarrassante. Toute question sur ma vie personnelle entraînera désormais des devoirs supplémentaires. Outre rares exceptions.

Quand, à ces mots, ses yeux reviennent sur moi, je me force à garder une expression impassible, les lèvres pincées.

Je me demande ce que je ressentirais à l'embrasser.

Est-il du genre tendre ?

Ou fougueux ?

La vérité, c'est que je n'ai encore jamais connu de vrai baiser. Aucun que je considère comme tel, en tout cas. Il y a bien eu Erick Canders, en primaire, qui, une fois, à la récréation, a mis la langue à cause d'une quinte de toux.

Mais ça, ça ne compte absolument pas.

De même que les petits bisous volés au square quand j'étais enfant et ceux sans importance, échangés avec quelques garçons derrière un arbre, juste pour essayer.

Non, tout ça n'a rien à voir avec un vrai baiser. Un de ceux échangés avec quelqu'un qui compte vraiment.

C'est pourquoi je considère que je n'ai jamais embrassé personne.

J'observe M. Belrose comme si rien n'avait changé. Je prends des notes de mon écriture vive et régulière, surlignant les passages importants de trois couleurs différentes puis j'inscris les devoirs à faire dans mon agenda (bon, là, je dois avouer que j'en fais un peu plus que d'habitude). Je ne m'attarde pas non plus à la fin du cours pour lui parler : Riley Stone n'a aucune raison de rester discuter avec un enseignant, pas quand elle garde la situation sous contrôle, du moins.

En revanche, sitôt rentrée chez moi, je déniche l'annuaire, dans un placard sous le téléphone fixe de mes parents (coincés au siècle dernier, ils n'accordent aucune confiance aux portables et ont donc conservé une ligne fixe en cas de problème).

Je mémorise l'adresse de Belrose, puis attrape mes clés.

Je connais cette rue : elle se trouve à une vingtaine de minutes en voiture, non loin d'un parc à l'autre bout de la ville. Sans faire partie des secteurs les plus aisés, le coin reste assez agréable : il s'agit d'un quartier typique de classe moyenne, avec des clôtures grillagées, des plates-bandes bien entretenues parsemées de quelques nains de jardin ébréchés et d'enfants qui jouent au basket dans les allées.

Nerveuse, je pianote sur le volant, sans réussir à définir ce que je ressens. À vrai dire, j'ignore même si mon cœur fonctionne correctement. Ou bien s'il bat encore.

Aurais-je mal interprété les signes ? Non mais qu'est-ce que je fabrique… Me désire-t-il seulement ? Peut-être suis-je simplement en train de perdre la tête ?

Je me gare à trois pâtés de maison, visse sur mon crâne une vieille casquette de baseball des Broncos de Denver appartenant à Ethan, puis me glisse hors de la voiture. Je ne quitte pas la maison des yeux.

Ce que je m'apprête à faire est mal, du genre, vraiment mal.

Rien à voir avec un malheureux retard en classe, ni avec le fait de boire un peu de bière. Là, on passe au niveau supérieur. Et je ne pourrai pas revenir en arrière.

C'est un professeur. Il est majeur… marié.

Et je suis une fille sage.

Je ne peux m'empêcher de repenser à ce fameux e-mail d'Alex.

Si je vais jusqu'à ce bâtiment, c'est terminé. Non seulement je ne ferai plus jamais partie de cette catégorie qui était la mienne, mais je la réduis à néant à coup de bombes nucléaires.

Or je ne peux plus reculer.

Mes pieds avancent tout seuls vers la maison. La rue paraît plutôt accueillante, avec ses nombreux arbres – de vieux spécimens aux troncs épais qui projettent des ombres allongées. J'observe à la dérobée les autres habitations devant lesquelles je passe, toutes de taille plutôt moyenne. Certains jardins sont peuplés d'enfants ou de chiens. D'autres sont vides, la pelouse n'a d'ailleurs pas été tondue depuis un moment.

Ma démarche me paraît trop déterminée, étrange même… Comme si je n'avais jamais utilisé mes pieds. Est-ce que je me déplace de façon détendue ? Comment avance-t-on nonchalamment ?

Mes cheveux coincés derrière les oreilles, j'enfonce encore un peu plus la casquette sur ma tête.

Peut-être aurais-je dû enfiler une tenue moins reconnaissable, ou du moins différente de mes vêtements habituels, à la coupe Burberry droite, simple et nette.

À ma grande surprise, j'ai froid – c'est pourtant une belle journée. Je ressens des picotements dans mes doigts et mes orteils. Que suis-je en train de faire ? C'est donc ça, la nouvelle moi ? Alex Belrose m'intéresse-t-il tant que ça ?

Peut-être devrais-je apprendre à me contenter de gars comme Zayne, qui bavent devant moi pendant que je joue au bière-pong. Ou comme Rob ? Rob est vraiment adorable. Pourquoi ne pourrais-je pas être heureuse avec lui ?

On a déjà vécu beaucoup de choses tous les deux. Et même si nous ne sommes jamais sortis ensemble, nous avons été amis. En CM1, on s'asseyait toujours côte à côte. À l'époque, le jour de mon anniversaire, il m'avait même offert un crayon rose orné de licornes avec, au bout, une gomme blanche en forme de cœur. Chaque année, depuis ce jour, il glisse un crayon identique dans mon casier et, chaque année, il me sourit d'un air complice. Car nous partageons tous deux ce petit secret, même si nous n'en dirons jamais rien.

Mon cœur se serre.

Parce que je ne peux pas. Pas avec Rob.

Ce n'est pas lui qu'il me faut.

C'est d'autre chose dont j'ai besoin. De quelqu'un d'autre.

Soudain, je suis devant la maison : un petit pavillon en briques avec une boîte aux lettres en forme de grange. Dans la cour tondue de frais poussent des tulipes roses et jaunes.

Vêtu d'un sweat à capuche de l'université de Purdue, Alex Belrose est assis sur le porche. Il baisse la tête aussitôt qu'il me voit.

A good girl

Mon téléphone vibre au fond de ma poche : un nouvel e-mail vient d'arriver.

Fais le tour par-derrière.

Chapitre 12

Dévergondée

Autrement dit, « Ne passe pas par la porte de devant, fais-toi discrète. Mais oui, viens. »

Mes mains tremblent, alors je les fourre dans les poches de mon jean.

Je continue à marcher, dépasse trois habitations, puis coupe à travers une pelouse vers une allée qui longe une rangée d'arbres.

Et qui n'est donc pas très visible depuis les maisons voisines.

Bien joué, Belrose. Non, Alex. Enfin, si, M. Belrose.

Je m'arrête à la clôture en bois : elle est blanche mais aurait bien besoin d'un coup de peinture.

Stop !

Le mot résonne dans ma tête aussi distinctement que si quelqu'un m'avait parlé pour de bon.

Nous y sommes. Voilà la ligne que je m'apprête à franchir.

Elle est là, juste devant moi.

Et si je me décide à passer le pas, je deviendrai une tout autre Riley Stone. Je ne serai plus cette fille sage, celle qui adore les librairies, qui n'embrasse des garçons que quand un rôle dans la pièce de théâtre annuelle l'y oblige... l'adolescente parfaite par essence.

J'aurai un secret.

J'aurai commis un acte vraiment répréhensible.

L'espace d'une seconde, mon corps me semble peser des tonnes. Je n'ai qu'une envie : tourner les talons et fuir. Courir à perdre haleine dans l'allée, rejoindre aussi vite que possible une rue où Belrose ne peut plus me voir, m'éloigner.

Au lieu de ça, je pousse la palissade blanche qui donne sur une petite cour, où les arbres en rangs serrés partagent l'espace avec un poulailler à l'abandon. Il est là. Les mains enfoncées dans les poches de son sweat, il porte un short kaki, malgré le froid (d'ailleurs plutôt inhabituel pour la région).

Il sourit. De toutes ses dents.

Il me sourit, à moi.

Rien qu'à moi.

Et ce n'est pas le sourire du professeur, mais bien celui d'Alex.

— Tu veux t'asseoir ? demande-t-il en désignant une chaise de jardin située sur le porche à l'arrière de la maison.

— Euh, oui.

Je m'installe, puis pose mon sac à main sur le plancher de bois. Il s'assied à son tour, en face de moi, et nous nous dévisageons un moment. Nos regards se cherchent, se trouvent, puis se fuient avant de revenir l'un vers l'autre. Le vert de ses iris est tellement profond... Non mais qu'est-ce que je fabrique ?

— Tu veux boire quelque chose ? demande-t-il.

— Avec plaisir.

Il disparaît dans la maison, d'où il revient un instant plus tard avec deux canettes de jus d'orange.

— Ça te va ?

Vu la spontanéité avec laquelle il ouvre la première, il ne s'attend apparemment pas à une réponse négative.

Même si ce n'est pas ma boisson préférée, je prends la bouteille qu'il me tend.

— Oui, bien sûr.

Le métal est froid et humide contre ma peau. Je me demande s'il a du sirop de grenadine, pour faire une virgin tequila sunrise.

Non. Ce serait immature. Je suis une adulte, et non plus une enfant. J'entre bientôt à l'université et M. Belrose – Alex – me prend au sérieux.

Cela dit, s'il m'avait offert une bière, je lui aurais tout de même dit oui. J'aurais même pu porter un toast, par exemple. Mais que faire avec du jus d'orange à la main ? Une boisson pour gamins !

Une bière, ça aurait eu du sens. S'il m'en avait proposé une, comme à une égale, je l'aurais acceptée et lui aurais souri – ce simple geste aurait remplacé tous les mots. J'aurais levé ma canette en disant : « À toi, Alex », ce à quoi il aurait répondu : « Non, à toi plutôt. » J'aurais alors su qu'il était heureux de voir que nous étions sur la même longueur tous les deux – ce qui n'était absolument pas le cas avec les garçons que j'avais rencontrés à cette fameuse soirée avec Neta et Kolbie. J'aurais lu dans son regard la confiance qu'il m'accorde, peut-être même en aurais-je profité pour mentionner *L'Amant*. J'aurais par exemple pu lui dire à quel point les thématiques abordées comme le refoulement de ses désirs et, en même temps, le besoin irrépressible de les suivre, me touchaient.

Au lieu de ça, nous gardons le silence pendant un moment.

Il boit une gorgée.

— Bon…

— Hmm… Je suis certaine que vous… que tu meures d'envie de parler de la qualité incomparable de mon devoir ou quelque chose du genre.

Ma plaisanterie tombe à plat et je la regrette aussitôt. Peut-être n'aurais-je pas dû non plus passer directement au tutoiement ? Il se met pourtant à rire.

— Bonne idée, au moins, on reste en terrain connu, comme ça !

Un léger sourire étire le coin de mes lèvres, reflet brouillon de toutes les émotions qui me tiraillent. Je me sens à la fois heureuse et rongée par la nervosité… Sans parler de mon estomac qui fait de tels bonds que j'ai l'impression d'y abriter un être vivant.

— On n'a pas forcément besoin de jouer la carte de la sûreté, tu sais ?

Son regard plonge dans le mien.

— Ah bon ?

— Non. Crois-le ou non mais je ne suis pas vraiment la petite fille sage que tout le monde voit en moi.

Je bois une gorgée de jus d'orange, dont quelques gouttes me coulent sur le menton. Je m'essuie à la hâte, dans l'espoir qu'il ne remarque rien.

— Ça, j'en suis persuadé depuis longtemps. (Il détourne les yeux pour se perdre dans la contemplation de l'arrière-cour.) Tu es certes une bonne élève, mais pas que. Tu vaux mieux que ça.

— Comment ça ? demandé-je, intriguée. Qu'est-ce que tu entends par là ?

— Pour moi, dire cela de toi reviendrait à te réduire à tes résultats et à quelques bourses scolaires. Les gens ont peur de la perfection, tu sais. Te mettre dans une case les rassure. Ils peuvent alors nourrir une certaine image de toi. Cela rend les choses plus… simples, mettons.

— Ah oui ? Et que suis-je pour toi, alors ?

Il me regarde, pensif.

— Je ne le sais pas encore. Mais si tu es d'accord, j'aimerais avoir une chance de le découvrir.

Une sensation de chaleur irradie dans ma poitrine.

— Je crois que ça ne me déplairait pas, moi non plus.

Je lève les yeux vers le ciel. Avec le soleil qui descend, les criquets entament leur pressante mélodie nocturne. L'air se fait plus frais, au point que je commence à avoir la chair de poule.

— Quel genre d'homme es-tu ?

Il change de position dans son fauteuil.

— Trouverais-tu ça curieux si je t'avouais que je l'ignore encore ?

— Pas vraiment, réponds-je en posant ma canette. Parfois, on passe sa vie entière à essayer de cerner qui l'on est. Pour être tout à fait honnête, je ne comprends pas pourquoi on cherche absolument à se définir. Qui a dit qu'il fallait que la fin de nos études corresponde à la fin de notre questionnement identitaire ? Je ne pense pas que quiconque se connaisse réellement à cet âge.

Penché en avant, Belrose pose ses coudes sur ses genoux.

— Tu sais que tu es intelligente, toi ? Mais pas comme tout le monde te le répète depuis toujours, non. C'est autre chose. Tu lis dans le cœur de gens comme dans un livre ouvert.

Par réflexe, je coince une mèche de cheveux derrière mon oreille et lui souris en essayant tant bien que mal de dissimuler la satisfaction que me procure son compliment.

— Merci.

Et soudain, je prends conscience que… que c'est à ça qu'une relation doit ressembler. Pas à des Jell-O shots dans des gobelets poisseux. Pas à un gars qui sent la mauvaise bière et la sueur.

Ça.

C'est lui que je veux, Alex Belrose.

Il ne s'agit pas là d'une amourette d'adolescente. Toute cette mascarade, les baisers que tout le monde échange dans les couloirs du lycée, les disputes autour du bal de promo et les batifolages dans le sous-sol de la maison parentale… très peu pour moi.

Non, lui, je le désire vraiment. De toute mon âme. Au point que je peine à contenir mes sentiments. Au point que mon cœur menace d'éclater.

— J'aimerais apprendre à mieux te connaître, murmure Belrose – non, Alex.

Il fait mine de tendre le bras vers moi, mais se ravise, comme s'il appréhendait ma réaction. Alors lentement, j'approche ma main de la sienne et l'effleure avec appréhension. D'un geste, ses doigts se referment sur les miens en une étroite étreinte.

— Ça me va.

— Qu'est-ce que tu dirais de repasser ? On pourrait, euh… lire, ou bien, je ne sais pas, moi. Rattraper le temps perdu ?

— Oui, pourquoi pas, acquiescé-je.

Il me répond par un sourire. Je me lève, aussitôt imitée par mon hôte. Il tire alors de sa poche mon foulard dont il m'entoure les épaules et se sert pour m'amener à lui. Nos corps sont si proches que je perçois la chaleur qui émane de lui.

Mon pouls s'accélère. Son souffle caresse mon visage.

— Tu me plais, Riley Stone.

— Moi aussi, tu me plais… Alex.

— J'aime t'entendre prononcer mon prénom. (Il m'attire davantage à lui.) Quand pourrai-je te revoir ? Bientôt ?

Je hoche la tête.

— Promis ? demande-t-il.

— Promis.

Il laisse retomber mon foulard sur mes épaules.

— Parfait, jeune fille sage.

Chapitre 13

Nouveauté

— Deux sacs ? Rien que ça ?

Le souffle court, Kolbie traîne la seconde valise en cuir dans ma chambre.

— Tu aurais pu me donner un coup de main.

— En même temps, répliqué-je, les bras croisés, je t'ai demandé d'apporter quelques tenues, pas l'ensemble de ta garde-robe.

Avec toute l'impertinence du monde, mon amie rejette ses cheveux en arrière.

— Tu es sérieuse, là ? N'exagère pas. Tu sais très bien qu'il faudrait un camion pour trimballer toutes mes fringues jusqu'ici. Sans parler du fait qu'elles ne tiendraient pas dans ce ridicule cagibi que tu appelles dressing.

À ces mots, elle lance un regard explicite vers le petit placard qui contient sans problème mes vêtements.

— Eh, oh, on se calme ! Ma penderie me suffit amplement d'habitude. Simplement, j'avais envie d'un peu de nouveauté.

— Ta garde-robe n'est pas si mal, je le reconnais. Elle a juste besoin d'être un peu étendue. Oh et j'ai apporté du maquillage ! Je suis tellement excitée de pouvoir te relooker ! s'écrie-t-elle en sautillant sur place.

— Pas la peine, j'en ai déjà, dis-je avec un geste du menton vers ma petite salle de bains, où je range les quelques produits que j'applique sur mon visage tous les matins.

Rien que de très classique, j'en conviens, mais tout à fait adéquat pour me rendre parfaitement présentable.

Kolbie sort d'une pochette tout un tas de cosmétiques et les étale sur mon lit… Une véritable palette d'artiste !

— Non, ça, c'est du maquillage.

Je m'approche avec prudence. Qu'est-ce qu'elle compte faire, au juste ? Je lui ai parlé de changer un peu de style, pas de me relooker entièrement pour une émission de téléréalité dont elle serait la styliste. Ce n'est pas parce que je suis en phase d'exploration, que je tiens pour autant à devenir une tout autre Riley.

— Pas de panique, lance alors mon amie en me guidant jusqu'à une chaise où je prends place. Ce n'est pas un animal sauvage qui va te sauter au visage. En plus, je t'en dois une !

— Pas du tout, répliqué-je aussitôt.

— Arrête, hier tu es restée debout jusqu'à minuit pour m'aider à revoir mes candidatures pour l'année prochaine et je sais de source sûre que tu as rédigé la moitié de l'introduction de la dissertation de Neta la semaine dernière. T'aider à revoir ton look, c'est le moins que je puisse faire.

— Je ne suis pas un défi de mode, rétorqué-je. Je ne veux pas ressembler à un clown, juste avoir une touche d'élégance en plus.

Kolbie choisit un crayon qu'elle se met à tailler.

— Et c'est bien ce que je compte faire, alors détends-toi, d'accord ? Ça va être marrant. De toute façon, si tu n'aimes vraiment pas, tu pourras toujours revenir à ton style Burberry comme le reste de ton espèce. Marché conclu ?

— Qu'est-ce que ça veut dire, ça ?

— Rien, répond-elle, faussement innocente. Bon, commençons par le commencement, qu'est-ce que tu utilises comme base avant le fard à paupières ?

— Comme quoi ?

Les poings serrés, elle pousse un grognement exaspéré à peine exagéré.

— Eh ben, il y a du boulot... En revanche, je vais au moins avoir besoin de ton fond de teint, parce que le mien n'ira pas du tout avec ta peau blanche : on dirait un cachet d'aspirine ! Maintenant, arrête de gigoter.

— Mais je ne bouge pas.

— Si, en cet instant même !

— Alors, arrête de pointer ce crayon vers moi comme si c'était une arme !

— Bon sang, Ri, s'esclaffe-t-elle en abaissant l'objet en question. Est-ce qu'on t'a déjà dit que ta chambre était bien trop rangée ? (Elle se penche pour ouvrir l'autre valise, de laquelle elle sort l'enceinte Bluetooth qu'elle avait apportée en salle d'étude, puis l'allume.) Tes parents y trouveront à redire si on boit un peu de vin ?

À ces mots, elle fait apparaître comme par magie plusieurs mignonnettes.

— Si on ne conduit pas après, je ne crois pas, non, réponds-je avec un haussement d'épaules.

En réalité, je ne sais pas du tout ce qu'ils en penseraient. Mais tant que nous restons discrètes, j'imagine que ça leur est égal. D'autant que la dernière fois que ma mère est venue jeter un coup d'œil dans ma chambre, je devais avoir neuf ans : je jouais avec mes chevaux en plastique et venais d'avoir un accident avec une canette de soda qui avait entraîné un changement de tapis.

Je dévisse le bouchon de ma bouteille, puis, curieuse, bois une première gorgée. Le goût en est à la fois amer et sucré.

— Qu'est-ce que c'est ?

— Du chardonnay, il me semble, dit Kolbie avant d'en prendre un peu à son tour. C'est bon, tu ne trouves pas ?

— Sûrement, oui. Même si je dois avouer ne pas y connaître grand-chose en vin. Avec mes parents, je n'ai droit qu'à un verre pendant les vacances et quand on va communier à l'église.

— Moi qui croyais que c'était du jus de raisin.

— Je peux t'assurer, ma chère, que dans mon église le sang du Christ n'est clairement pas du jus de raisin, répliqué-je avec un regard noir.

Elle lève sa main manucurée à la perfection.

— Si tu le dis. Au fait, je voulais te demander : pourquoi ce soudain désir de relooking ? D'abord, tu commences à vouloir sortir, ensuite tu sèches les cours… et maintenant, ça ? Tu ne nous cacherais pas quelque chose, toi ?

— Pas vraiment, non. J'ai simplement envie de tenter de nouvelles expériences.

Kolbie me jette un regard dubitatif, que je connais bien : « Ne me prends pas pour une idiote », me dit-il. C'est le problème d'avoir des copines intelligentes qui ne tombent pas dans tous les clichés. Dans les films, les trois filles populaires qui arpentent les couloirs du lycée en mini-jupes sont toujours magnifiques et se moquent bien des cours. Sauf que mes amies ne sont pas de simples caricatures.

— Ce n'est pas à cause d'un garçon si c'est ce que tu crois, affirmé-je. Il n'y a pas que ça dans la vie.

Premier mensonge.

— J'avoue que ça m'aurait étonnée si ça avait été le cas.

— C'est juste que… j'en ai assez d'être toujours moi-même, de m'habiller toujours pareil. Je m'ennuie. J'ai envie de m'amuser, tu comprends ? Le lycée, c'est bientôt fini, et… ne sommes-nous pas censées vivre les meilleures années de notre vie ?

Assise sur un coin de ma commode, Kolbie sirote tranquillement son vin, puis commence à étaler les vêtements sur mon lit.

— Déjà je ne suis pas d'accord. Si nos plus belles années étaient déjà derrière nous ou presque, ce serait plutôt triste, tu ne crois pas ? Ça voudrait dire que le meilleur passe beaucoup trop vite !

Je lui souris. Elle est vraiment intelligente… sauf que peu lui reconnaissent d'autre qualité que sa beauté.

— J'imagine… N'empêche, justement, autant en profiter à fond !

Kolbie continue son déballage en accrochant quelques tenues aux portes de mon dressing.

— Si tu veux t'amuser davantage, alors ne te pose même pas la question, fonce. À ce propos, Jamal vient en ville le week-end prochain avec l'un de ses meilleurs amis et on a prévu de sortir. Ça pourrait être sympa que tu te joignes à nous.

— Je viens de te dire que je ne faisais pas ça pour trouver un copain.

— Et ce n'est pas une obligation, me dit Kolbie par-dessus son épaule. Il s'agit surtout pour toi de sortir de la prison que tu appelles ta zone de confort. Objectif n° 1 : profiter de ta soirée. Et si ce garçon te plaît, encore mieux ! Sinon, eh bien, tant pis ! Tu auras au moins passé un moment sympa – enfin, je l'espère – autour d'une bonne pizza, ou que sais-je encore. Je te promets que ce sera mieux qu'une fête minable, d'accord ?

J'hésite.

Et Belrose, alors ? Et Alex, surtout ?

Il est justement la raison pour laquelle je dois donner le change. Je ne peux pas donner l'impression de m'attacher à lui.

Il faut que je fasse cet effort-là. Pour nous deux.

— Très bien, j'en suis.

Kolbie me jette un sourire éclatant avant d'attacher ses cheveux en un chignon de danseuse étoile au sommet de sa tête.

— Bon, ce qu'il te faut, c'est un look professionnel chic. Je pensais à… ça. (Elle attrape une jupe fourreau sur le lit ainsi qu'une paire de collants fantaisie opaques dans la seconde valise.) Avec, peut-être, un joli top col en V, ajusté bien sûr, plus une étole.

— J'en ai déjà une. J'y tiens beaucoup.

De mon placard, je tire le fameux foulard de la veille, que j'enroule autour de mon cou. Elle porte encore son odeur – une subtile bouffée d'eau de Cologne imprègne le tissu.

Kolbie adopte une pose pensive (appuyée sur une jambe, la hanche droite légèrement saillante), en se tapotant les lèvres du doigt.

— Pourquoi celle-là ? Tu la portes tout le temps.

— Il faut bien conserver quelques éléments qui me ressemblent, tu ne crois pas ? D'autant que je l'ai achetée avec toi et Neta.

Je porte les mains à ma nuque, comme pour la mettre au défi de me l'enlever.

Mon amie me fourre les vêtements dans les bras.

— D'accord, d'accord. File te changer. J'ai encore au moins trois ensembles à te faire essayer. Et au cas où tu te poserais la question, oui, tu peux m'emprunter tout ça. Au fait, je sais que tu ne portes pas de lunettes, mais ce serait juste parfait si tu pouvais t'en procurer une paire avec des verres sans correction. J'aurais bien vu une monture en plastique noir… Qu'est-ce que tu en penses ?

— Hors de question, je ne deviendrai pas une de ces filles-là, dis-je avec une grimace.

— Et pourquoi pas ? Il n'y a aucun mal à ça. Au lieu de juger trop vite, écoute ton maître. (Elle se pointe du doigt.) Porte les vêtements dans lesquels tu te sens bien et pas à cause d'à priori ou de préjugés.

— Tu comptes écrire un livre de développement personnel à ce sujet dans un avenir proche ? demandé-je innocemment. Il me semble qu'une certaine Oprah l'a déjà fait, mais si tu y tiens vraiment, vas-y, je t'en prie…

— Et toi, crois-tu vraiment sage de provoquer la fille qui va appliquer ton mascara dans une dizaine de minutes ?

Soudain, j'éclate de rire (c'est plus fort que moi). Bon sang, qu'est-ce que j'aime cette nana !

— Un point pour toi !

— Bien. Maintenant, dépêche-toi d'essayer ces vêtements avant qu'on passe à la phase maquillage. Je te préviens, tout ça ira sur Instagram, je ne te demande même pas ton avis.

Je souris en mon for intérieur. D'ordinaire, je ne l'aurais jamais laissé poster quoi que ce soit sur mon compte, sur lequel je partage uniquement des jolis mugs à café et des gaufres parfaitement rondes en évitant soigneusement de montrer mon visage.

Mais il se pourrait que, peut-être, cette fois, quelqu'un d'important passe par là.

Chapitre 14

Dîner

Je coupe de nouveau par l'allée.

C'est plus sûr. Cette fois, j'arrive de l'autre côté, vêtue d'un grand manteau, mes cheveux cachés sous un large chapeau noir.

Le chemin est désert.

Trouvant la porte non verrouillée, j'entre dans la maison par la porte de derrière et pénètre dans une sorte de petit salon où trône un gros canapé moelleux en cuir brun près d'une cheminée. La décoration est épurée, sans grande prétention, ce qui ne correspond pas le moins du monde à ce que j'attendais de la part de Jacqueline Belrose – je la trouve même un peu kitsch, avec ses écriteaux « Home Sweet Home » et ses jolis bouquets, comme si la jeune femme s'était inspirée d'un vieux numéro de magazine de décoration. Sur une petite table basse se trouvent un livre de cuisine et une gerbe de fleurs en plastique.

La voix d'Alex me parvient soudain de quelque part dans la maison.

— Salut !

— Coucou, c'est moi.

— Je suis là ! me lance-t-il.

Je traverse la pièce avec son tapis rouge, puis entre dans une petite cuisine aux rideaux jaunes où se trouve une table blanche. Une salière et une poivrière en forme de coqs trônent au milieu, cou tendu et ailes déployées.

— Riley ! s'exclame-t-il avec un sourire, avant de me serrer brièvement dans ses bras. Assieds-toi, je t'en prie. J'ai presque terminé.

Il me tire une chaise et je découvre que, face à moi, le couvert est déjà mis… pour deux.

Il me sert un verre de vin rouge, qu'il fait d'abord tourner à hauteur de ses yeux et porte à son nez.

— Tu aimes le malbec ?

Je m'efforce de ne pas sourire. Je n'ai pas la moindre idée de ce que c'est.

— J'adore ça !

— Je ne t'attendais pas si tôt, remarque-t-il. Tu n'avais pas ton entraînement de cheerleading ce soir ?

— Je me suis fait porter pâle, ma capitaine adjointe me remplace, réponds-je avant de regretter aussitôt mes paroles.

Jamais je n'aurais dû me montrer aussi impatiente… Il doit tellement avoir l'habitude que les filles lui tombent dans les bras, je devrais me comporter différemment. Je ne suis pas comme les autres, après tout. Pourtant, au lieu d'aller au sport, j'ai couru à la maison pour retoucher mon maquillage, comme Kolbie me l'a appris (enfin, en version plus soft) et me suis apprêtée spécialement pour Alex Belrose.

— C'est adorable, dit-il, tu n'étais pas obligée.

— Je n'étais pas vraiment d'humeur.

Il remplit un second verre de vin, dont il boit une gorgée.

— Je suis content que tu sois là, Riley. J'avais envie de te voir.

Je lutte contre un sourire naissant et le besoin de baisser la tête pour soutenir son regard.

— Moi aussi, Alex.

— Mon Dieu, qu'est-ce que j'aime quand tu m'appelles par mon prénom.

Au son de sa voix, je suis parcourue de frissons dans tout le dos.

— Vraiment ? (Je bois un peu de mon vin.) Ça ne te pose pas de problème ?

— Bien au contraire, dit-il en reportant son attention vers le four.

Sitôt l'appareil ouvert, une délicieuse odeur d'agrume se répand dans toute la cuisine.

— Je pense que c'est prêt, ajoute-t-il.

— Qu'est-ce que tu as préparé de bon ? demandé-je.

Je n'arrive pas à croire qu'il a cuisiné pour moi. Ça n'a rien d'anodin à mes yeux. J'y vois là la preuve qu'il m'apprécie. Pour de vrai. J'en ai la chair de poule. Je m'occupe en dépliant sur mes genoux la serviette de table jaune posée à côté de mon assiette. On dirait un rendez-vous amoureux. Un vrai. On pourrait presque croire que nous sommes en couple.

— Saumon à la sauce au poivre et au citron, annonce-t-il, en enfilant une manique pour sortir le plat du four. J'espère que tu aimes ça.

— Oui, affirmé-je. Merci pour ce repas.

Du même coup, je remercie en silence le ciel qu'il n'ait pas préparé de tilapia, ce poisson est vraiment répugnant.

Il prend mon assiette dans laquelle il dépose un filet de saumon et quelques pousses d'asperges, avant de me la rendre.

— Avec plaisir. Mon grand-père était chef. D'où le fait que tout le monde dans ma famille sache plus ou moins cuisiner.

— Super ! Il avait son propre restaurant ?

Alex s'installe en face de moi avec sa part.

— Oui, *Le Belrose*. Original comme nom, n'est-ce pas ? L'affaire a très bien tourné, jusqu'à sa mort. Mon père a ensuite essayé de la reprendre, mais ce n'était plus pareil sans mon grand-père. On peinait à rester à flots, alors mon père s'est résigné à vendre.

— Oh, ça n'a pas dû être facile.

— Non, effectivement.

Dans le sourire qu'il m'adresse, le bonheur qui devrait y briller a disparu.

— Mais celle qui en a le plus souffert, c'est ma grand-mère, enchaîne-t-il. Elle est la seule à ne pas savoir cuisiner parmi nous. Et je n'exagère pas. Elle tenait les comptes du restaurant, car elle finissait par faire brûler à peu près tout ce qu'elle touchait. Elle serait même capable de mettre le feu au micro-ondes !

— On dirait ma mère, m'exclamé-je en riant.

Je goûte au saumon : c'est délicieux. Je l'aurais commandé dans un restaurant gastronomique que je n'aurais pas vu la différence.

— Un jour, continué-je, elle a provoqué un mini-incendie dans le four en essayant de faire des cookies aux pépites de chocolat pour mon frère. Elle avait oublié d'ajouter la farine.

— Si tu veux tout savoir, renchérit Alex, un morceau d'asperge piqué sur sa fourchette qu'il pointe vers moi, mon grand-père gardait un extincteur dans la cuisine, tout spécialement à cause de ma grand-mère. Il lui interdisait même d'y entrer, parce que de temps à autre, en voulant préparer du café ou je ne sais quoi, elle arrivait à enfumer tout le restaurant, au point que, sans exagérer, on aurait tous pu mourir asphyxiés ! C'était un vrai danger public.

— Avec du café ? gloussé-je.

— Tu n'as pas idée ! acquiesce-t-il, solennel. Elle vit dans une maison de repos, maintenant, et les infirmières ne la laissent même pas faire du thé. Pour être honnête, elles n'en donnent l'autorisation à aucun pensionnaire, mais au moins, avec ma grand-mère, elles ont une bonne raison de le lui interdire.

— Tu lui rends souvent visite ?

Il s'interrompt, le temps de terminer sa bouchée.

— Pas autant que je le voudrais. Elle se trouve dans l'Oregon.

— Oh… c'est triste.

— Plutôt, oui.

Nous gardons le silence pendant quelque temps. J'ai de la chance. Ma famille a beau me paraître des plus distantes parfois, au moins ils ne sont pas loin, et plus important encore, ils sont en vie. La plupart des ados connaissent des deuils importants avant même d'arriver au lycée. Mais moi non. Je suis bénie.

La parfaite petite Riley Stone et sa vie parfaite.

— C'est très bon, lancé-je. Un vrai délice !

— Merci, c'est l'une de mes spécialités.

— Je suis contente que tu saches cuisiner, parce que ça ne fait pas partie de mes talents.

Feignant la surprise, Alex lâche sa fourchette qui tombe dans son assiette avec un bruit métallique.

— Moi qui croyais que tu savais tout faire !

— Hélas, non, j'ai aussi mes faiblesses, confessé-je, solennelle.

— Cite-m'en, parce que, là, j'ai du mal à te croire tant tu me sembles parfaite.

Du bout des doigts, il caresse ma main posée sur la table. À son contact, la réaction de mon corps est immédiate : la sensation, étrange, naît de ma paume, court à travers mes veines et s'installe au creux de mon bas-ventre.

Je me mordille la lèvre.

— Tu sais, tu n'es pas mal non plus dans ton genre.

— Allez dis-moi, insiste-t-il. Je veux tout savoir !

Ses doigts effleurent toujours ma peau.

J'ai envie de laisser sa main remonter le long de mon bras. Sentir davantage le contact de son corps. Voilà ce que je voudrais lui avouer.

— Eh bien, je ne tiens pas debout sur un vélo.

Il sourit, déjà prêt à me taquiner.

— Comment est-ce possible ? C'est un rite de passage pour tous les enfants du monde !

— Aucune idée ! Je suis nulle, c'est tout. Je dois avoir un mauvais centre de gravité ou un truc du genre. C'est bête, mais j'ai beau essayer, je n'y arrive pas.

— Tu as de la chance, tu sais ?

Au moment même où sa main s'éloigne de la mienne, je me languis de ses caresses. J'aimerais retenir ses doigts, mais je me force à ne pas bouger.

— Ah oui, et pourquoi ça ?

Je scrute ses yeux verts, la barbe naissante sur ses joues.

Ses lèvres.

— Je suis moi-même un excellent cycliste, je pourrais te montrer si tu veux.

— Vraiment ? demandé-je. Quand ça ?

Le grand sourire qui éclaire mon visage prend racine au creux même de ma poitrine. J'imagine déjà ses mains posées sur mes hanches dans le but de me stabiliser.

— On pourrait se retrouver au milieu de la nuit, par exemple, propose-t-il. (Sa main se glisse sous la mienne et se referme doucement dessus.) Charger nos vélos dans le coffre de mon pick-up et mettre le cap sur la campagne. Je t'apprendrais là-bas. On roulerait dans la poussière des chemins jusqu'au lever du soleil.

Je lui rends son étreinte.

— Ça me semble parfait, murmuré-je.

— En échange, tu me prépareras un bon petit plat, ajoute Alex.

— Euh, quoi ? m'étonné-je avec un mouvement de recul.

Sacré coq à l'âne !

— S'il te plaît ? supplie-t-il en clignant des paupières. (Ses cils sont magnifiques. Lui-même est tellement beau.) La prochaine fois que tu viens à la maison. Il te suffit de me lister les ingrédients dont tu as besoin. Et je te promets de tout manger même si c'est un désastre.

— La seule chose que je sais faire, ce sont les mini-pizzas que Mme Archer nous a appris à confectionner en cours de cuisine, l'année dernière, dis-je.

Où j'avais eu la note maximale, d'ailleurs. Grâce à ces fameuses pizzas et à une brioche au caramel. Dommage qu'un dessert ne compte pas comme repas… Je suis plutôt douée côté brownies aussi, mais ça ne m'avance pas beaucoup plus non plus.

Ce qui ne veut pas dire que je ne me suis jamais prélassée au lit une journée entière à m'empiffrer de gâteaux…

Alex me lâche la main pour se lever de table. Il passe la porte de la cuisine avant de revenir avec un carnet et un stylo.

— Très bien. Dis-moi ce dont tu as besoin. Je m'occupe d'aller acheter les ingrédients et tu te charges de la préparation. Ça te va ?

— Euh, d'accord, dis-je avec un sourire. Tu m'aideras ?

Il fait mine de réfléchir.

— Peut-être un peu. Si tu es sage.

— Je suis toujours sage, réponds-je en riant.

— Oh, vraiment ? renchérit-il en me dévisageant.

Incertaine de la réponse à fournir, j'incline la tête sur le côté. Oui, je le suis ! Mais en fait, non. Pas du tout.

Si, bien sûr que si.

Mon cœur rate de nouveau quelques battements.

— Alors, ces ingrédients ? insiste Alex.

J'énumère donc tout ce dont je me souviens avant de lui promettre de revenir dans deux jours.

Cette fois, au moment des adieux, il ne se contente pas de s'approcher. Ses paumes glissent dans mon dos, le long de ma colonne vertébrale. Le regard rivé sur ses lèvres, je lève le menton, mais il ne m'embrasse pas. Mes mains, hésitantes, se posent sur ses épaules, puis descendent le long de son torse. Malgré sa minceur, il se révèle plutôt musclé.

— Bientôt, promet-il.

Lorsque je m'éloigne, je me sens à la fois repue et affamée.

Ce qu'il faut savoir sur Riley Stone :

- En primaire, Riley Stone a été prise la main dans le sac à tricher pendant une dictée. Puisque c'était la première fois, elle s'en est tirée avec un zéro au devoir, sans être suspendue ou recevoir de retenue.
- D'après l'institutrice, Riley souffrait d'un stress trop important. L'enseignante a donc convoqué un entretien avec ses parents, pendant lequel elle a exprimé son inquiétude quant au développement personnel de Riley. Elle souhaitait qu'ils prennent conscience de l'ampleur de la pression que leur fille se mettait.
- Riley n'a plus jamais été attrapée à tricher.
- Parfois, même les filles parfaites font des erreurs.

Chapitre 15

Italien

— Ma pizza aura la forme d'un dinosaure, annonce Alex. La tienne n'a qu'à bien se tenir, elle va se prendre une bonne raclée !

— Tu parles, la mienne sera bien plus cool, rétorqué-je, occupée à étaler convenablement ma pâte.

En fait, je ne suis même pas sûre de l'avoir préparée comme il faut, et j'ignore si la cuisson d'une pizza d'apparence aussi peu conventionnelle sera homogène, mais je m'en moque. Je vibre d'un bonheur que je n'ai encore jamais ressenti, si bien que même carbonisé, ce repas sera parfait.

— Et comment comptes-tu t'y prendre pour battre mon tyrannosaure ? demande-t-il, faussement offensé. C'est impossible !

Je lui souris. Je lui souris tout le temps, à vrai dire. Le plus dur, c'est en classe : je dois lutter pour rester impassible, me montrer studieuse, calme et désintéressée. Je dois suivre le cours comme si de rien n'était, comme si je n'allais pas me rendre chez lui le soir venu. Alors, je me mords l'intérieur de la joue, serre mon stylo un peu plus fort et me concentre sur le moment où, enfin, quelques heures plus tard, je serai toute à lui et lui tout à moi.

— Bien sûr que si, dis-je. C'est même très facile.

— Ah oui ? Dis-moi comment !

— Avec un bébé loutre, tiens.

Je coupe la pâte en deux et lui en lance un morceau.

— Donc, résume-t-il, tu entends terrasser mon dinosaure avec l'être le plus mignon au monde ?

Je commence à modeler ma boule de préparation.

— Mon plan est quasi infaillible, admets-le.

— Il est si parfait que ça me donne envie de t'aider.

Alex abandonne son ouvrage au milieu d'un amas de farine, pour s'approcher (vraiment très près) de moi. Tout sourire, je lève le nez vers lui. De la poudre blanche mouchette ses cheveux habituellement coiffés à la perfection. Il a même un petit morceau de pâte collé au-dessus du sourcil gauche.

Cela dit, je ne vaux guère mieux. Je suis loin d'être une cuisinière très soignée.

— Crois-tu vraiment pouvoir améliorer ce chef-d'œuvre ? demandé-je avec un geste vers la vague silhouette de loutre – qui, il est vrai, tient plus de l'aubergine.

Placé juste derrière moi, il pose ses mains sur les miennes.

— Absolument ! Laisse faire le maître, Riley. J'étais plutôt doué en poterie.

— Montre-moi alors, je t'en prie, gloussé-je.

— Bon, il va falloir travailler en équipe si on veut que ce truc ressemble vraiment à une loutre.

Je sens son souffle chaud dans mon cou. Ses doigts se mêlent aux miens et bientôt, nous malaxons la pâte ensemble.

— Voilà, comme ça… déclare-t-il, avant de réduire la boule à une masse informe.

— Alex ! protesté-je. Tu as détruit ma pizza-loutre !

Je me retourne pour le repousser de mes paumes couvertes de farine.

Il ne rit pas. Ni ne bouge.

Il se tient à seulement quelques centimètres de moi et ne me quitte pas des yeux. Soudain, il avance, une expression indéchiffrable sur le visage.

Nos corps se rencontrent, je sens le contact de sa peau sur la mienne. Les bras dans le dos, je cherche à prendre appui contre le plan de travail.

— Euh, Alex ?

— Riley, dit-il dans un souffle en m'effleurant le menton.

Puis il se laisse aller contre moi. Sa bouche trouve la mienne et le voilà qui m'embrasse. Sans se presser, avec délicatesse et douceur. Les yeux fermés, je lui retourne son baiser. Mon cœur s'emballe, au point que je me crois à deux doigts de défaillir dans ses bras.

Il s'écarte un instant.

— Est-ce que ça va ? murmure-t-il, ses lèvres tout contre mon oreille, les mains derrière ma nuque.

— Oui, tout va bien… chuchoté-je.

Pour de vrai.

Il dépose un baiser à la naissance de mon cou, là où ma chemise dévoile un petit carré de peau nue.

C'est alors qu'Alex Belrose me soulève pour m'asseoir sur le comptoir et s'avance entre mes jambes.

— Tu es magnifique, Riley, déclare-t-il avant de m'embrasser de nouveau.

Très vite, j'oublie ce que je suis en train de faire. Sa langue franchit mes lèvres et son étreinte devient plus fougueuse. Mais je m'en moque, car je ne m'agrippe plus au plan de travail : mes mains parcourent son corps.

Voici l'histoire de mon premier baiser.

Ah oui, on a commandé des pizzas.

Chapitre 16

Attente

— Tu vas devoir m'attendre un peu ce soir, dis-je à Alex, d'une voix proche du murmure.

Je suis passée le voir en vitesse entre deux cours. Penchée au-dessus de son bureau, les sourcils froncés, je pointe du doigt une case à remplir sur un formulaire de demande de bourse, comme si je lui posais une question.

Contrarié, il lève les yeux sur moi.

— Ah bon, et pourquoi ça ?

C'est nouveau pour lui. Il n'a pas l'habitude qu'on lui refuse quoi que ce soit.

— Je ne peux pas manquer encore l'entraînement, chuchoté-je en déplaçant mon index vers le champ suivant dans un simulacre de conversation normale. J'ai déjà raté trois séances, les filles commencent à s'interroger. Un peu de patience, je viens juste après. D'accord ?

Il marque un temps d'hésitation. Je sais qu'il voudrait refuser, me pousser à sécher pour que l'on puisse passer plus de temps ensemble. Mais nous devons nous montrer raisonnables, et surtout ne pas nous faire prendre.

Nous comporter en adultes responsables, conscients que leur attitude va à l'encontre des principes de beaucoup.

Mais pas des nôtres.

— Tu vas me manquer, souffle-t-il. (Il jette un coup d'œil vers la porte, mais aucun élève n'est en vue.) Que vais-je faire sans toi ?

— Je ne serai pas longue. Je suis capitaine, je te rappelle, c'est moi qui encadre l'entraînement. Laisse-moi m'assurer que les filles connaissent leurs enchaînements et je serai là en moins de deux.

Alex indique une case sur le formulaire, que je remplis sans réfléchir. Mon écriture, irrégulière, ne suit pas la ligne.

— Tes parents... Ils ne te font aucune remarque sur l'heure à laquelle tu rentres, le soir ?

Je ravale un rire.

— Tu parles, ils ne s'en sont même pas rendu compte. Ils ne se posent pas de questions. N'oublie pas, pour eux, je suis une fille sage. C'était Ethan le turbulent.

— Tu es même très sage, répond Alex avec un sourire ironique.

Mais le ton de sa voix, enjôleur, suggère une pensée bien différente de son propos et je me sens soudain toute chose. J'aimerais que nous soyons chez lui, qu'il m'embrasse encore.

Nous ne sommes pas allés plus loin que les baisers.

Je m'améliore d'ailleurs très vite, je trouve.

Alex s'éclaircit la voix.

— Tu finiras de remplir le formulaire chez toi. Pense simplement à le rapporter demain. C'est noté, Riley ?

Je lève les yeux. Emilio Rivera, qui vient de jeter son sac par terre, fouille dedans et en sort quelques feuilles froissées qu'il étale au sol. Sans doute les devoirs facultatifs qu'Alex a donnés la dernière fois : trois points supplémentaires pour un rapport en deux paragraphes sur je ne sais plus quel sujet. Les meilleurs étudiants en étaient dispensés, aussi n'ai-je pas eu besoin de m'en préoccuper.

J'acquiesce d'un hochement de tête, puis prends tout mon temps pour rassembler mes documents en une pile parfaite. Avant qu'il y ait un « nous », je ne me serais pas dépêchée.

Alors je ne me presserai pas aujourd'hui.

Je range les pages du formulaire dans une pochette, que je glisse dans mon sac à dos et, sans jeter un regard en arrière pour vérifier si Alex m'observe, je quitte la salle de classe. Peu importe qu'il le fasse ou non.

Parce qu'il m'appartient.

À moi et à moi seule.

Je me dirige vers le gymnase, fourre mon sac dans mon casier et enfile mon uniforme de cheerleader. Comme d'habitude, je suis la première arrivée, mais Neta ne tarde pas à me rejoindre. Entre à son tour Bella Cooper, mon adjointe qui me remplace quand je suis malade. Mme Hernandez, la coach de l'équipe, réussit rarement à se libérer, mais elle me fait confiance pour mener la plupart des entraînements. Après tout, je pratique la gymnastique depuis l'enfance. D'autre part, j'ai beau avoir évité les séances ces derniers temps, j'adore ce sport.

— Riley ! s'exclame Bella en bondissant vers moi au moment où je commence mes étirements. Ça va mieux ?

Depuis ma position de la grenouille, je lève la tête vers elle. Bella allie force et perfection dans tout ce qu'elle accomplit et j'essaie de la supporter de mon mieux.

— Oui, merci. Veille à bien t'échauffer, j'ai prévu un entraînement intensif aujourd'hui.

Les mains sur les hanches, elle me regarde de toute sa hauteur.

— Tu es sûre ? Tu devrais peut-être reprendre en douceur, tu as quand même eu une santé un peu fragile ces derniers temps.

Malgré son air enjoué, je reconnais le ton un brin accusateur dans sa voix. On se côtoie depuis la primaire, je commence à bien la connaître.

— Je suis certaine qu'elle va très bien s'en sortir, lance Neta avant de se laisser tomber à côté de moi et d'adopter la position du papillon.

— Je gère, confirmé-je à Bella avec un sourire.

Cette fille est du genre à mener un entraînement de cheerleading comme si on était dans un centre de remise en forme. Je n'ai rien contre un peu de douceur, mais s'il ne tenait qu'à elle, nous passerions la moitié de la séance assises en cercle sur le sol du gymnase, les mains jointes, à psalmodier des « Alléluia ». À ses yeux, je mène la vie trop dure à l'équipe, mais c'est aussi pour ça que nous sommes aussi bonnes. Si je lui laissais les rênes trop longtemps, elle serait capable de lancer une pétition pour nous désinscrire des compétitions sous prétexte qu'elle voudrait être amie avec tout le monde et ne blesser personne.

À vrai dire, Bella me ressemblait beaucoup avant, mais depuis que son petit frère a été placé en détention dans un établissement pour délinquants juvéniles trois ans plus tôt, elle met un point d'honneur à se montrer aimable en toutes circonstances. Pour ma part, j'ai l'impression que cette attitude est un pur mécanisme de défense.

Une fois que l'équipe au complet a commencé à s'étirer, je hausse un peu la voix. Tout le monde se tourne vers moi. Je sais comment imposer mon autorité sans hurler.

Je sens les muscles de mes joues se contracter pour esquisser un sourire, mais je me force à rester impassible.

— Bon, les filles, on se met deux par deux pour les échauffements. Dès que vous avez fini, on commence par une série de mouvements de tumbling. C'est assez basique, je sais, mais aucun exercice ne doit être négligé. On enchaîne ensuite sur quelques sauts, après quoi, on fait une courte pause et on reprend sur des acrobaties. C'est bon pour vous ? Je veux que tout soit impeccable aujourd'hui. On ne peut pas se permettre d'avoir des blessées à ce stade de l'année. Le planning est très serré et les prochaines compétitions ne vont pas tarder à arriver. On terminera comme d'habitude sur les chants et chorégraphies déjà mises au point ainsi que sur un petit bilan de la séance.

Après les derniers étirements, le groupe se met en position le long de la ligne noire qui parcourt le gymnase sur toute sa longueur et nous effectuons quelques roues et sauts de main. C'est notre rituel : démarrer la séance avec des exercices simples, exécutés le plus proprement possible, puis augmenter la complexité. Je réalise un flic-flac, suivi d'une rondade et d'un salto arrière. Avec un cri de joie, Neta vient me taper dans la main.

— Pas mal, Stone ! dit-elle.

— Merci, réponds-je avec un sourire. À toi, montre-nous ce que tu as dans le ventre !

Elle hoche la tête, saute sur place pour prendre son élan puis effectue l'enchaînement à la perfection.

— Parfait !

Elle balaie le compliment d'un mouvement de queue de cheval.

Mon esprit n'accorde aucune place à Alex pendant l'entraînement : un seul faux mouvement risquerait de provoquer de sérieuses blessures. L'image du jeune homme se faufile bien quelques fois dans mes pensées mais je l'en chasse aussitôt.

Je pourrai lui consacrer tout mon temps après la séance. Quand je serai avec lui, chez lui. Dans ses bras.

— Tu as l'air en forme, me dit Neta, en me donnant une claque sur les fesses.

Nous sommes en milieu de séance et je viens d'accorder une nouvelle pause à l'équipe pour boire. Je lui souris. Je me sens bien.

— Toi aussi, Neta.

À vrai dire, c'est à peine si je pense à Alex en cet instant.

Du moins jusqu'à ce que Fatima Patel me donne un petit coup de coude, une fois réceptionnée après une vrille.

— Regarde, chuchote-t-elle. Ne te retourne pas tout de suite, mais je crois que M. Belrose nous observe.

Avec un gloussement, elle rejette dans son dos ses cheveux bruns noués en une lourde natte.

Près de la porte à double battant qui donne sur le couloir du lycée, les bras croisés et un sourire aux lèvres, se tient Alex Belrose, en short et T-shirt, comme s'il sortait de la salle de musculation.

J'ai soudain comme un doute : ce sourire m'est-il destiné à moi… ou à toutes les autres filles ?

— Finissez vos saltos, aboyé-je. On passe aux sauts écarts ! Cinq, six, sept et huit !

Cet exercice, pourtant simple, suscite soudain bien plus d'effervescence que nécessaire. Et, sans surprise, l'équipe s'exécute à la perfection.

— Bon, allez, c'est parti pour les sauts latéraux, maintenant.

Je me joins à mes camarades pour effectuer les mouvements avec elles. Si à aucun moment je ne me tourne vers la porte, je sens malgré tout le regard de Belrose peser sur nous.

— Est-ce qu'il a vu mon enchaînement ? demande Fatima cn rcpoussant d'unc chiquenaude une mèche de cheveux trempée de sueur échappée de sa natte.

Avec son joli sourire de cheerleader, elle est splendide. Comme d'habitude.

Fatima, quoi. Loin d'être une bonne élève – d'ordinaire abonnée aux notes autour de la moyenne –, elle arrive toujours en retard en cours, qui plus est avec une chemise mal boutonnée ou un lacet défait. Ce qui ne l'empêche pas d'être incroyablement belle, bien au contraire. Elle met, en secret, un point d'honneur à perfectionner cette allure « saut du lit » sur ses selfies, qu'elle traite avec des tonnes de filtres.

Une jalousie épaisse et brûlante m'oppresse la poitrine.

— Encore une fois ! lancé-je.

Les sauts reprennent, et rien qu'à les voir, je sais qu'Alex n'a pas quitté le seuil du gymnase. Tout le monde redouble d'effort pour essayer de l'impressionner. En même temps, connaissant mon équipe, ça ne me surprend pas.

Je veux que cette mascarade cesse.

— Parfait les filles, temps mort. Profitez-en pour aller boire, annoncé-je en frappant deux coups.

Elles se dirigent alors vers les gradins... puis vers la porte.

Où se tient Alex, bras tendu, prêt à les saluer. Il arbore le sourire non académique qui m'est d'ordinaire réservé.

À moi seule.

L'équipe au grand complet franchit le double battant en courant vers la fontaine à eau et lui tape dans la main au passage. Y compris Neta.

Alors qu'elles ont toutes apporté leur bouteille, restée dans le gymnase.

De l'eau de meilleure qualité, en plus, puisque tout le monde sait que les distributeurs pullulent de germes porteurs de maladies mutantes capables d'éradiquer des populations entières. (Comment ça, j'exagère ?)

C'est d'un pathétique...

Je marche seule jusqu'aux gradins, où je saisis ma gourde violette. Neta me rejoint et s'assoit à côté de moi.

— Allez, quoi... tu ne peux même pas suivre le mouvement pour un *check* ? demande Neta, installée une marche plus bas. Admets qu'il est sexy, quand même.

— Si tu le dis. Bon, on reprend. Place aux acrobaties, s'il vous plaît, lancé-je, sitôt relevée.

— Tu parles d'une pause... marmonne Claire, une des filles du groupe.

— En ligne, ordonné-je. C'est reparti, on se concentre.

Je ne lance plus aucun regard vers la porte, mais je ne raccourcis pas pour autant l'entraînement. Au contraire. Je le fais durer. Plus qu'à l'accoutumée. Nous enchaînons sauts et chants, puis refaisons un second tour d'acrobaties. L'équipe tire la langue avant la fin. Mes jambes protestent de douleur à chaque nouveau mouvement, mais je les ignore.

Quand je libère enfin tout le monde et retourne chercher mes chaussures, mon téléphone vibre : un nouveau message.

Est-ce que tu viens ?

A good girl

La jalousie referme ses serres autour de mon cœur.

Cette histoire va trop loin. Notre relation, lui et moi… Tout est biaisé. Je ne peux pas continuer ainsi. Non, impossible pour moi de supporter tout ça plus longtemps : lui, moi et mon comportement, les cheerleaders, les *checks* et tout ce fatras.

C'est mal… que pourrais-je ajouter ? Pourtant je le savais, et ce depuis le début. Je suis une sombre idiote.

« Non, ça ira », réponds-je, avant d'éteindre mon téléphone.

J'en ai assez.

Chapitre 17

Jouer

Le cours de français n'est qu'un cours comme un autre.

Alex est simplement M. Belrose.

Quant à moi, je suis une élève, excellente de surcroît. Je suis aussi la capitaine de l'équipe de cheerleading. De même qu'une fille qui sait qu'elle a commis une erreur.

Je suis quelqu'un qui ne tolère pas qu'on flirte avec d'autres. Surtout juste sous son nez.

M. Belrose nous rend nos devoirs. Je ne me suis pas autorisée à lui écrire ou à aller le voir depuis l'incident à l'entraînement. Après tout, je suis sage. Oui, je suis l'adolescente sage que tout le monde pense que je suis.

Le professeur s'arrête une microseconde au niveau de mon bureau (ce que je suis la seule à remarquer). Je garde la tête droite, les yeux rivés au tableau. Avec un gloussement, Thea essaie d'attirer son attention.

Il ne lui accorde pas un regard.

— Bien, revoyons les formes verbales, lance-t-il. Commençons avec… mademoiselle Stone. Riley… comment dit-on *to love* ?

— Hmm… *jouer* *, je crois, répliqué-je d'un ton glacial tout en le dévisageant.

C'est à dessein que je lui ai donné une traduction erronée : la définition exacte de ce qu'il est en train de faire avec moi. Car oui, je ne suis rien de plus qu'un jouet entre ses mains.

— Faux, c'est *aimer* *. Mauvaise réponse, contre toute attente.

Les bras croisés sur la poitrine, je le toise, le mettant au défi de me poser une nouvelle question.

Mais il n'en fait rien. Il passe à Keatra, puis à Cay, Garrett et Teri.

Sans revenir vers moi.

Plus un instant je ne croise son regard.

Lorsque la sonnerie retentit, je commence à ranger calmement mes livres.

— Riley, j'aimerais te parler si tu as un moment, lance M. Belrose.

Il ne me laisse pas le choix. Malgré sa voix très posée, il s'agit d'un ordre. Or, je ne désire rien d'autre que de franchir le seuil de la classe avec mes camarades.

— Pourquoi ? demandé-je.

Le ton que j'emploie diffère de celui, respectueux, que je réserve d'ordinaire aux enseignants. Car il n'est plus simplement mon professeur.

Silencieux, il se contente de regarder ses élèves sortir en file. Je l'imite, mon sac à dos à l'épaule, avant de laisser tomber par terre mon chargement au moment où, ayant emboîté le pas à Thea, Belrose referme la porte derrière elle.

Nous sommes seuls. Dans la salle de cours.

En pleine journée.

Une alarme se déclenche quelque part dans ma tête.

— Tu ne réponds pas à mes messages, dit-il.

J'incline la tête sur le côté : moi qui le croyais intelligent. Il ne se comporte pas comme tel. Absolument pas, même.

— Eh bien non, je n'en ai pas envie, en fait. Pas plus que de te voir.

— Puis-je te demander pourquoi ?

Son ton est une fois encore parfaitement mesuré… J'y perçois cependant comme une menace.

— Combien d'élèves spéciales as-tu, au juste ?

— Je te demande pardon ?

La main au niveau de l'oreille, il se penche en avant, comme s'il avait mal entendu.

— Combien de greluches as-tu invitées chez toi ? Une par *check* distribué ?

À ces mots, un sourire se dessine sur son visage – la commissure de ses lèvres s'étire un peu plus à droite qu'à gauche.

— C'est donc ça, le problème ?

Il fait mine de m'approcher, mais je me raidis.

— Pourquoi, tu avais autre chose en tête ?

— Riley… tu penses que je vois d'autres femmes ?

— Comment suis-je censée le savoir, Alex ? lancé-je, cinglante, avant de me haïr aussitôt d'avoir prononcé son prénom.

Bon sang ! Il faut que je me rentre bien ça dans le crâne une fois pour toutes. Il n'est plus Alex, mais M. Belrose, mon professeur.

En aucun cas quelqu'un que je prends plaisir à embrasser.

Quand il avance d'un pas vers moi, je me fais violence pour ne pas reculer. Il faut que je sois forte.

— Tu es la seule, Riley, murmure-t-il. Il n'y a personne d'autre. Je le jure devant Dieu, il n'y a personne d'autre au monde.

— Et je suis supposée te croire sur parole ?

Je plonge mon regard dans le sien à la recherche d'une réponse, mais il ne se détourne pas. « Qu'en est-il de ta femme ? », voudrais-je lui demander.

— Oui, parce que tu es la seule pour laquelle je prendrais autant de risques, Riley. Je n'arrête pas de penser à toi. Pas un instant. Le simple fait de te savoir fâchée contre moi me rend fou.

Il tend le bras dans ma direction et entrelace nos doigts. Je ne les lui retire pas. Sa main tremble dans la mienne.

— Je t'en prie, reviens-moi… implore-t-il.

Je sens ma colère s'apaiser.

— Si j'ai assisté à ton entraînement, c'était uniquement pour te voir. Je suis désolé de t'avoir blessée. D'ailleurs, je t'ai préparé une surprise, quelque chose de spécial. Promets-moi de passer ce soir. Si ça ne te plaît pas, je ne te retiendrai pas.

Sa main se resserre autour de la mienne. La tête basse, j'hésite.

— Riley…

Du bout des doigts, il me relève doucement le menton pour me regarder droit dans les yeux.

— Je t'en supplie, Riley, fais-le pour moi.

Je hoche la tête, mais mon estomac me donne l'impression d'être de glace, comme si je venais d'avaler plusieurs litres d'eau trop froide.

— C'est d'accord. Mais sache que si je viens, ce n'est pas pour te faire plaisir, c'est uniquement pour moi.

— Mon Dieu, tu ne sais pas à quel point je meurs d'envie de t'embrasser, dit-il avec un sourire.

— Eh bien vas-y, je t'en prie, répliqué-je pour le provoquer.

Mes mots sont durs, furieux. Mon cœur oscille entre deux extrêmes. D'un côté, je veux qu'il me prenne dans ses bras pour ne plus jamais me lâcher et, de l'autre, qu'il me laisse en paix pour toujours.

Je ne suis pas certaine de lui pardonner.

Soudain, la porte de la salle s'ouvre à la volée derrière nous et Alex laisse retomber son bras comme s'il ne m'avait jamais caressé la joue. Il va même jusqu'à enfoncer ses mains dans ses poches, comme pour cacher un quelconque résidu sur ses doigts qui risquerait de le trahir.

— C'est donc à rendre pour lundi, me lance-t-il pour donner l'illusion d'être en pleine conversation. Et n'oublie pas la bibliographie.

En mon for intérieur, je ricane. Quelle parade pitoyable… Comme si Riley Stone pouvait omettre de référencer ses sources.

Je sors de la salle sans un regard en arrière.

Riley Stone ne se retourne jamais.

Chapitre 18

Cadeaux

Il fait sombre, dehors, et une vague de froid s'est abattue sur la région. Je ne me présente jamais à la même heure au domicile des Belrose (et ce bien qu'aucun voisin ne m'ait à priori encore jamais repérée). Je m'habille en silence puis enfonce un bonnet sur ma tête. Même si on ne peut pas voir mon visage, je change à chaque fois de lieu de stationnement et de tenue. Ce soir, je suis arrivée bien après le coucher du soleil, sous le couvert d'un ciel bas et nuageux. L'été vient à peine de se terminer, pourtant l'hiver est déjà dans l'air. C'est vraiment étrange. Bien sûr, tout le monde blâme le réchauffement climatique : d'ordinaire en cette saison, le dimanche, on flâne encore en short sur les pelouses, un verre de limonade à la main au son régulier de l'arrosage automatique.

Heureusement pour moi, le froid force les gens à rester chez eux.

Personne ne m'a vue me faufiler dans le noir vers la maison plongée dans les ténèbres.

Aucune lumière n'était visible de l'extérieur.

Mais, dès que j'ai poussé la porte de derrière, elle a pivoté sur ses gonds, comme si Alex m'attendait.

Me voici donc, seule, dans le petit salon. Je défais mon foulard. Quelque chose a changé.

— Il y a quelqu'un ? appelé-je en avançant d'un pas.

Une obscurité absolue règne dans la pièce… à l'exception d'une faible lueur en provenance du couloir. Je referme avec délicatesse la porte derrière moi, cligne des yeux, tous les sens en alerte.

Les battements de mon cœur s'enchaînent, irréguliers. Qu'est-ce qui se passe ? Je progresse sur la pointe des pieds vers la lumière. Pourquoi tout est-il éteint ? C'est pourtant Alex qui m'a demandé de venir… Aurait-il oublié ? Est-il parti ?

Ou bien Jacqueline serait-elle rentrée ? Essaie-t-il de me faire comprendre qu'il faut que je parte ?

Je continue à avancer, le sang tambourinant à mes oreilles.

Ah, oui… Ah, d'accord !

De grandes chandelles blanches sont disposées tout le long du couloir. Je suis le chemin étincelant à travers la petite cuisine où nous avons œuvré ensemble, lui et moi, jusque dans le salon principal. Le voilà. Alex… Il tourne la tête vers moi, son bras étendu sur le dossier du canapé.

— Viens t'asseoir près de moi, Riley.

Personne n'a jamais allumé de bougies pour moi. Je croyais que ça n'arrivait que dans les films. Ceux à l'eau de rose. Mais lui l'a fait.

J'obtempère et me pelotonne contre lui, dos contre son torse. Je ronronnerais presque de plaisir.

— Bonsoir.

— Bonsoir, répond-il, en me caressant les cheveux. Je suis heureux que tu sois là.

— Moi aussi.

C'est la vérité. L'étrange sensation qui me comprimait l'estomac a disparu. Il m'entoure de son bras pour me serrer tout contre lui.

— J'ai une surprise pour toi, chuchote-t-il.

— Tu n'étais pas obligé, dis-je, en toute sincérité.

Je ne suis pas ce genre de filles qui ont besoin qu'on les gâte. Mais, malgré tout, je dois avouer que l'attention ne me laisse pas indifférente.

— Ferme les yeux et tends les mains, me murmure-t-il à l'oreille.

Il se dégage de mon étreinte, le temps de placer un objet léger au creux de mes paumes…

— Voilà, tu peux relever les paupières.

J'obéis. Entre mes doigts se trouve une petite boîte rectangulaire enveloppée d'un papier pervenche et ornée d'un joli nœud blanc.

— Un cadeau ! Qu'est-ce que c'est ?

J'examine l'étui sous toutes ses coutures comme s'il pouvait me donner un indice sur son contenu.

— Tu vas devoir l'ouvrir pour le découvrir, répond-il, en m'effleurant le poignet. J'espère que ça va te plaire.

Je glisse l'index sous un coin du papier afin de le déchirer proprement. Alex me fait un présent. Quelque chose de spécial. Les bougies, et maintenant un cadeau, un vrai… un objet que je pourrai conserver. Je défais l'emballage qui dévoile un écrin en velours bleu nuit. Un bijou ? Je lance au jeune homme un regard interrogateur.

Avec un sourire, il hoche la tête.

Je soulève le couvercle. C'est un collier.

Il m'offre un collier. Un petit pendentif en bois en forme de pièce d'échecs, au bout d'une chaîne délicate. Un roi.

Du bout des doigts, j'effleure le creux entre mes clavicules, à la naissance de ma gorge, là où cette petite merveille reposera lorsque je la porterai.

— C'est magnifique, dis-je.

— Relève tes cheveux, dit-il en ouvrant le fermoir.

Je m'exécute alors qu'il passe le bijou à mon cou. Le bois est froid contre ma peau.

— Je l'ai trouvé à Paris, dans une petite boutique qui borde la Seine.

Laissant retomber ma chevelure, je me tourne vers lui sans pouvoir m'empêcher de toucher le collier.

— Ça vient de France ? soufflé-je.

Je n'ai jamais rien possédé qui vienne de là-bas – ni rien qui vienne d'un autre pays étranger d'ailleurs, à l'exception d'une bougie en sable que ma tante m'avait rapportée de Puerto Vallarta.

— Le propriétaire fabrique les pendentifs à la main. Sa vue commence à baisser, hélas, mais ses créations restent somptueuses, avec toutes leurs petites imperfections qui les rendent uniques. J'adorais les échecs quand j'étais enfant, j'y jouais la nuit avec mon grand-père, après la fermeture du restaurant. (Il frôle le bijou du doigt, puis se penche vers moi. Ses lèvres effleurent les miennes.) Il te plaît, Riley ? demande-t-il en restant à portée de souffle.

— Beaucoup.

Je ne mens pas. À vrai dire, j'adore tout de cette soirée. Les bougies, le présent, ses lèvres, ses bras. Être sienne… Lorsque je lui souris, c'est mon cœur qui s'illumine, comme jamais auparavant.

Je m'efforce de ne pas penser que quand il l'a acheté, le collier était certainement destiné à une autre.

— Penseras-tu à moi quand tu le porteras ?

Je hoche la tête.

— Je suis désolé de t'avoir fait douter de toi-même.

Attends une seconde… Il parle de moi là ? Personne n'a jamais, au grand jamais, osé soupçonner Riley Stone de douter.

Et pour cause : ça ne m'arrive jamais.

J'ai simplement des principes qui font que je ne tolère pas que la personne que je fréquente fasse des *checks* à toute l'équipe de cheerleading qui défile devant lui en se pavanant. C'est tout.

Mais la main d'Alex dans mon dos et ses lèvres sur les miennes me font oublier que je me sens, peut-être, légèrement insultée par ce qu'il vient de dire. D'autant que son cadeau ne quitte pas mon esprit. Nous sommes de nouveau « nous ». Tout va s'arranger.

Je le sais.

Chapitre 19

Règles

À ne pas oublier lorsqu'on sort avec son prof :

- Ne pas manquer plusieurs fois l'entraînement de cheerleading. Surtout quand on est la capitaine de l'équipe.
- Ne pas le regarder plus que d'habitude. Ni moins, d'ailleurs. Ne pas lui sourire.
- Réussir tous ses devoirs haut la main.
- Ne pas poignarder toutes les filles qui se pâment devant lui, même si c'est très tentant. Surtout dans le cas de Thea Arnold.

Il a glissé un mot dans la copie qu'il me rend.

« Avec toi, la vie est plus belle. »

Je laisse ma réponse entre les pages de son carnet de notes pendant que personne ne regarde : « ce soir ».

Nous nous faisons passer des petits messages, sans jamais les signer (nous veillons même à modifier notre graphie), mais nous savons qu'ils viennent l'un de l'autre. Personne ne m'écrirait comme lui le fait.

Je me faufile dans sa maison la nuit venue. Les soirs où il n'y a pas entraînement, j'enfile ma tenue de sport et mes baskets pour marcher jusque chez lui en prenant mon temps. Mes parents ne remarquent même pas mon absence. Je suis une fille très occupée, après tout. J'ai toujours une collecte de fonds, du bénévolat ou une répétition de prévue.

Ou une liaison interdite par-ci, par-là.

Ou une seule et unique.

Ce soir, Alex me fait la lecture. Au programme : de la poésie française. Loin de feuilleter un simple recueil, il pioche des vers dans un carnet à la couverture en cuir usée où il a recopié ses poèmes préférés. Les pages, jaunies et tachées d'encre, ont été manipulées des centaines de fois.

— Tu ressembles à un personnage de roman, lui dis-je, tout en feuilletant son livre de poésie fait main. Tu les as vraiment retranscrits un par un ?

— Oui, ça m'a permis de travailler mon français. Et puis, je les trouvais beaux.

— Ils le sont, assuré-je.

Il me sourit.

Allongée sur le ventre, je relève la tête et cale le menton au creux de ma paume.

— Lis-m'en un autre. Un qui parle d'amour.

— Vraiment ? Serait-ce un message caché, Riley ? plaisante-t-il avec un nouveau sourire tandis que je lui tends le carnet.

Je roule sur le dos et le regarde, tête à l'envers.

— Alors, tu me le récites, ce poème, oui ou non ?

Penché en avant, il m'embrasse sur le menton puis parcourt son recueil.

— Ah ! Celui-là.

Je me redresse pour déchiffrer la page au coin corné qu'il me montre.

— Il s'intitule *Les Roses de Saadi*, explique-t-il. C'est l'œuvre d'une célèbre poétesse : Marceline Desbordes-Valmore.

J'ai voulu ce matin te rapporter des roses ;
Mais j'en avais tant pris dans mes ceintures closes
Que les nœuds trop serrés n'ont pu les contenir.

Les nœuds ont éclaté. Les roses envolées
Dans le vent, à la mer s'en sont toutes allées.
Elles ont suivi l'eau pour ne plus revenir ;

La vague en a paru rouge et comme enflammée.
Ce soir, ma robe encore en est tout embaumée...
Respires-en sur moi l'odorant souvenir *.

— De quoi est-ce que ça parle ? demandé-je. Je comprends qu'il est question de roses dans le vent, mais...

— Les fleurs représentent l'amour, que la brise disperse. Cette jeune fille rapporte des roses à son bien-aimé, mais le jupon qu'elle a noué pour les contenir se défait et elles sont emportées dans la mer, où elles colorent les vagues en rouge.

— C'est plutôt triste.

— Oui, c'est vrai.

— Pourquoi ne pas me lire plutôt un poème d'amour joyeux ?

Il roule alors sur lui-même pour venir se placer au-dessus de moi et me picorer le cou de baisers.

— Pour pouvoir te consoler et te redonner le sourire.

Alex m'embrasse soudain avec une telle intensité que je sens ses dents contre mes lèvres. J'enroule mes bras et mes jambes autour de son corps. Je le veux, tout entier. Je veux qu'il me déshabille et me porte jusqu'à son lit, mais je sais que le moment n'est pas venu. Pas encore du moins.

Nous en avons déjà discuté. Ça me paraît complètement irréel, d'ailleurs. Me voilà à parler de sexe alors qu'il y a à peine quelques semaines je n'avais jamais ne serait-ce qu'embrassé quelqu'un. Et il ne s'agit pas là d'un de ces fantasmes dont je discute en gloussant avec Neta et Kolbie. Non, j'ai discuté de ça avec un homme qui cuisine pour moi, m'offre des bijoux et me lit de la poésie française.

— Tu te sens prête ? me demande-t-il, le regard rivé au mien, la main sur la fermeture éclair de mon jean.

En guise de réponse, je l'embrasse avec fougue, avant de me détourner pour enfouir mon visage contre son épaule.

— Bientôt, promets-je.

Mensonge... me murmure une voix à mon oreille. Au fond de moi, je sais que je suis encore loin d'être mûre pour franchir une étape aussi importante. Je le voudrais bien, pourtant. Sauf que ça représente beaucoup, que tout va très vite et que je n'ai pas encore réfléchi à toutes les facettes de cette relation.

Je le sens sourire contre ma joue.

— Je t'attendrai, Riley Stone, dit-il. Je te le promets. Et tu sais pourquoi ?

Je sens l'os de sa hanche s'enfoncer au creux de mon ventre. Mon Dieu, j'ai tellement envie de lui…

— Dis-moi.

— Parce que je suis en train de tomber fou amoureux de toi.

Je m'écarte pour le regarder dans les yeux, mais lui n'ajoute rien. Je perçois le poids rassurant du bijou sur ma gorge.

— Tu le penses vraiment ?

Il hoche la tête, puis m'embrasse.

— Plus que tout au monde, Riley.

Il s'écarte de moi et nous restons un long moment allongés ainsi, l'un à côté de l'autre, sur le plancher du salon.

— Très bientôt, tu seras majeure et diplômée. Tu sais ce que ça signifie ?

— Quoi donc ? demandé-je.

Avec un sourire, il passe une main dans mes cheveux.

— Que l'on pourra vivre notre histoire au grand jour. Fini, les secrets. Tu n'auras plus besoin de te faufiler par la porte de derrière. Je pourrais t'emmener au cinéma, au restaurant, aller te voir à l'université. Tu pourras rester dormir à la maison sans que personne ne trouve à y redire.

— Et Jacqueline ?

Soudain, je retiens mon souffle.

C'est la première fois que je mentionne sa femme. La toute première fois.

— Jacqueline ne reviendra pas, à priori. Et même si c'était le cas, tout est terminé entre nous, dit-il, d'un ton monocorde.

Je voudrais lui en demander plus, mais l'absence d'émotion dans sa voix m'en empêche, m'excite même.

Il est à moi. Pour de bon.

Personne, dans l'histoire de l'humanité, n'a jamais vécu un amour comme le nôtre.

Nous allons y arriver.

Alex joue distraitement avec l'une de mes mèches.

— Promets-moi que tu ne me quitteras jamais, Riley, souffle-t-il.

— Je te le promets, réponds-je. Nous deux, pour toujours.

Je pose une main sur son cœur, qu'il porte à ses lèvres.

Ce qu'il faut savoir sur Riley Stone :

- Les parents de Riley présidaient plusieurs associations caritatives de la région, si bien que les sorties en famille du samedi se résumaient souvent à du bénévolat. Riley a ainsi pu établir de nombreux contacts dès son enfance.
- La *Humane Society*, défenseuse de la condition animale, est l'œuvre de charité préférée de Riley. Mais M. et Mme Stone n'appréciant pas l'odeur des chenils, leur fille a rarement eu l'occasion de s'y impliquer.
- Riley n'a jamais eu l'autorisation d'avoir un animal de compagnie.
- Riley a eu accès à plusieurs bourses universitaires grâce à de très généreuses fondations. Toutes ses études supérieures étaient déjà financées avant même son arrivée en seconde, mais elle continue à postuler à de nouvelles aides pour « gagner en expérience ».
- Et pour le prestige aussi, bien entendu.
- Malgré ses projets et ses nombreux plans pré-établis (dont celui, non négociable, de sortir du lycée major de promo), Riley n'a pas encore choisi son domaine d'études ni le chemin qu'empruntera sa vie. Voici les options qu'elle a pour l'instant retenues :

\- Médecin
\- Diplomate
\- Chef d'entreprise

- Organisatrice d'événements
- Présidente des États-Unis
- Styliste de mode
- YouTubeuse
- Coach/sélectionneuse de cheerleading.

Chapitre 20

Tout va bien

« Tu es tout pour moi. Ne l'oublie pas », disait la note glissée dans mon casier.

Je dépose mon formulaire de demande de bourse sur son bureau.

— J'aurais une question au sujet de la partie 12B.

Alex ouvre le dossier. Il y découvre un post-it vert fluo avec un mot : « Ce soir ? »

— Eh bien, on a rattrapé ce qu'on devait voir ensemble, donc ce sera tout pour aujourd'hui.

Sous le choc, je recule d'un pas. Comment ça ? Et son message ? Et nous alors ?

Son regard se pose derrière moi, au niveau de la porte, puis il referme la chemise.

— Tout a l'air en ordre. Peux-tu me remettre ta candidature avant la semaine prochaine ? La date limite approche.

— Oui, monsieur.

Lorsque je me retourne, je découvre Mme Sanchez, professeur de menuiserie, à l'entrée de la classe.

— Alex ! Est-ce que tu viens à la soirée organisée par le lycée la semaine prochaine ? J'ai d'ailleurs entendu dire que Jacqueline était revenue, sera-t-elle des nôtres ? Elle est tellement charmante, je l'adore !

Un incendie se déclare soudain dans mon estomac pour se propager peu à peu jusqu'à mon cœur et, l'espace d'une seconde, je hais Mme Sanchez, une femme que j'admire pourtant d'ordinaire en raison de sa maîtrise d'un domaine essentiellement accaparé par la gent masculine. Avec ses allures de grand-mère, on la croirait toujours sur le point de sortir des cookies du four, sauf qu'en réalité elle enseigne la menuiserie et apprend aux lycéens à bricoler. En outre, son tempérament de feu notoire lui a presque valu d'être licenciée cinq ans plus tôt : elle avait jeté un marteau contre le mur alors que quelqu'un avait osé remettre en question sa connaissance des bancs de scie. Mais peut-être faut-il blâmer les années de sexisme systématique qu'elle a dû endurer.

— Je ne sais pas encore, répond M. Belrose, je vais le lui demander.

Sa voix, qui ne diffère en rien de d'habitude, ne trahit aucun trouble (à l'extrême inverse du tumulte intérieur qui me ronge).

Je me force à ranger mon dossier de bourse dans le plus grand calme, passe par mon casier, puis me dirige vers les toilettes du premier étage, à côté de la cage d'escalier.

Sans me presser.

Avec mesure et sang-froid.

J'observe mon reflet dans le miroir.

Jacqueline ? De retour ?

Rien de bien grave. Il va se débarrasser d'elle.

Il ne voulait simplement pas que Mme Sanchez nous surprenne, d'où sa froideur. C'est évident.

Restons calme...

Je souris à mon reflet, mais n'obtiens qu'une grimace forcée (on dirait que je retrousse les lèvres pour vérifier que je n'ai pas une feuille de salade coincée entre les dents).

Je retente ma chance... Sans succès.

Bien sûr qu'il ne veut pas que je vienne le voir ce soir, c'est parfaitement logique... Je supporterai donc ce revirement en silence. Il faut que j'assume mes choix. Après tout, je savais que je m'engageais dans une histoire compliquée (et c'est le moins qu'on puisse dire).

Restons calme...

Je vomis dans les toilettes, me rince rapidement la bouche dans l'évier avant que quelqu'un ne me surprenne, puis prends un chewing-gum à la menthe poivrée.

Restons calme...

Je me rends ensuite au cours de chimie, où je retrouve ma partenaire de labo, à savoir, Kolbie.

Je m'assois devant ma paillasse, ramène mes cheveux derrière mes oreilles et sors quelques stylos ainsi qu'un carnet. J'aime bien le cours de chimie, ça change de la routine des autres matières. On peut y bouger, marcher, se lever. L'odeur des différents produits qui flotte dans la salle – à la fois étrange et agréable – me donne l'impression de pouvoir me transformer en savant fou, de tenir le monde entre mes mains.

— Au programme, pluies acides, annoncé-je à Kolbie lorsque celle-ci s'installe à côté de moi. Ça s'annonce passionnant !

— De la part de n'importe qui d'autre, j'aurais pris ça pour du sarcasme, pouffe-t-elle en s'attachant les cheveux. Mais venant de toi…

Le sourire que je lui lance me paraît déjà plus réussi que ceux pratiqués devant le miroir, même si ce n'est pas encore ça.

— Qu'est-ce qui ne va pas ? me demande-t-elle. Je te préviens, je ne verserai pas une goutte de ce truc toxique si tu n'es pas entièrement à ce que tu fais.

Ses lunettes de protection sur le nez, elle me fait un signe menaçant.

Je tente de contenir mon agacement. Comme si ça m'était déjà arrivé de ne pas être concentrée…

— Rien, je t'assure. Je suis juste un peu débordée en ce moment.

— Peut-être que tu devrais te détendre une fois de temps en temps. Relâcher la pression – autrement qu'en te traînant à des soirées débiles. Pourquoi n'essaierais-tu pas de te trouver une activité qui te ressemble ?

— Qu'est-ce que tu entends par là ? demandé-je, soudain suspicieuse.

À quoi pense donc mon amie ? Au club de sciences ? À celui des langues étrangères ? Ou celui des gens intelligents (s'il en existe un) ?

— Tu pourrais par exemple t'inscrire à un groupe de lecture, suggère-t-elle en toute franchise. Où tu lirais juste pour le plaisir. Ou bien alors… sortir un soir avec un garçon. Mais tu sais, sans prise de tête.

— Hmm… c'est ça, oui.

Kolbie attaque l'inventaire des produits que M. Peters a déposés sur notre paillasse avant de les faire glisser vers moi pour une seconde vérification.

— Bandelettes de papier pH… tu crois qu'on en aura assez ? La boîte est presque vide.

— Si on ne rate pas l'expérience, ça devrait suffire largement.

— Parfait, pas besoin de plus alors. Enfin bref… tu te rappelles que je t'ai promis de te présenter un mec plus âgé ?

— Oui, oui, je m'en souviens.

— Eh bien, Jamal me rend visite ce week-end et il vient avec son meilleur ami d'enfance, Sandeep. Je l'ai déjà rencontré : non seulement il est super mignon, mais en plus il est adorable. Donc, voilà, j'ai dit à Jamal que si tu n'avais pas le moral, on pourrait peut-être aller dîner en ville tous ensemble. Jamal a très envie d'essayer le nouveau mexicain, si ça te tente.

— Tu as fait quoi ?

— Tu as bien entendu, dit-elle en me scrutant du regard. Je pense que tout est en ordre avec les produits. Tu confirmes ?

Je prends alors conscience que je manipule machinalement les ingrédients nécessaires à notre expérience et que je suis en train de les recompter pour la troisième fois de suite sans m'en apercevoir. Tout est là, pourtant : ammoniaque, vinaigre, outils de mesure. Il ne manque rien.

— On est bon.

Je sais ce que je fais.

— Et pour ce week-end aussi ? À moins que tu aies une collecte de fonds ou un discours d'attribution de bourse de prévu ?

Je me fige.

Je pense à Alex. À sa femme.

À la façon dont il m'a parlé un peu plus tôt.

Il faut que je tente le coup. C'est l'occasion rêvée pour prétendre être une lycéenne normale pendant que lui joue les maris parfaits. D'ailleurs Sandeep sera peut-être aussi sympa que le dit Kolbie.

C'est aussi un bon moyen de faire comprendre à Alex qu'il n'est pas ma seule option. De lui prouver que, loin de dépérir sans lui, je vis ma vie à merveille, comme à mon habitude. Quand je fais un choix, j'en assume les conséquences.

Une douleur aiguë me transperce soudain le cœur. J'essaie de nouveau de sourire, mais cette expression me paraît étrange sur mon visage, mauvaise, même. Curieux, comme ce geste m'est difficile ces derniers temps...

— Ça marche pour ce week-end, confirmé-je.

Après tout, je pourrais toujours annuler si Alex quitte bel et bien Jacqueline.

Chapitre 21

Si

— Tu es super sexy comme ça, s'extasie Neta. Tu devrais piocher dans mon placard plus souvent, en fait.

Elle me fait tourner sur moi-même : je porte une robe rouge moulante avec un jupon légèrement plissé. Assez satisfaite du résultat, je souris à mon reflet.

Je m'efforce de ne pas penser à ce que dirait Alex s'il me voyait dans cette tenue. Lui plairait-elle ? Ne la trouverait-il pas un peu trop voyante ?

Kolbie et moi nous préparons chez Neta pour permettre à cette dernière de « vivre nos rencards par procuration » (selon ses propres mots). Notre amie en veut à Kolbie de ne pas lui avoir dégoté un cavalier.

— Comme si tu ne pouvais pas t'en trouver un toute seule, rétorque l'accusée, occupée à appliquer son eyeliner.

— Et qui te dit que j'avais besoin de ton aide ? protesté-je, un peu vexée.

Je me charge moi-même de mon maquillage. J'ai vraiment pris le coup de main depuis quelques semaines et, même si je peux toujours me contenter de faire simple, les *smoky eyes* n'ont plus de secret pour moi maintenant.

— Moi ! répond Kolbie.

— Tu pourrais au moins faire semblant d'hésiter avant de répondre, répliqué-je, faussement offensée.

Mais après tout, comment lui en tenir rigueur, elle ne possède pas la moitié des informations. Comment le pourrait-elle, d'ailleurs ?

Mon secret me procure un soupçon de satisfaction malsaine.

Sauf que cette semaine, Alex a à peine donné signe de vie.

Un jour, en cours, alors que j'avais tardé à quitter la salle de classe, il s'était contenté de me serrer la main en me disant : « Bientôt ». Mais, hormis ce moment, c'est à croire que nous ne nous connaissons pas (en dehors de notre relation prof-élève, bien sûr).

Ma boîte mail reste désespérément vide. Je lui ai pourtant moi-même envoyé un message : un simple point d'interrogation.

Rien d'autre.

Le pathos, très peu pour moi. Je ne m'abaisserai pas à l'espionner. Je ne lui montrerai pas à quel point il me blesse.

Je me porte comme un charme. Je ne souffre pas.

Il m'a promis qu'il allait quitter sa femme, qu'il ne m'en voulait pas de ne pas encore me sentir prête à sauter le pas avec lui. Tout va bien. Très bien, même.

D'où le restaurant à quatre avec Kolbie, Jamal et Sandeep.

— Essaie ça, Riley, dit Neta en me lançant un rouge à lèvres. Il ira à la perfection avec la robe. Très… pou pou pidou !

— D'abord, plus personne ne dit ça depuis les années 1950. Ensuite, ça risque de faire un peu beaucoup pour moi, mais merci. La robe rouge est déjà super, je t'assure.

Je lisse le tissu qui épouse mes formes à la perfection. Neta et moi faisons la même taille – sauf qu'elle est toute en courbes et moi, plutôt du genre athlétique.

— Bon, prends-le dans ton sac au moins, insiste-t-elle avec une moue boudeuse, au cas où ton humeur se dévergonderait. Fais attention de ne pas t'en mettre sur les dents, en revanche. À n'appliquer que devant un miroir ! Sans oublier les contrôles réguliers.

— Promis.

Je vais chercher ma pochette en cuir noir verni, dans laquelle je glisse le tube, même si je sais déjà que j'utiliserai probablement le même gloss naturel que d'habitude. J'y suis déjà allée fort sur les yeux, le rouge à lèvres serait de trop. J'aurais l'impression de ne plus être Riley.

Ce qui ne serait peut-être pas si mal, en fait…

Vêtue d'un top fluide violet foncé et de leggings en cuir, Kolbie finit d'appliquer son mascara.

— Tu es prête, Ri ? Les garçons nous attendent en bas depuis dix minutes.

— On est en retard ? demandé-je. Tu crois que l'une d'entre nous devrait descendre ?

— Laisse, réplique Neta en gloussant. Ça ne leur fait pas de mal de poireauter un peu. Prends ton temps, d'accord ?

Elle n'a pas tort. Quand nous nous montrons enfin, nos cavaliers ne nous en veulent pas le moins du monde. Dès qu'il me voit, Sandeep s'approche de moi et me prend la main pour y déposer un baiser, comme dans les vieux films.

— Riley, c'est ça ? Tu es aussi splendide que le laissait entendre Jamal.

Le compliment ne me fait même pas rougir. De son côté, Sandeep se révèle lui aussi plutôt séduisant, avec ses cheveux sombres coupés court, une mâchoire carrée à la ligne bien définie et de très beaux yeux.

— Tu ne te défends pas trop mal non plus.

— Nouveau T-shirt, souffle-t-il d'un air conspirateur.

Ce qui me fait rire, car il porte une belle chemise mauve boutonnée jusqu'au col.

— On y va ? demande-t-il. J'ai cru comprendre que nous avions une réservation dans un restaurant où les tortillas et la sauce salsa sont payantes. Un établissement très haut de gamme.

Je prends le bras qu'il me tend et nous marchons jusqu'à la voiture avec Jamal et Kolbie, qui, blottis dans les bras l'un de l'autre, s'embrassent déjà. Nous leur laissons la banquette avant et grimpons à l'arrière.

— Il faut que je t'avoue un truc, dis-je à Sandeep, un truc important.

— Qu'est-ce qu'il y a ?

— Les tortillas et la sauce sont gratuites là où on va.

— C'est pas vrai ! Serais-tu en train de me dire que j'aurais en fait très bien pu venir en T-shirt ?

— Un vieux avec des trous aurait même sans doute fait l'affaire, confirmé-je, solennelle.

— Bon, puisque nous jouons la carte de l'honnêteté, je dois admettre que j'essayais de t'impressionner. Comment je m'en sors pour l'instant ?

— Comme ci, comme ça, dis-je avec un geste évocateur de la main. Commande du guacamole et on verra.

Il éclate d'un rire chaud et bienveillant.

— J'aime ton sens de l'humour, Riley.

Je dois avouer que Sandeep me plaît bien. Sitôt devant le restaurant, il sort de la voiture qu'il contourne pour venir m'ouvrir la portière. Arrivé à notre table, il me tire même une chaise.

— Il est top, non ? me chuchote Kolbie à l'oreille pendant que Sandeep commande un supplément de guacamole.

C'est vrai.

Si mon cœur n'appartenait pas déjà à un autre, je serais d'ailleurs probablement sous le charme.

— Qu'est-ce que tu as choisi comme matière principale ? lui demandé-je.

— Sciences de l'ingénieur.

— Oh, ça a l'air plutôt pointu.

— Je ne te le fais pas dire, intervient Jamal.

— Jamal étudie dans la même branche, renchérit Kolbie, une main sur le torse de son copain. Son père aussi est ingénieur, il possède une entreprise de BTP.

— Et toi, pourquoi as-tu choisi cette spécialité ? demandé-je à Sandeep.

Je prends une tortilla que je trempe dans la sauce salsa, plutôt que dans le guacamole – juste pour cette fois.

— Quand j'étais petit, je n'avais qu'une envie : concevoir des fusées qui iraient un jour dans l'espace. Et puis, plus tard, j'ai découvert qu'il fallait un diplôme d'ingénieur pour ça, alors j'ai décidé de faire le nécessaire, explique-t-il avec un haussement d'épaules. On ne sait jamais, peut-être qu'un jour je déménagerai au Texas ou en Alabama pour travailler au sein de la NASA et que mes rêves d'enfant se réaliseront.

— La classe, répond Kolbie.

— Mon projet aussi est cool, proteste Jamal, je vais quand même reprendre l'entreprise familiale.

— Je sais, le rassure mon amie, la tête posée sur son épaule. Et même que tu nous construiras une grande maison…

Jamal lui passe la main dans les cheveux.

— La plus grande possible, avec une piscine et un court de tennis.

— J'adore le tennis, roucoule Kolbie avant de se pencher pour l'embrasser.

— Dites, les amis, je sais que vous êtes en couple, mais vous n'êtes pas tout seuls au cas où vous ne l'auriez pas remarqué, se moque Sandeep.

J'éclate de rire.

La serveuse vient prendre nos commandes : fajitas pour moi et enchiladas pour Sandeep.

Et encore du guacamole.

— Franchement, mec, tu as un problème, l'apostrophe Jamal.

Sandeep me fait un clin d'œil. Il tient à faire ses preuves.

Pendant la conversation, Sandeep pose son bras sur le dossier de ma chaise. Sa main effleure ma peau nue et, au lieu de m'écarter, je prolonge le contact.

Mon téléphone vibre, mais je fais comme si de rien n'était.

— Ne te retourne pas tout de suite, dit alors Kolbie, mais notre célèbre prof de français dîne à la table de derrière avec sa charmante épouse. (Elle glousse.) Il a dû m'entendre dire à Sara qu'on sortait tous les quatre quand j'étais en cours tout à l'heure, et il nous a suivis !

Mon cœur manque un battement, mais je me force à rire à la plaisanterie de mon amie. Si seulement ce pouvait en être une…

— Un prof, en dehors de son habitat naturel ? tâché-je d'ironiser. Je ne savais pas qu'on le leur permettait.

— Ai-je des raisons de m'inquiéter ? demande Jamal, le torse bombé.

Kolbie pose alors la main sur la joue de son petit ami.

— Bien sûr que non, mon amour. J'aime les hommes plus vieux, pas les vieux.

Pour souligner son propos, elle l'embrasse de nouveau et je retiens de justesse un ricanement : je sais de source sûre que Kolbie trouve Alex plus séduisant que Jamal.

Sous prétexte de rejeter mes cheveux dans mon dos, je tourne la tête : il est là, assis près de Jacqueline, à une table avec quatre ou cinq amis, le bras sur le dossier de la chaise de son épouse.

Nos regards se croisent, mais il se détourne aussitôt. Malgré mon cœur en proie aux flammes, je rapproche ma chaise de celle de Sandeep.

C'est donc ainsi qu'il compte quitter sa femme…

Ce n'est qu'un menteur.

Ce qui n'a aucune importance. Absolument aucune. Je m'en moque.

Curieux, le nombre de fois où je me suis répété ces mots depuis peu…

En réalité, ils laissent dans leur sillon une profonde blessure, comme je n'en ai jamais connue auparavant. J'ai soudain envie d'être seule. Mais je lutte, je ne dois pas le laisser ruiner ma vie comme ça.

Lorsque Sandeep s'excuse pour aller aux toilettes, je récupère mon téléphone et consulte mes messages.

Ne fais pas ça. Je t'en prie. Tout mais pas ça.

Il se fiche de moi ! Je jette un coup d'œil par-dessus mon épaule. Au creux de ma poitrine, la colère se mêle à une jalousie brûlante. Il regarde de nouveau dans ma direction, sans que son bras ait pour autant lâché le dossier de la chaise d'à côté.

« C'est toi qui as commencé », envoyé-je en réponse, avec un regard appuyé vers Jacqueline qui, insouciante et souriante, bavarde avec les autres convives.

— Je n'aime pas trop ce type, dit Jamal qui fixe toujours la table d'Alex. Il n'arrête pas de lorgner par ici. Je le trouve flippant.

Kolbie se pelotonne dans ses bras.

— Tu te fais des idées, mon amour. Il est un peu étrange, ça c'est sûr, mais c'est juste qu'il a le syndrome de Peter Pan… Laisse tomber, O.K. ? Bon, sinon, tu comptes me l'offrir, cette crème glacée frite ou non ?

Sitôt revenu à sa place, Sandeep me sourit. Il est vraiment mignon. Et adorable.

— Tu veux un dessert ? me demande-t-il en remarquant le menu ouvert.

— À condition de le partager avec toi.

Je m'efforce de renouer avec l'ambiance joviale du dîner, mais je sens peser sur ma peau nue le regard d'Alex qui me vrille le dos.

Quand la serveuse revient, nous commandons deux crèmes glacées frites, que Sandeep me fait manger à la petite cuillère entre deux éclats de rire. Je lui en tends une bouchée à mon tour, mais elle tombe sur son pantalon tant ma main tremble. Il récupère la glace avec ses doigts, qu'il lèche ensuite.

Il met ma maladresse sur le compte de l'hilarité. Mais, à mes yeux, la magie de l'instant est brisée.

— Ça te dirait d'aller faire un tour ? propose le jeune homme au moment de l'addition.

Il paie sans rechigner, un geste très élégant de sa part qui nous évite les sempiternelles négociations qu'engendre ce genre de situation.

Je me force à ne pas regarder vers Alex.

— Oui… avec plaisir.

Main dans la main, nous sortons du restaurant pendant que Kolbie et Jamal finissent leur crème glacée. Une partie de moi souhaite qu'Alex assiste à la scène. Qu'il comprenne que je ne suis pas une fille désespérée. Je suis belle, désirable. Et je ne vais pas fondre en larmes simplement parce que lui rentre à la maison faire l'amour à sa splendide épouse superficielle qu'il m'avait juré de quitter.

— J'ai passé une excellente soirée, me dit Sandeep une fois dehors.

La nuit est froide et le ciel, sans nuage. Sous la lune presque pleine, les réverbères éclipsent en grande partie les étoiles. Une légère brise me donne la chair de poule et je me pelotonne dans mon manteau.

— Moi aussi, c'était très chouette.

— Tout comme toi, dit-il avec un sourire. Je dois admettre que je m'attendais à une fille qui ne cherchait qu'à boire et à faire la fête. Même s'il n'y a aucun mal à ça… ajoute-t-il aussitôt. C'est juste que ce n'est pas trop mon truc, c'est tout.

Dans un geste théâtral, je soupire et porte la main à mon front.

— Désolée de te décevoir, ce n'est pourtant pas faute d'essayer !

— Travaille dur et ça viendra, un jour, plaisante-t-il. Écoute, j'aimerais bien te donner mon numéro, si tu es d'accord, bien sûr…

Il me tend alors une serviette en papier pliée en deux, qu'il glisse dans la poche de mon manteau.

— Merci, dis-je, je t'enverrai un message.

Le silence s'installe entre nous.

Nous nous arrêtons dans le cercle de lumière projeté par un réverbère. Le feu de signalisation au coin de la rue passe au rouge. Orange. Vert.

— Tu crois que… je peux t'embrasser ? hasarde Sandeep.

Prudent, il effleure ma joue. Ses doigts sont froids.

J'hésite.

— Euh… oui.

Il se penche vers moi, et j'en fais de même.

Mais, soudain, je ne pense plus qu'à Alex.

« Je t'en prie. Ne fais pas ça. Tout mais pas ça. »

Je ne peux pas. Après ce que j'ai vécu avec Alex, il est trop tard pour faire marche arrière.

Les mains posées sur les épaules de Sandeep, je m'écarte doucement.

— Je suis vraiment désolée. Je ne peux pas. C'est encore trop tôt, je… euh… je ne me sens pas très bien.

Je l'abandonne à son sort près du feu tricolore et hèle un taxi. Dans la voiture, j'écris à Kolbie que je suis malade et ai dû rentrer.

Puis je sors la serviette de ma poche pour envoyer un message à Sandeep.

Désolée, j'ai passé un très bon moment mais je ne suis pas prête.

L'espace d'une seconde, j'aimerais ne jamais avoir rencontré Alex : Sandeep a tout de l'homme idéal.

A good girl

Il est mignon, attentionné, un brin vieille école… Sauf qu'il arrive trop tard. J'envoie alors un dernier texto, juste après que le taxi m'ait déposée devant chez moi :

> Tiens ta promesse ou je m'en chargerai à ta place.

Il sait très bien ce que j'entends par là : débarrasse-toi de Jacqueline ou c'est moi qui m'en débarrasserai pour toi.

Chapitre 22

Parfaite

— Dans l'ensemble, je suis très satisfait de ce devoir, commente Alex (M. Belrose) à mesure qu'il distribue les copies. Il y a bien eu quelques ratés, mais je pense que c'est plus dû à des problèmes de comportement ou de concentration qu'autre chose. Néanmoins, si vous avez la moindre question vis-à-vis de la correction, je serai ravi de pouvoir en discuter avec vous à la fin du cours.

Nos dissertations portaient sur les dix premiers chapitres des *Misérables*. De mon côté, j'ai assuré, cela va sans dire : Jean Valjean n'a aucun secret pour moi. Au point que, si nous devions jouer la pièce de théâtre, je serais, sans me vanter, la personne toute désignée pour me charger de la mise en scène.

Quand Belrose jette mon devoir sur mon bureau, mes ongles semblent soudain revêtir à mes yeux un bien plus grand intérêt que ma copie. J'ai évité tout contact visuel avec lui durant le cours. La balle est dans son camp. S'il me veut, il sait ce qu'il lui reste à faire.

Rob, qui, depuis que je cherche à l'éviter, a sans grande surprise quitté le dernier rang pour s'asseoir à côté de moi, siffle entre ses dents :

— Bah alors, Stone, qu'est-ce qui t'arrive ? Un accident de parcours ?

Je lui retourne son sourire par réflexe.

Qu'est-ce qu'il raconte ? Nous savons tous les deux que je n'ai jamais de baisse de régime.

Rob m'effleure la main. D'ordinaire, je bats en retraite quand il se permet ce genre de geste, mais, aujourd'hui, je ne bouge pas d'un pouce : j'entends bien montrer à Belrose combien Rob m'apprécie, lui aussi. Lui faire comprendre que le jeune homme m'a toujours beaucoup aimée, d'ailleurs et que, peu importent les efforts que fera Belrose, la complicité qu'il pourra avoir avec moi n'égalera jamais celle que je partage avec Rob.

Il n'a pas besoin de savoir que je n'envisage pas sérieusement de sortir avec mon ami d'enfance.

— Ça va aller, Riley ? demande Rob à voix basse.

— Pardon ?

Du doigt, il pousse vers moi ma copie sur *Les Misérables*.

Je n'en crois pas mes yeux.

Quoi ? Impossible…

Griffonné à la hâte en haut de la feuille, ce n'est pas le 19 ou le 18, que j'ai tant l'habitude de découvrir sous la plume de Belrose. Ni même un 14 ou, Dieu m'en préserve, un 10.

Je n'ai pas la moyenne.

Sur un devoir que je sais absolument excellent.

— C'est une blague… réponds-je à Rob en parcourant ma copie à la recherche de commentaires.

En vain. Il n'y en a aucun. Or, avec un aussi mauvais résultat, il devrait y avoir au moins une rature, une ou deux remarques en rouge pour justifier la note.

Je ne vois donc qu'une explication à cette absence de corrections : il ne s'agit ici rien d'autre que de vengeance. Belrose me punit pour être sortie avec Sandeep. Il pense être en position de force, mais il se trompe. S'il croit que je vais le laisser me priver de la place de major de promo qui me revient de droit, qu'il peut ainsi impunément ruiner ma vie, il s'apprête à tomber de haut, le pauvre.

Pour la première fois depuis le début du cours, je lève les yeux vers lui et je lui souris.

Je relève le défi… Et tu vas le regretter.

Je sors mon téléphone de mon sac, bien décidée à lui écrire un message bien senti, mais Belrose me l'arrache aussitôt des mains.

— Tu connais le règlement, Riley, dit-il, glacial, en agitant mon portable.

Je soutiens son regard de marbre.

— Si tu veux le récupérer, il faudra venir me voir après la fin des cours.

Un silence de mort s'abat sur la classe. Et pour cause. Jamais personne n'avait vu Belrose se comporter de la sorte. Surtout vis-à-vis d'une élève modèle comme moi.

— Très bien, dis-je.

— N'oublie pas, ce soir, Riley, reprend-il avant de retourner au tableau pour écrire.

Voilà donc comment il compte me forcer à discuter avec lui. Je vois… Il veut m'humilier.

Cherche-t-il à me faire payer mon comportement ? Ou bien s'agit-il simplement d'une manœuvre maladroite pour me dire que je lui manque ?

Le front plissé, je réfléchis. Alex aurait dû se renseigner sur son adversaire avant d'engager les hostilités, car de toute évidence, il n'a aucune idée de ce qui l'attend.

Chapitre 23

Hors-scolaire

— Bonsoir monsieur.

Il est presque 16 heures. Je me tiens sur le seuil de la classe de français. Pas d'entraînement de cheerleading ce soir, ce qui tombe à pic, puisque j'ai dû attendre que toutes les filles qui faisaient semblant d'avoir besoin d'explications sur les devoirs à faire quittent la salle.

— Riley, entre, je t'en prie. Et ferme derrière toi.

J'obtempère. Même si je meurs d'envie de claquer la porte, je sais d'expérience que le bruit se répercuterait dans tout le couloir et que le choc risquerait de briser la fine vitre qui permet justement aux enseignants de clore ladite porte. Alors, je m'exécute calmement.

— J'imagine que je ne pourrai pas récupérer mon téléphone tout de suite.

L'air un peu penaud, Alex le tire pourtant de sa poche.

— Tiens. Euh… tu as eu 18 à ton devoir. Je l'ai inscrit dans mon carnet de notes.

Imperturbable, je fais comme si ça ne me touchait pas le moins du monde.

— C'est bien ce qu'il me semblait, réponds-je froidement d'un ton neutre. Merci, monsieur. Je laisserai mon portable dans mon sac, à l'avenir.

Au moment où je vais pour sortir, il reprend la parole.

— Ne me fais pas croire que c'est sérieux avec Sandeep, je sais que ce n'est pas vrai.

Ah… Il a donc trouvé un moyen pour déverrouiller mon téléphone.

Et il ne s'est pas gêné pour lire mes messages.

Faisant volte-face, je l'observe depuis l'autre bout de la salle. La rage enfle dans ma poitrine. Alors comme ça, il peut confisquer à loisir mes affaires et fouiller dedans en toute impunité ? De quel droit ?

— Ah, vraiment ?

Le frémissement dans ma voix a beau être très léger, je le maudis intérieurement.

— Oui.

À mesure qu'il s'approche de moi, je m'écarte de la porte.

— Et qui t'a donné l'autorisation de fouiner dans mon portable ? craché-je.

Je recule encore à mesure qu'il avance sans ralentir le pas et je me retrouve soudain acculée dans un coin, dos au mur. Il me domine de toute sa hauteur.

Les stores qui donnent sur le couloir sont tirés. Personne ne peut nous voir.

— Tu m'ignorais, dit-il, en s'efforçant de respirer calmement. Je devais agir, tu n'en faisais qu'à ta tête.

Sans pouvoir en supporter davantage, je lève le bras pour le gifler, mais il intercepte mon geste avant même que je le touche.

— Ce n'est pas très gentil, ça, Riley, commente-t-il, en plaquant mon poignet contre la paroi.

Il s'empare alors du second, avant de m'embrasser. Avec douceur, au début. Et, malgré la haine que je me voue à moi-même, je lui rends son baiser.

Un baiser tendre. Langoureux.

Puis de plus en plus fougueux et avide.

Enfin, le souffle court, il relâche son emprise.

— Je tiens toujours à toi. Simplement, j'ai quelques problèmes à régler, tu comprends ? (Seule sa main à hauteur de ma nuque empêche ma tête de cogner contre le mur en parpaing.) Il n'y a personne à la maison demain. Passe, si tu peux.

Il me lâche avec la plus grande répugnance.

— Ne t'avise pas de me prendre pour une traînée que tu peux siffler dès que ta femme n'est pas dans les parages, lui dis-je. Je croyais que c'était terminé entre vous.

— C'est le cas, dit-il, je le jure devant Dieu.

Le regard plongé dans le sien, je lui effleure la joue.

— Mieux vaut pour toi que tu ne me mentes pas, lui chuchoté-je à l'oreille, parce que tu ne veux pas savoir ce qui se passerait si tu joues avec moi.

Chapitre 24

Sang

— J'ai fait à manger, dit Alex. J'espère que ça te fait plaisir.

Jambes croisées, le pied agité de soubresauts nerveux, il guettait mon arrivée dans le petit salon. Il pleut sans discontinuer depuis 17 heures. Je me débarrasse donc de mes bottes, que j'abandonne près de la porte. Je ne pouvais pas manquer le cheerleading ce soir. Et quand bien même j'en aurais eu la possibilité, je ne l'aurais pas fait. S'il veut devenir l'une de mes priorités, il faut d'abord qu'il me montre que c'est réciproque.

— Qu'est-ce que tu as préparé de bon ?

— Des lasagnes. Une recette de mon grand-père. Et du pain à l'ail. (Sa voix fléchit un bref instant.) C'est prêt, je t'attendais.

Pas un instant il ne fait mine de se lever. Il reste assis à me dévisager.

— Tu sais très bien que j'avais entraînement. Je ne peux pas me permettre de sécher, ça risquerait d'attirer l'attention des filles.

Je quitte ma veste, que je dépose sur le dossier d'une chaise. J'ai pris une douche rapide au lycée, même si je déteste le carrelage des vestiaires. Il y a de grandes chances que j'attrape des mycoses aux pieds. Plutôt que de râler, il devrait me remercier d'avoir fait si vite.

Alex finit par abandonner le canapé pour me prendre par la main et me guider jusqu'à la cuisine.

— Tu portes le collier que je t'ai offert.

— Oui, acquiescé-je, le rouge aux joues.

Je me garde bien de préciser que je ne l'ai pas quitté. J'ai failli le retirer au moins une centaine de fois, sans jamais y parvenir.

— Tu as faim ?

— Oui.

Mensonge. J'aurais bien du mal à avaler quoi que ce soit tant je suis nerveuse. Il se comporte étrangement depuis mon arrivée : soit il craint que Jacqueline ne nous surprenne, soit il m'en veut. Ou alors il commence à regretter de s'être embarqué dans cette histoire. Peut-être me considère-t-il comme une erreur, après tout. Je n'en sais rien.

Je n'ai même pas le temps de m'asseoir qu'Alex m'attire à lui d'un geste autoritaire. Ses mouvements sont brusques, et contrairement à d'habitude, il est loin d'être prévenant et attentionné dans ses caresses. Il m'embrasse avec fougue, me mordant les lèvres au passage et très vite, ses mains se frayent un chemin sous mon T-shirt. Je réponds à son baiser, mais son étreinte se fait de plus en plus avide… Avant que je ne comprenne quoi que ce soit, nous sommes allongés sur le carrelage.

Le plaisir disparaît d'un coup, me laissant un goût de sang dans la bouche.

Détournant la tête, je le repousse de toutes mes forces.

— Arrête ! Qu'est-ce qui te prend ?

Je m'écarte, avant de me relever aussitôt. Lui reste par terre, à genoux.

— Je… Je suis désolé, Riley. C'est juste que… j'ai envie de toi. Tu m'as manqué, tu sais. (Il se passe les deux mains dans les cheveux.) Je ne voulais pas te faire peur.

— Ce n'est pas le problème, répliqué-je sèchement, mais je ne suis pas une fille facile que tu peux sauter à même le sol dans un coin de la cuisine, O.K. ? En tout cas, ce n'est pas comme ça que je vois notre relation…

Je me laisse tomber sur une chaise.

— Merde, je suis vraiment désolé. Ne pas pouvoir te voir me rend fou, c'est loin d'être facile pour moi de vivre sans toi, lâche-t-il, la tête basse.

Il a plus que jamais besoin d'aller chez le coiffeur. Ses cheveux, d'ordinaire toujours en bataille, comme un enfant, se hérissent en épis curieux qui lui donnent un air un peu halluciné. J'ai envie de les lui aplatir, mais je me retiens.

— Tu as bien caché ton jeu, rétorqué-je, glaciale. À te voir, on aurait dit que je n'existais plus pour toi.

J'effleure ma lèvre pour vérifier si je saigne ou non. Mon index se tache d'une petite goutte écarlate.

— Je… Je devais juste clarifier certains détails, lance-t-il en se relevant. Je ne m'attendais pas que

Jacqueline revienne. Je pensais que c'était terminé pour de bon, qu'elle était partie. Et puis, soudain, elle se pointe comme si de rien n'était et attend de moi que je me comporte de même. Alors oui, j'ai paniqué, j'en suis vraiment désolé. Mais ça ne change rien : ni mes sentiments à ton égard, ni nos projets d'avenir. D'ailleurs, je ne l'ai pas touchée, je te le jure, Riley.

— Bien, dis-je.

Mes doigts caressent distraitement l'argenterie disposée sur la table à mon attention, avant de s'immobiliser sur le couteau.

— Je ne coucherai pas avec toi tant que tu ne l'auras pas quittée. Je ne suis pas une traînée.

— Je n'ai jamais dit ça, objecte-t-il, soudain furieux.

Je hausse les épaules d'un air nonchalant, mais à l'intérieur, je ressens comme un vide au niveau de la poitrine.

— C'est d'accord, lâche-t-il. À condition que tu ne sortes plus avec le premier imbécile venu alors que nous sommes ensemble.

— Très bien.

Mon ton tranchant fait son office avant même que les mots ne franchissent mes lèvres.

— Très bien. Marché conclu ? dit-il, la main tendue.

Je le dévisage un instant.

Une simple poignée de main ne me suffit pas. C'est un symbole fort qu'il me faut, un geste qui lui rappelle qui commande.

— Non, dis-je. Enlève ta chemise.

Je m'approche du plan de travail.

Derrière moi, j'entends un froissement de tissu, signe qu'il obtempère. Je retire mon T-shirt que je laisse tomber au sol. Le souffle d'Alex s'accélère.

Avec un grincement métallique, je tire un long couteau argenté de son socle en bois posé sur le comptoir, puis le manipule de manière à ce que la lame accroche la lumière du plafonnier.

Les yeux écarquillés, Alex ne recule pas pour autant.

Je presse alors la pointe contre ma poitrine, au niveau du cœur, jusqu'à ce que s'ouvre une fine entaille. La chair oppose moins de résistance que ce que je n'imaginais. Le sang perle, commence à s'accumuler puis se met à ruisseler sur ma peau en filets bien dessinés.

Je lui tends ensuite le couteau, manche en avant, le tranchant posé au creux de ma paume.

Il fixe l'objet plusieurs secondes durant et me le prend des mains. Les dents serrées, il pratique une incise similaire sur son torse, puis me prend dans ses bras. Je sens la chaleur de son sang sur ma peau et, pendant un instant, je bouillonne d'émotions contradictoires : je suis furieuse, je me sens blessée et en même temps, je meurs d'envie de m'abandonner à lui corps et âme.

— Tu as ma parole, dit-il en plongeant ses yeux dans les miens.

— La mienne aussi, réponds-je sans ciller.

— C'est donc ce qu'on appelle un pacte de sang, alors. Inviolable.

— Oui, à jamais et pour toujours.

Je referme mes doigts autour de son poing serré, au creux duquel se trouve encore le manche du couteau.

Ce qu'il faut savoir sur Riley Stone :

- À l'âge de quatorze ans, Riley a créé, avec d'autres jeunes de sa paroisse, un programme intitulé Les Amis des Seniors. L'association met en relation des lycéens et des personnes âgées vivant en maison de retraite afin d'apporter à ces dernières un peu de compagnie et de distraction. Cette organisation existe encore à ce jour.
- À quinze ans, Riley s'est lancée dans l'apprentissage du braille pendant son temps libre après avoir été bénévole dans un camp pour jeunes aveugles.
- À la même époque, Riley a repris une thérapie mais a rapidement décidé d'arrêter après s'être rendu compte qu'elle en savait plus que le médecin qui la suivait. Elle avait en effet déduit que la majeure partie de ses problèmes venait de son perfectionnisme exacerbé. D'où son hyperactivité, sa volonté excessive de vouloir tout contrôler ainsi que sa grande exigence envers elle-même.
- Ses parents ont aussitôt approuvé son auto-diagnostic.
- Riley bénéficie néanmoins de prescriptions permanentes et d'un psychanalyste auquel elle peut faire appel dès qu'elle en ressent le besoin. Il va de soi qu'elle trouve ça plutôt amusant, étant donné qu'elle a elle-même identifié une douzaine de personnes dans son entourage qui auraient bien plus qu'elle besoin d'une thérapie (parmi lesquelles un enseignant).

Chapitre 25

Original

— J'ai cru comprendre que le contact était bien passé avec Sandeep, me lance Neta pendant le cours d'arts plastiques tout en triturant son chewing-gum rose bonbon.

Elle l'étire, l'enroule autour de son index, le remet dans sa bouche puis recommence (ce que je trouve en tout point répugnant, mais je me fais violence pour ne pas lui faire la moindre remarque).

— Où en êtes-vous avec vos aquarelles, mesdemoiselles ?

M. Wellingsby, qui s'est approché de notre table, agite ses longs doigts en nous désignant, avant de se pencher vers nous avec curiosité. Non seulement l'enseignant arbore un style très bohème (plutôt mince, il porte des vêtements fluides, fleuris et colorés), mais il n'a de cesse de nous encourager à voir l'amour, la douleur et l'énergie qui se dégagent de l'art et à nous enseigner comment canaliser nos émotions.

— Je suis encore en phase de conceptualisation, tente Neta, après avoir fait éclater une bulle de chewing-gum.

Quant à moi, je ne réponds rien. Mon aquarelle est en bonne voie : je suis en train de peindre une cascade – ce qui a, pour moi, à peu près autant de signification que si j'avais pris pour modèle un poisson rouge ou une Converse de même couleur.

C'est-à-dire aucune.

— Laisse les idées venir à toi, conseille-t-il à Neta, les bras écartés comme s'il cherchait à guider les énergies créatives de mon amie. Riley ! Je perçois un tel tourment intérieur à travers ta création… Magnifique !

Adoptant une mine sérieuse, je hoche la tête. Je sais exactement comment fonctionne M. Wellingsby.

— Je suis contente que vous ayez saisi cet aspect-là, j'avais vraiment à cœur de retranscrire ce que je ressentais dans ma peinture.

— Je comprends tout à fait l'idée… Absolument ! dit-il en caressant son bouc d'une main arachnéenne. Souhaiterais-tu par hasard présenter ton travail devant la classe une fois que tu en auras terminé ?

— Je préfère laisser mon art parler pour moi, si ça ne vous ennuie pas, réponds-je, toujours impassible.

Le doigt tendu, il se tapote le front.

— Bien sûr, Riley, bien sûr.

Puis, l'air à la fois complètement perché et un peu perdu – ce qui est d'ailleurs sans doute le cas –, il s'éloigne d'un pas aérien vers la table voisine.

Le plus étonnant, c'est que c'est un excellent professeur (si l'on arrive à passer outre son côté fantasque).

— Donc, Sandeep, reprend Neta. Serait-ce lui la cause de ton fameux « tourment intérieur » ?

— Oh oui, ricané-je. Je dépéris loin de lui. Je pense à lui jour et nuit, je lui écris de longues lettres que je lui envoie par la poste… J'ai même fait inscrire son prénom sur mon sein gauche.

Lorsque je repense à l'entaille qui s'y trouve, à défaut de mon supposé tatouage, j'esquisse un petit sourire. Si elle savait…

— Alors pourquoi ai-je entendu dire par Kolbie que tu l'avais envoyé balader ?

Neta continue de tripoter son stupide chewing-gum. Je voudrais le lui arracher et le jeter à l'autre bout de la pièce, sauf que je ne le toucherais pour rien au monde.

— Sans doute parce que c'est la vérité.

— Mais pourquoi ? Si tu t'es bien amusée, pourquoi l'as-tu repoussé ?

L'espace d'une seconde, je lui en veux. Oui, en cet instant précis, je déteste ma splendide amie rumineuse de chewing-gum. J'aimerais lui demander de me laisser tranquille. Mais, à sa place, ne poserais-je pas la même question ?

Bien sûr que si.

— Je t'en prie, Neta, ne me fais pas la tête pour ça, soufflé-je, penchée au-dessus de mon aquarelle.

Elle pousse un long et profond soupir, venu du fond du cœur, et, enfin, arrête de mâchonner.

— Je ne suis pas fâchée, Riley. C'est juste que… je ne te comprends pas. S'il te plaisait… pourquoi, bon sang ?

— J'ai pris peur, O.K. ? Je ne m'étais pas préparée à ça. Si je m'engage dans une relation, ce sont des pans entiers de ma vie que je devrais abandonner… Peut-être que je serai plus à l'aise à l'université. Sandeep a tout de l'homme idéal, sauf qu'il n'arrive pas au bon moment : je ne suis pas encore prête.

— Pas la peine de te forcer si tu n'en as pas envie, Ri, jamais, me dit alors mon amie en me dévisageant.

Afin d'éviter de croiser son regard que je devine plein de tendresse, je rajoute du vert dans ma cascade.

— Je sais.

— Oh ! lance-t-elle soudain, tu as vu ça ?

— Hmm, quoi ?

Je suis la direction qu'elle indique du doigt. À une table, dans un coin, j'aperçois Anthony, affalé sur son bras, à moitié endormi.

— Non, du côté de Kamea.

J'observe alors la jeune fille, que je n'apprécie pas du tout… question de principe. Non pas qu'elle soit méchante (bien au contraire), mais elle est vraiment agaçante.

Bon, ce n'est pas une fille exceptionnelle non plus. Elle porte pour ainsi dire les mêmes vêtements tous les jours, dont ses absurdes cardigans boutonnés jusqu'en haut. Son placard doit ressembler à celui d'un personnage de dessin animé avec la même tenue en plusieurs exemplaires. Elle ne pourrait pas être plus ennuyeuse même si elle le voulait.

Et, bien sûr, c'est une petite blonde guillerette et populaire à qui tout va à merveille. Je suis certaine que vous connaissez ce genre de fille : de celles qui, quand elles font du shopping, peuvent se permettre d'essayer tout et n'importe quoi, car de toute façon, des guenilles les mettraient en valeur.

Oui, Kamea a ce physique-là.

Ce qui ne l'empêche pas de toujours mettre les mêmes vestes en laine ridicules.

Pour ne rien arranger, elle a une voix aiguë absolument insupportable qui ressemble à celle d'une gamine de huit ans et qui fait bien sûr craquer tous les garçons... Je vous assure que c'est pourtant franchement horrible.

Neta et Kolbie l'apprécient toutes les deux.

Sans compter qu'elle est à priori la deuxième de notre promotion.

— Son collier... lâche Neta avec un petit coup de coude.

Mon regard tombe sur la chaîne dorée qu'elle porte autour du cou et ma gorge se serre.

Oh mon Dieu. Oh, non...

Au bout se balance une petite pièce d'échecs.

Un roi sculpté dans le bois, qui n'a rien d'unique.

— C'est marrant... Kamea et toi avez les mêmes adresses, on dirait, glousse Neta.

Je ne réponds pas. Les doigts agrippés autour de mon propre bijou, je tire sur le lien jusqu'à ce qu'il s'enfonce dans ma chair. Quelque part dans un recoin de mon esprit, je me figure en train d'étrangler Kamea avec sa chaîne jusqu'à ce que ses yeux jaillissent de ses orbites. Elle ne se débattrait même pas. Elle se contenterait de me dévisager (comme elle le fait déjà en classe lorsqu'elle ne connaît pas la réponse à une question), dans l'espoir que, peut-être, je lui vienne en aide.

On dirait bien que Kamea bénéficie elle aussi de cours particuliers en français.

— Reste zen, Ri, il te va mieux qu'à elle.

Brusquement, je reviens à Neta.

— Oh, mais je ne m'inquiète pas pour ça.

Je sais qu'Alex a une heure de libre après le prochain cours.

Le moment venu, je pénètre sans hésiter dans sa salle de classe, ferme la porte derrière moi, puis attends patiemment, les bras dans le dos.

— Bonjour, beauté.

Alex effleure de la main l'endroit près du cœur où il s'est lui aussi entaillé la peau. Ma plaie ne me lance presque plus. J'y ai mis deux strips, après l'avoir religieusement désinfectée. Conclure un pacte de sang est une chose, mais pas question de conserver une cicatrice pour autant.

Bouillonnante de rage, je me force à poser les yeux sur Alex. À l'observer. Je le croyais plus intelligent. Assez en tout cas pour ne pas essayer de jouer sur deux tableaux.

Surtout quand je suis dans l'un d'eux.

Il fronce les sourcils. Il commence à comprendre que quelque chose cloche.

— Ça ne va pas, Riley ? me demande-t-il en s'approchant. Qu'est-ce qu'il y a ?

Il ne me touche pas, contrairement à la dernière fois où nous nous sommes retrouvés seuls dans cette même salle. Sage décision. Je ne suis pas certaine de pouvoir supporter le contact de sa peau. Je craquerais ou bien je le rouerais de coups, au choix. Maintenant, à savoir quelle réaction l'emportcrait…

Je me mets en danger pour lui et il s'en contrefiche.

— Kamea Myers, lâché-je dans un murmure.

— Pardon ?

— Kamea Myers, répété-je sans le lâcher des yeux.

Aucune réaction. Rien. Ses joues ne s'empourprent pas. Le regard rivé au mien, il ne baisse même pas la tête.

— Je ne comprends pas, Riley. Tu veux bien m'expliquer ? (Tout à coup, je sens enfin un semblant de panique s'emparer de lui.) Ne me dis pas que… Elle n'est pas au courant pour nous deux, hein ?

Très lentement, je détache le fermoir de mon collier pour le lui tendre. La pièce d'échecs se balance au bout de la chaîne en un mouvement hypnotique.

— Je parle de ça, Alex. Tu piges ?

— Ton bijou ?

Son visage n'est qu'interrogations et innocence. Décidément, il est doué.

— Elle porte le même, Alex.

Je détache avec férocité les deux syllabes de son prénom que j'écrabouille entre mes dents avant de continuer sur ma lancée :

— Je serais curieuse de savoir ce que tu as à dire sur le sujet. A-t-elle, elle aussi, suivi des cours de rattrapage en français ? Dcs lcçons particulières, même, peut-être ?

Secouant la tête, il brise enfin le contact visuel.

— Mais non, pas du tout ! Je ne comprends pas… Le vendeur m'a assuré que ses colliers étaient uniques.

Elle ne peut pas en avoir un, ça n'a aucun sens. (Il pousse un long soupir, avant de reposer son regard sur moi.) Je le jure sur ma vie – sur la tienne – que je ne lui ai offert aucun collier, Riley. Jamais je ne ferai une chose pareille. Cette fille n'a aucune importance à mes yeux, il n'y a que toi et moi. Nous, tu comprends ?

Il ne cille même pas.

— Hmm… marmonnai-je.

— Crois-moi, je n'ai jamais rien ressenti de tel pour personne. Fais-moi confiance, je t'en prie.

Sauf que non.

Il me demande l'impossible… Tout en me suppliant.

Son attention se porte quelques instants sur la fenêtre dans mon dos, comme pour vérifier que nous ne donnons pas l'impression d'enfreindre le politiquement correct. Il cherche à tout prix à me convaincre. À vrai dire, il a l'air désespéré. Déboussolé, même. L'homme que j'ai devant moi est tout à coup très loin de l'image du professeur sûr de lui que j'étais venue voir.

— D'accord, réponds-je d'un ton sec qui n'est déjà plus crédible.

Son visage se relâche.

Je me dirige soudain vers la porte, avec une seule idée en tête : partir, retourner en cours au plus vite.

— Je quitte Jacqueline ce soir, lance-t-il alors.

La main sur la poignée, je me fige, puis me retourne vers lui.

— Tiens parole. Je ne suis pas ta maîtresse.

Sur ce, je quitte la salle sans lui laisser le temps de dire un mot de plus.

A good girl

Je ne jette même pas un coup d'œil en arrière, histoire de vérifier qu'il me regarde m'éloigner.

Je sais qu'il le fait. Comme toujours.

À aucun moment, la pensée de l'avoir peut-être sous-estimé ne me traverse l'esprit.

Chapitre 26

Portable

Un mot de passe protège mon iPhone, mais il semblerait qu'Alex l'ait découvert, j'ignore comment.

J'ai deviné qu'il le connaissait et il le sait.

Allongée sur mon lit, mon téléphone posé sur la poitrine, je fixe le plafond.

Ma mère me passerait un savon si elle me voyait. Elle ne cesse de me répéter que je finirai par attraper un cancer à garder mon portable aussi près de moi.

Je ne sais même pas pourquoi je pense à elle maintenant.

Après ce qui vient de se passer.

Après ce que je viens de trouver.

Je baisse les yeux sur l'appareil. Je l'imagine pulser au rythme des battements de mon cœur, puis prendre feu. Ainsi, jamais – au grand jamais – je n'aurais à découvrir le fin mot de cette histoire.

Alex m'a laissé une surprise dans mon téléphone.

Un album photo. Un que je n'avais encore jamais vu… Que je ne me souviens pas avoir créé avant qu'Alex ne me confisque mon portable. Et qui s'intitule POURRILEY.

La première image – qui sert de miniature au dossier – est floue. Malgré le temps que je passe à la fixer, je n'arrive pas à identifier ce qu'elle représente.

Hormis cette couleur chair.

Lentement, je ferme les yeux, puis les rouvre, avec toujours en ligne de mire, le plafond. Qu'a-t-il bien pu photographier, assis qu'il est à son bureau toute la journée ? Suis-je prête à voir ces clichés ?

Est-il possible qu'elles soient obscènes ?

Non. Ce n'est pas le genre d'Alex.

Je me mordille la lèvre inférieure, puis me décide enfin à cliquer sur l'icône de l'album.

En premier apparaît la photo floue qui sert de couverture.

Vient ensuite un cliché de moi, endormie : ma main droite calée sous ma tête, mes cheveux étalés comme si je venais de gigoter, je dors, les jambes emmêlées dans les draps… que je reconnais pour être les miens.

Il s'agit donc de mon lit.

Oh mon Dieu !

Je parcours en vitesse le reste du dossier, où je ne trouve que des photos de moi plongée dans le sommeil, vêtue de mon débardeur blanc et de mon pantalon de pyjama, dans différentes positions : sur certaines, j'écarte les bras. Sur d'autres, mon top remonte et dévoile une partie de mon ventre. Sur d'autres encore, j'ai à peine bougé dans mon lit.

Car c'est bien mon lit.

Ma propre maison.

Alex n'a pas pris ces images lorsqu'il m'a confisqué mon téléphone. Il s'est introduit chez moi pendant que je dormais et m'a subtilisé mon portable pour me photographier.

Et moi qui ne me doutais de rien ! Je n'en reviens pas qu'il ait pu faire une chose pareille...

Mais pourquoi agir de la sorte ? Il aurait pu me dire simplement qu'il était venu, ou bien me réveiller... Pourquoi se faufiler dans ma chambre au beau milieu de la nuit, au risque de se faire prendre ?

À imaginer ainsi Alex, penché au-dessus de mon lit, à m'observer, mon cœur s'emballe, en proie à des centaines d'émotions contradictoires : peur, colère, excitation... Qu'est-ce que ça peut bien vouloir dire ? S'agit-il pour lui d'une sorte d'assurance ? Cherche-t-il à m'effrayer, à me faire chanter ?

Une chose est certaine, c'est que son comportement n'a rien de normal. Même une fille qui n'est jamais sortie avec personne sait que son copain n'est pas censé agir de la sorte.

Trois jours ont passé depuis qu'il m'a annoncé son intention de rompre avec Jacqueline... Trois jours. Et toujours rien. La voiture bleu canard de son épouse reste garée dans leur allée et, tous les jours, Alex me répète inlassablement les mêmes promesses : « Bientôt. Je te le promets. Je t'aime. »

Aux « je t'aime aussi » que je lui offre en retour se mêle un soupçon de haine. Puis je le laisse rentrer chez lui, avec Jacqueline.

Il règne un froid étrange dans ma chambre, mais je n'ai aucune envie de descendre dans l'entrée pour vérifier le thermostat. Je ne souhaite qu'une chose : rester allongée sur mon lit. Mon cœur bat douloureusement dans ma poitrine, d'une manière qui me semble à la fois étrange et familière.

Je pense à Alex, mon téléphone à la main, debout à côté de moi pendant que je dors.

Mon portable vibre et sur l'écran, les photos perturbantes cèdent la place au portrait de Kolbie qui lance un sourire doux à l'objectif, les mains croisées dans le dos. J'ai envie de refuser l'appel, d'être vraiment seule, mais je me force à répondre.

— Salut, toi ! dis-je d'un ton que je veux joyeux, même s'il sonne faux à mes oreilles.

Ma peau se couvre de picotements, comme si le sommeil était en train de me gagner.

— Il n'y a pas de « salut, toi » qui tienne, Riley. Pourquoi tu ne réponds pas ?

Je reconnais ce ton : c'est celui qu'emploie Kolbie quand elle est furieuse. Je l'ai déjà entendue aussi en colère mais jamais contre moi. Avec une grimace, j'écarte le téléphone de mon oreille de quelques centimètres.

— Comment ça ?

— Combien de fois faut-il que je t'appelle avant que tu daignes décrocher ? Tu ne t'es pas dit que tes amies avaient peut-être besoin de toi ? À moins que tu ne sois trop occupée dans le pays de Ri-ri pour t'en soucier ?

— Je… je ne savais pas, lâché-je.

C'est la vérité. Je n'avais pas remarqué qu'elles avaient essayé de me joindre. Je suis rentrée tôt après les cours vendredi puis j'ai passé la majeure partie du week-end à étudier et à faire un peu de rangement sans qu'Alex ne quitte un instant mes pensées. Ce qui est d'une bêtise sans nom, je le sais : je m'étais pourtant toujours juré de ne jamais devenir l'une de ces filles qui pleurent sur leur sort et se languissent de leur bien-aimé. Et il est possible qu'en effet, je n'aie pas vérifié mes messages de tout le week-end. Le téléphone toujours à l'oreille, je rabats les couvertures au-dessus de ma tête. Je mérite de l'entendre me crier dessus, j'en suis bien consciente.

— Tu crains comme amie, Riley. D'une, tu rembarres Sandeep sans même venir m'en parler après…

— Oui, bon, j'ai paniqué, O.K. ? Je ne voulais pas que sa présence bouscule mes plans, je suis désolée, réponds-je, sur la défensive.

— Je sais, mais si depuis le début, tu avais l'intention de planter un mec bien, je ne t'aurais pas présentée au meilleur ami de Jamal. Tu aurais au moins pu lui donner une explication.

— Je suis vraiment désolée, répété-je d'une voix qui, cette fois, sonne de façon plus convaincante.

— Ne t'attends pas que je t'organise un rencard avec quelqu'un d'autre tant que tu n'es pas prête à avoir une vraie relation. Sandeep était vraiment mal, si tu veux tout savoir. Et je ne savais plus où me mettre. Il t'apprécie vraiment, Ri. (Le ton de Kolbie s'adoucit légèrement.) Je ne dis pas que tu devais à tout prix sortir avec lui si tu n'en avais pas envie, mais… Riley, s'il avait eu un comportement déplacé, tu m'en parlerais, n'est-ce pas ? Je ne me fâcherais pas, promis.

— Je sais. Et bien sûr que non, ce n'est pas de sa faute. Ne va pas croire ça, je t'en prie.

Il me plaît bien, à moi aussi. Une partie de moi aimerait d'ailleurs ne jamais avoir posé les mains sur Alex, afin de pouvoir laisser sa chance à Sandeep. Je me tortille sous mes draps, et mes jambes s'enroulent avec la couverture. Que serais-je en train de faire s'il n'y avait pas Alex ? Serais-je occupée à parler avec Sandeep au lieu de me terrer dans ma propre maison, le moral dans les chaussettes et la sensation d'être transparente vissée au corps ?

— De deux, tu n'as pas répondu à Neta, reprend Kolbie.

— J'en conclus que vous avez parlé de moi entre vous, dis-je, acerbe.

Je n'arrive pas à croire qu'elles se voient sans moi pour cracher dans mon dos.

Kolbie garde le silence pendant quelques secondes, avant de poursuivre :

— Eh bien, plus de sa grand-mère décédée, à vrai dire, mais oui, un peu quand même. Elle se faisait du souci pour toi. Étrangement, moi j'étais plutôt très en colère.

Une étrange sensation de froid envahit mon corps.

— La grand-mère de Neta est morte ?

— Oui.

— Mais… elle n'était pas malade, si ?

— Non, elle a fait une crise cardiaque. Neta n'a pas cessé d'essayer de te joindre, tout comme moi. Sauf que tu n'as jamais décroché.

Je déglutis avec peine.

— Comment va Neta ?

— Mal.

Kolbie est certes furieuse contre moi, sauf que Sandeep n'a rien à voir là-dedans. Bien sûr que non. Elle m'en veut à cause de Neta… Je suis vraiment la pire des amies. Bon sang, pourquoi n'ai-je pas consulté mes messages ? Ou bien rappelé ? Ou quoi que ce soit d'autre plutôt que de jouer les imbéciles égoïstes ?

— L'enterrement a lieu lundi. À la Trinity Church. Tu trouveras les détails dans tes textos, si ça t'intéresse.

Elle crache ses mots comme si elle s'attendait que je l'envoie promener. Comme si j'étais la plus grande déception de sa vie.

— Je viendrai.

— J'espère bien.

Sa voix est aussi froide que la pellicule de glace recouvrant la surface d'un étang gelé. Cassante, glaciale, remplie de haine. Mais comment pourrais-je lui en vouloir ?

— Écoute, Kol…

Elle a raccroché sans même dire au revoir.

Chapitre 27

Filature

Mon père possède deux pick-up. Celui qu'il prend pour aller travailler et qu'il bichonne avec amour : celui-là, il passe ses week-ends à le laver ou à lustrer sa carrosserie à l'aide d'un gant spécial qu'il a payé, genre, trente dollars. Et puis, il y a le second, le vrai : celui à la peinture bleue passée et piquetée de rouille qu'il utilise pour tout ce à quoi doit justement servir ce genre de véhicule.

La plupart du temps, mon père le prête à mon oncle. Il y transporte des tondeuses et ne l'a pas nettoyé depuis au moins vingt ans. Les fenêtres, couvertes de traces de doigts accumulées au fil des années, ne s'ouvrent qu'à l'aide d'une manivelle.

Aussi, la veille des funérailles de Pilar – la grand-mère de Neta –, je préviens mon père que je dois déposer du matériel pour la collecte de nourriture du lycée, histoire d'avoir une raison crédible pour emprunter cette antiquité que personne n'a jamais vu ma famille proche utiliser.

Quand je démarre ce tas de ferraille, il me faut m'y reprendre à deux fois avant que le moteur cesse de toussoter. Je grimace : il fait beaucoup plus de bruit que je ne le pensais, mais il est vieux comme Mathusalem. La camionnette date des années 1980, je crois : avant même la naissance d'Ethan ! Je laisse tourner l'engin une minute, jusqu'à ce que le niveau sonore diminue.

Je commence par prendre la direction du lycée, puis change de destination : la maison d'Alex. Je connais le chemin par cœur… je peux réciter le nom des allées, dire quelles intersections sont équipées de feux tricolores et lesquelles, de stops. Les trottoirs, les arbres et les boîtes aux lettres dans son quartier me sont devenus presque aussi familiers que ceux de mes voisins.

Je me gare au bout de la rue, en face d'une petite maison carrée à la façade orangée et aux lumières éteintes. J'arrête le moteur. De là, j'aperçois le domicile des Belrose et la voiture bleue toute mignonne de Jacqueline stationnée devant chez eux.

Elle est toujours là.

Évidemment.

S'il avait demandé le divorce, elle se serait sans doute réfugiée chez sa mère, sa sœur, ou n'importe quel autre membre de sa famille, non ? N'est-ce pas ce qui est censé se passer lorsque les gens divorcent ? L'un des deux s'en va, non ?

Je suis loin d'être une imbécile. Ça veut dire qu'il ne lui a pas parlé. Qu'il m'a menti. Que rien n'a changé et que je ne suis qu'une pauvre idiote qui perd son temps.

Sauf que je ne suis pas une fille dont on se moque aussi aisément.

Les dents serrées, je m'enfonce dans mon siège. La nuit est en train de tomber, les réverbères ne vont pas tarder à s'allumer, mais, pour l'instant, le soleil a plongé derrière l'horizon. À cette heure entre chien et loup, difficile de distinguer quoi que ce soit : personne ne risque de me remarquer dans le vieux pick-up de mon père.

Pourquoi la quitter lui prend-il si longtemps ? Est-il encore amoureux de cette femme qui passe son temps à se plaindre et à lire des magazines people ? Serait-il superficiel au point de la préférer à moi ?

Alors oui, rester avec Jacqueline est sans doute la solution la plus facile. Mais en aucune façon elle ne peut s'avérer mieux que moi.

Quand le froid commence à s'infiltrer dans l'habitacle, je regrette de ne pas avoir emporté de couverture ou de thermos de chocolat chaud. Je boutonne ma veste jusqu'au cou. Les réverbères finissent par s'allumer pour baigner la maison des Belrose de leur lumière jaune qui, je le sais, filtre par les baies vitrées et caresse le tapis beige du salon.

Patiente, je souffle au creux de mes mains afin d'y insuffler un peu de chaleur, puis serre mes bras tout contre moi.

Soudain, la porte d'entrée de la petite maison en briques que je ne connais maintenant que trop bien s'ouvre sur deux personnes qui descendent les marches du perron. Alex, sweat à capuche et jean malgré le froid nocturne, accompagne dans l'allée Jacqueline, drapée dans un imperméable rouge et perchée sur des talons aiguilles, une longue écharpe en laine enroulée autour du cou. Ils marchent ensemble jusqu'à la petite voiture, puis il se penche vers elle en un geste qui a la force de l'habitude.

Après un bref baiser, il pose sa main sur son bras de façon très explicite : elle lui appartient.

La femme met son sac à main sur le siège passager, fait le tour pour s'installer derrière le volant, et s'éloigne.

Alex lui adresse un signe de la main, avant de retourner vers la maison, comme si de rien n'était.

Mes doigts s'enfoncent dans les crevasses du siège en skaï.

Ils se sont *embrassés*.

Et leur baiser ne ressemblait pas du tout à celui d'un couple sur le point de se séparer, mais plutôt à ceux, familiers, que l'on échange pour se dire bonjour ou au revoir, ou le soir avant de s'endormir. Un baiser rituel, naturel. Qui n'a rien de forcé. Ou de désagréable.

Il l'a accompagnée jusqu'à son véhicule.

Puis il l'a *embrassée*. Avec ces lèvres qui devaient être miennes.

Mon cœur se décompose dans ma poitrine. Sentant les larmes perler au coin de mes paupières, je les chasse d'un battement de cils. Je tourne la clé sur le contact – le moteur crachote tristement en retour. Je réitère l'opération : le pick-up rugit, trépigne, mais finit par démarrer. Dans la maison devant laquelle je suis garée, une lumière s'allume et quelqu'un écarte les rideaux.

J'appuie à fond sur la pédale d'accélérateur et m'éloigne à toute vitesse sans plus me soucier du vacarme que fait la camionnette dans la petite rue.

Qu'ils me voient donc.

Puisqu'Alex s'en moque lui aussi, de toute évidence. Il est maintenant très clair que Jacqueline et lui sont encore très liés… Quant à moi ? Je ne lui suis d'aucune importance.

Sitôt arrivée chez moi, je passe par le débarras à chaussures, puis pénètre dans la cuisine, où je tombe sur ma mère qui me prend aussitôt dans ses bras.

— Ma chérie, dit-elle, tu aurais dû m'en parler.

Mal à l'aise, je m'arrache à son étreinte. Je ne me souviens même pas de la dernière fois que nous nous sommes enlacées.

— Euh, ça va. Qu'est-ce qui se passe ?

Alex surgit dans mon esprit.

Ma mère recule, prenant appui contre l'îlot de la cuisine. Pour une fois, elle a vraiment l'air de se faire du souci pour moi. Les rides qui marquent son visage semblent plus profondes que d'habitude et ses yeux sont troubles, lourds de fatigue. On dirait que de nouvelles stries argentées blanchissent la racine de ses cheveux blonds, dont la teinte est identique aux miens.

— La grand-mère de ton amie, les funérailles demain… Tu es allée voir Neta ? As-tu pu l'aider à tout organiser ?

— Oui.

Mensonge. Je ne lui ai pas rendu visite. Neta ne répond à aucun de mes appels. Le seul message qu'elle m'ait envoyé disait :

NON, MERCI, TOUT VA BIEN.

Ce qui en langage codé signifie : « Laisse-moi tranquille, espèce de sale égoïste. »

C'est tout ce que je mérite.

Je lui ai donc simplement fait savoir que j'étais là pour elle si elle en éprouvait le besoin, avant de la laisser tranquille. J'ai également écrit à Kolbie à qui j'ai étendu la proposition de soutien, Kolbie qui ne m'a bien sûr pas répondu. En réalité, elle m'a peut-être même bloquée. Je n'en suis pas certaine. Je crois que je n'ai pas très envie de découvrir la vérité.

— Parfait, ma chérie.

Elle tend la main pour la passer dans mes cheveux, mais se ravise. Elle m'a déjà pris dans ses bras, il ne faudrait pas dépasser notre quota d'amour familial annuel. Deux contacts physiques en une seule journée… on frôle le ridicule.

— J'ai été admise à Princeton, lâché-je, de but en blanc.

— Je sais, ma chérie, dit-elle avec un sourire un peu triste. Tu nous l'as dit l'autre jour, au dîner.

Ce qui m'interpelle, puisqu'il est évident que personne ne m'écoutait à ce moment-là.

J'abandonne ma mère dans la cuisine pour monter à l'étage, où mon univers retrouve un semblant de sens.

Je sors ma robe noire, ainsi qu'une paire de collants opaques et des chaussures assorties, puis préviens Kolbie et Neta que je serai bien là, comme promis.

Je m'endors aussitôt après.

Mais, le lendemain à l'église, devant la chapelle, l'absurde reprend ses droits, car là où je devrais me tenir avec Kolbie, se trouve quelqu'un d'autre. Quelqu'un avec une moyenne scolaire très proche de la mienne ainsi qu'un joli petit pendentif en forme de pièce d'échecs.

Kamea Myers.

Au beau milieu de la foule, avec Neta et toute sa famille.

À tenir la main de mon amie en larmes.

Je me glisse aux côtés de Kolbie qui me lance un sourire reconnaissant avant de me prendre par les épaules et de m'attirer tout contre elle. Passé un bref moment de surprise, je me laisse aller avec bonheur dans ses bras. Bon sang, qu'elle m'a manqué !

— Je suis tellement désolée, chuchoté-je. Le week-end n'a pas été facile, Kolbie, mais ce n'est pas une excuse, j'ai bien conscience de ne pas être le centre du monde.

Elle resserre davantage son étreinte.

— Je sais, Riley. Je n'aurais pas dû me montrer aussi dure envers toi. Tu ne nous laisserais jamais tomber sans une bonne raison.

Les yeux embués, elle s'écarte de moi.

Mon corps tout entier porte le poids de cette vérité que je dissimule. Comment Kolbie réagirait-elle si je la lui avouais ? Me détesterait-elle ?

— C'est vrai, dis-je en m'éclaircissant la voix.

J'en profite alors pour jeter un coup d'œil à Kamea. Neta, elle, ne m'adresse pas même un regard. Elle reste immobile, ses jolies épaules affaissées.

— Comment va-t-elle ? demandé-je.

— Elle est dévastée. Je ne sais pas quoi faire pour l'aider, elle était tellement proche de sa grand-mère.

Je hoche la tête. Pilar était comme une seconde mère pour elle : la vieille dame vivait avec eux, aidait Neta à faire ses devoirs et l'emmenait même au lycée avant que mon amie n'obtienne son permis de conduire.

— Et Kamea, qu'est-ce qu'elle fait là ? ne puis-je m'empêcher de demander.

— Je ne sais pas trop. Il me semble qu'elle a été adoptée par le beau-frère du cousin de Neta ou quelque chose du genre. Elles se sont pas mal rapprochées toutes les deux ces derniers temps. Alors, s'il te plaît, essaie de faire preuve d'indulgence… C'est juste pour aujourd'hui, d'accord ? Je te promets que tu pourras recommencer à la haïr dès demain.

— Je ne la déteste pas ! protesté-je. Ni elle, ni personne.

Pourtant, mon regard revient sans cesse à la chaîne que Kamea porte autour du cou. Caché sous ma robe, mon propre bijou me semble soudain étrangement froid. Et lourd.

Comme déplacé.

Peut-être ne devrais-je pas le porter dans une église… Ou même à un enterrement.

Neta finit par se retourner et lâche la main de Kamea pour venir vers nous. Pour une fois, ses yeux n'arborent pas le maquillage sombre qu'elle porte d'ordinaire (ce qui n'enlève rien à sa beauté, même s'il est évident qu'elle a pleuré). Elle se jette dans mes bras.

— Tu m'as manqué, murmure-t-elle. Ça va, toi ?

Surprise, je la dévisage. Comment peut-elle encore s'inquiéter pour moi ?

— Euh... oui. Écoute, je suis vraiment désolée de ne pas avoir été là pour toi. C'est juste que... peu importe. Comment te sens-tu ?

Mon amie s'essuie les yeux du dos de la main.

— Ça va, dit-elle avec un sourire forcé et tremblant qui ne dure pas plus d'une seconde. Merci à toutes les deux d'être venues.

Elle étreint Kolbie, alors que de nouvelles larmes roulent sur ses joues et mouillent son pull.

— Je ne sais pas quoi faire...

Je prends soudain conscience que j'ignore quoi lui dire. Comment réconforte-t-on quelqu'un dont l'un des pans les plus importants de sa vie vient de s'effondrer ?

— Je suis navrée, Neta. Si tu as besoin de quoi que ce soit, n'hésite pas.

Je regrette ces paroles au moment même où je les prononce tant elles sonnent creux, mais Neta s'efforce de nouveau de sourire et ses pleurs redoublent d'intensité. Je me sens inutile, perdue...

— Ça va aller, finit-elle par hoqueter entre deux sanglots.

À travers ces mots, j'ai le sentiment qu'elle me pardonne.

Sa mère, qui pourrait passer pour sa sœur aînée, vient nous enlever notre amie pour la guider à l'écart – elles tombent dans les bras l'une de l'autre.

Des larmes plein les yeux, Kolbie déglutit avec peine.

— Ça craint…

— Ouais, dis-je.

Nous pénétrons à l'intérieur de l'église où on nous indique le troisième rang, juste derrière ceux réservés aux membres de la famille. Kamea s'approche timidement, avec un sourire hésitant. Elle n'a pas l'air particulièrement triste.

— Je peux m'asseoir ? demande-t-elle en jetant un coup d'œil à la ronde.

Elle ne fait apparemment pas partie de la famille assez proche pour bénéficier d'une place réservée.

— Bien sûr, dis-je.

— Oui, répond Kolbie en même temps.

Mon regard s'attarde sur son collier. Je me demande si elle a déjà lu de la poésie française.

— *Oui**, répété-je.

— Pardon ? ajoute-t-elle avant de se glisser à côté de moi, en bout de rangée.

Ainsi, nous devrons donc partager un livre de messe pour les chants, si chants il y a.

Je me contente de lui sourire de toutes mes dents en agitant comme un éventail le programme qu'on nous a donné à l'entrée.

— C'est tellement triste, soupire Kamea, ça me fait vraiment de la peine pour Neta.

— Ouais, dit Kolbie, non sans un regard appuyé à mon attention.

Je n'ai jamais été très douée pour les mondanités qui vont de pair avec les enterrements. Pas que je le sois non plus pour bavarder avec Kamea en général, soyons honnête. Pourtant, je tiens à me montrer agréable, je dois bien ça à Neta.

— Elle est sympa ta tenue, lui dis-je à mesure que l'église se remplit. Très jolie.

J'englobe d'un regard le top en soie, la jupe droite mauve et la veste assortie. Je parierais presque qu'elle est à épaulettes. On dirait un ensemble tout droit sorti de chez Ann Taylor, mais j'imagine que ce doit être raffiné si l'on aime le style « femmes mûres bon chic, bon genre ». Le tout lui a d'ailleurs sans doute coûté très cher. Pour ma part, je ne m'habille pas dans les boutiques pour quadragénaires, mais après tout, ça me regarde.

— Merci, répond-elle. Je ne porte jamais de noir, je l'ai achetée pour l'occasion.

— Le collier aussi ? demandé-je en toute innocence.

Mon propre bijou me brûle la peau. *C'est moi ou il fait chaud tout d'un coup, non ? Pourquoi est-ce qu'il fait une telle chaleur ici ?* J'agite mon programme plus vite.

— Ça ? dit-elle en saisissant son pendentif. Ma grand-mère me l'a acheté dans une grande surface. Bon, dit comme ça, c'est un peu idiot, mais j'y tiens beaucoup.

— Sans blague !

Des flammes lèchent les parois de mon cœur.

— Je sais, il n'y a pas de quoi se vanter... répond Kamea, penaude. Mais il me vient d'un être cher, il est spécial à mes yeux.

— Je ne me le permettrais pas ! Ça se voit qu'il est important pour toi.

Je me concentre sur la porte d'entrée de l'église, par laquelle pénètre la famille. Au creux de ma poitrine, mon cœur semble se muer en plomb. Kamea dirait-elle la vérité ? Sa grand-mère aurait-elle vraiment acheté ce collier dans un supermarché ? Que penser d'Alex alors ?

— Eh bien voilà... Était-ce si difficile ? me chuchote Kolbie à l'oreille.

J'ai envie d'éclater de rire.

Et de me tourner vers Kamea pour lui arracher les yeux.

Mais nous sommes à un enterrement et je suis une fille sage, après tout. Alors, je reste assise, immobile, à écouter calmement la cérémonie et à prier pour Neta, sa famille ainsi que l'âme de sa grand-mère.

Au moment de nous lever pour quitter l'église, je tends la jambe, de sorte que Kamea trébuche et s'étale de tout son long dans l'allée centrale.

— Non mais qu'est-ce qui te prend ? s'étonne Kolbie.

— Oh pardon, m'exclamé-je, les yeux écarquillés, je ne l'ai pas fait exprès, je te le jure.

Je me précipite hors de ma rangée pour aider Kamea à se relever et laisser passer la famille en deuil.

— Est-ce que ça va ? Tu ne t'es pas tordu la cheville, au moins ?

— Je suis désolée, reprend la jeune fille. Je n'avais pas vu que tu commençais à avancer, je suis tellement maladroite.

— Non, non, c'est ma faute. J'espère que tu ne t'es pas fait mal ?

— Merci Riley, ça va aller.

L'embarras teinte de rose ses joues bronzées.

— Bon, si tu es certaine que tout va bien, alors, dis-je, la main posée sur son épaule.

Après m'en être assurée auprès d'elle une dernière fois, je retourne vers Kolbie, près de laquelle j'attends patiemment, le temps de présenter mes condoléances à la famille et de prendre Neta dans mes bras. Puis, une fois dans la voiture, je lance une recherche Google.

Le pendentif apparaît en stock dans deux grandes enseignes. J'en trouve même un très ressemblant sur Amazon.

Mon cœur de plomb pèse de plus en plus lourd.

J'écris alors un message à Alex :

JE SAIS POUR LE COLLIER. ET JE SAIS AUSSI QUE TU ES TOUJOURS AVEC ELLE.

Aveuglée par la rage, j'appuie sur « Envoyer ».

Chapitre 28

Négociations

Un surveillant vient frapper à la porte pendant le cours sur Shakespeare et entame des messes basses avec notre enseignante.

Ce qui, en soi, n'est pas chose rare.

Pas plus que le fait que Mme Hamilton me regarde, avant de lancer :

— Riley, tu es attendue à la vie scolaire.

Il est de notoriété publique que quand je suis ainsi convoquée, c'est souvent suite à une bonne nouvelle : il peut s'agir d'une bourse que j'ai remportée, ou bien que le représentant d'une quelconque université souhaite me rencontrer… Aussi laissé-je mes affaires sur mon bureau (il ne me faut guère plus de quelques minutes pour échanger les remerciements d'usage puis poser pour une photo) et prends-je la direction du bureau de Mme Felcher voir de quoi il retourne.

Ce qui est certain, c'est que j'étais loin de m'attendre au tableau que j'y découvre, un sourire figé accroché aux lèvres.

Assis côte à côte, mes parents incarnent l'image même de l'inquiétude parentale. Comme c'est gentil de leur part…

Mais ce qui me trouble davantage, c'est la présence, de l'autre côté du bureau, de Mme Felcher qui semble, il faut bien le dire, un peu crispée (ou alors elle a abusé de sa crème antirides, ce qui reste tout à fait plausible). Et surtout, celle, à sa droite, d'un certain Alex Belrose.

Au vu de la rougeur qui marque l'ourlet de ses oreilles et le pli parfait de ses lèvres, il est en colère.

Se pourrait-il que quelqu'un soit au courant ? Non… le principal serait là autrement. Enfin, je crois… Une telle affaire ferait certainement beaucoup plus de bruit.

— Bonjour, Riley, dit-il d'un ton absolument normal… pour un enseignant.

— Bonjour, monsieur. Maman. Papa. Madame Felcher. Que me vaut ce plaisir ?

Mon intonation se veut normale… pour une élève prise de court par un rendez-vous improvisé entre l'un de ses professeurs (avec lequel elle n'entretient aucune relation amoureuse), la conseillère principale d'éducation et ses parents.

— Eh bien, dit Mme Felcher, asseyez-vous, mademoiselle Stone.

Elle ne m'a jamais donné du « mademoiselle » jusqu'à aujourd'hui. Jamais.

L'heure est grave.

— Il n'y a plus de chaise, lui fais-je remarquer.

— Oh ! s'exclame-t-elle avant de courir dans le bureau d'à côté chercher un volumineux fauteuil vert qu'elle traîne, non sans peine, depuis la salle d'attente en le cognant contre le chambranle de la porte.

Alex ne lui propose même pas son aide.

Elle installe le siège entre mes deux parents, mais un peu en retrait, de sorte que, une fois assise, je ne me sente pas tout à fait intégrée à la conversation. Jambes croisées, je lisse les plis de ma petite robe bleue comme si de rien n'était. Absolument rien.

Je me fais violence pour ne pas vomir devant mes parents la boule d'émotions contradictoires coincée en travers de ma gorge.

— Tout d'abord, reprend Mme Felcher en ajustant ses lunettes papillon, je tiens à vous informer que cet entretien ne sera répertorié nulle part pour le moment.

Je sens un poids en moins dans ma poitrine.

— Néanmoins…

Le soulagement est de courte durée.

— Si M. Belrose et moi-même avons convoqué vos parents malgré votre dossier irréprochable jusque-là, c'est que nous nous inquiétons de vos derniers résultats dans sa matière. D'où cette convocation…

Sans prêter attention aux propos de Mme Felcher, mon professeur, les mains jointes devant le menton, se met à fixer tour à tour mon père, puis ma mère et, enfin, moi.

— Comme vous le savez, Riley est une élève très intelligente. La plus intelligente de tout le lycée, à vrai dire. Et, peut-être même de tous ceux à qui j'ai eu la chance d'enseigner.

Mon père rayonne de joie, comme si c'était la première fois qu'on lui faisait ce genre d'éloges à mon sujet.

— Nous sommes très fiers d'elle, dit-il.

Le rouge me monte aux joues en même temps que la honte. Fallait-il vraiment en arriver là pour qu'il prononce ces quelques mots ? Le plus ironique dans cette histoire, c'est qu'il réagit trop tard. La petite fille sage dont il parle n'existe plus... Où était-il jusqu'à présent ? Tous les deux, d'ailleurs, où étaient-ils, bon sang ? Mon père me jette un regard par-dessus son épaule, avant de me tapoter maladroitement le genou d'un geste raide.

À quoi rime mon existence tout entière ?

— C'est bien là la raison de mon inquiétude.

Les deux mains cramponnées à son sac à main, ma mère se penche en avant.

— Je vous demande pardon ? Inquiet ? Au sujet de Riley ? demande-t-elle comme si elle n'était pas certaine d'avoir bien entendu.

— Oui, madame, je suis même très préoccupé, pour être tout à fait honnête.

Il produit alors des copies de mes récentes dissertations. Des devoirs que je sais, sans le moindre doute, avoir réussis avec brio. Des rédactions parfaites, sans la moindre erreur, que j'ai vérifiées à deux reprises avant de les rendre. Il les présente à mes parents.

Je n'ai la moyenne sur aucune d'entre elles.

Évidemment, personne dans cette pièce ne parle français, si bien qu'il est inutile d'essayer de leur expliquer que mon professeur me fait du chantage parce que je le pousse à quitter sa femme. Pas la peine non plus de leur demander de vérifier mon travail (ils en seraient bien incapables).

En définitive, je suis à sa merci.

Je fusille Alex du regard, alors que mes parents, sous le choc, restent bouche bée devant les notes inscrites à l'encre rouge.

— Riley, s'exclame ma mère, que se passe-t-il ? Qu'est-ce qui t'arrive ?

Je profite de ce que je m'avance sur le bord de ma chaise afin de mieux voir les copies, pour observer Alex à la dérobée. J'espère qu'il savoure le moment. Il sait que je suis prise au piège. Que tous les élèves l'adorent. Qu'il a remporté le titre non officiel du « professeur le plus apprécié » dès la seconde où il est arrivé dans ce lycée. Qu'il participe activement à la vie de la commune et qu'on le tient en haute estime depuis que le journal local, le *Hartsville News*, a écrit un article sur lui l'année dernière.

Que pourrais-je bien dire de toute façon ?

Je reporte mon attention sur les copies.

— Curieux, dis-je avec légèreté. Je pensais vraiment avoir réussi ces dissertations.

Par-dessus ses mains jointes, Alex m'observe, imperturbable.

— Il semblerait qu'il te faille y regarder à deux fois, Riley. Je pense d'ailleurs que c'est de là que vient le problème. J'ai comme l'impression que tu ne consacres pas assez de temps à tes devoirs.

— Que recommanderiez-vous, monsieur ? demande ma mère avec sa petite voix parfaitement rodée de parent inquiet, celle qu'elle n'a pas eu à ressortir depuis la période faste d'Ethan, où les rendez-vous parents-professeur-conseillère étaient bien plus fréquents (et justifiés).

Belrose repose alors les mains sur son bureau puis se penche en avant pour répondre sur le ton de la confidence :

— Bon, ce n'est pas dans mes habitudes de faire ce genre de propositions, mais puisqu'une mauvaise note de plus pour ce semestre éliminerait Riley de la course pour devenir major de promotion, j'aimerais simplement la voir un peu plus souvent afin de l'aider dans ses révisions. Peut-être pourrions-nous convenir de cours supplémentaires après la classe, les soirs où elle n'a pas entraînement ? Néanmoins, je crains qu'il lui faille vraiment s'investir davantage si elle veut avoir la chance de conserver sa première place au classement général.

— Vous pensez que c'est le cheerleading qui lui prend trop de temps sur ses études ? demande alors mon père à mon professeur.

— Je ne crois pas qu'il soit nécessaire de la retirer de l'équipe… pas tout de suite, du moins. (Alex étudie mon cas comme si je n'étais pas là, que je ne l'écoutais pas. Comme si je n'étais qu'un animal de zoo, derrière une vitre.) Elle devra cependant se montrer très prudente.

Voici donc venue l'heure des menaces…

Il veut que nous continuions à passer du temps ensemble. Et il est prêt à mêler mes parents à toute cette histoire juste pour me le prouver.

Il irait jusqu'à ruiner mon avenir afin de me garder pour lui.

Malgré mon pouls qui accélère, je ne bouge pas d'un cil.

— Qu'en pensez-vous, mademoiselle Stone ? s'enquiert Mme Felcher.

— Ça me semble être une bonne solution, réponds-je avec un petit sourire.

— Nous en avons donc terminé, dit Belrose en rassemblant mes copies en un tas bien propre. À moins que vous n'ayez des questions ?

Les documents coincés sous le bras, il se lève. Mon père se redresse à son tour pour lui serrer la main.

— Merci de vous préoccuper autant du sort de notre fille. Vous êtes quelqu'un de bien.

— Je m'efforce simplement d'agir au mieux, répond Alex.

— Oui, merci, monsieur, ajouté-je, en réponse au regard qu'il me lance.

Sitôt relevée, je réarrange ma robe.

Ce n'est qu'à cet instant que je surprends sur le visage de mon professeur une émotion que je n'arrive pas à identifier. Je m'autorise un sourire. Si tous les coups sont permis, je ne vais pas me priver…

Ce qui implique que je vais devoir me montrer plus parfaite que jamais.

Chapitre 29

Amour et haine

— Tu ne m'en veux pas, alors ? me demande Alex pour la énième fois.

Il est 6 h 42 et je suis chez lui, comme « avant ». J'étais censée le retrouver au lycée pour un cours particulier matinal, mais puisque Jacqueline vient de partir à Las Vegas avec des amies, j'en ai profité pour lui faire une surprise en débarquant chez lui, comme si je ne pouvais pas attendre davantage.

— Non, non je t'assure. Je comprends les raisons qui t'ont poussé à agir ainsi.

Allongée sur le canapé, je pose la tête sur ses genoux. Il me caresse les cheveux avec délicatesse, comme si chacune de mes mèches était un fil de soie. Je me sens… spéciale. Importante.

— Tes parents ont l'air adorables, lâche-t-il.

Sa remarque me fait rire. Car c'est drôle au fond – quoique d'une manière étrange certes, dans le sens où la situation me semble un peu folle et que je n'ai pas la moindre idée de ce qui va se passer par la suite.

Avant, je tenais ma vie bien en main, au point d'avoir toujours un coup d'avance, quelles que soient les circonstances.

Alex me dépose un baiser sur le front.

— Tu sais que je t'aime, Riley, n'est-ce pas ?

Je roule sur le ventre et lève mon visage vers lui – il repousse les cheveux qui me tombent dans les yeux.

— J'ai une faveur à te demander, esquivé-je.

— Tout ce que tu veux.

— Sois mien. Corps et âme. Sans ça, je ne peux pas continuer.

Sa main se fige sur mon front.

— Je vais le faire, Riley. Je le jure devant Dieu. Mais pas tout de suite, pas encore.

Dans un flash, je le revois embrasser Jacqueline.

— Qu'est-ce qui te retient ?

Je me force à garder un timbre normal, en vain. Ma voix se teinte de jalousie et d'amertume jusqu'à en devenir dure et étrangère à mes oreilles.

— Simplement… Jacqueline traverse une période assez difficile, dit-il avec un soupir. Je ne voudrais pas en rajouter, tu comprends ? D'autant qu'elle a toujours été un peu instable… J'aurais trop peur qu'elle fasse une bêtise. Mais dès qu'elle aura fait un peu de tri dans sa vie, je lui parlerai et nous nous séparerons. Pour de bon. Je ne la laisserai pas revenir, cette fois.

J'ai l'impression qu'un étau enserre mon cœur.

— Dis-moi…

Il recommence à me caresser les cheveux. Pourtant, au lieu de trouver la sensation agréable comme un instant auparavant, elle me dérange au plus haut point. Je le repousse afin de pouvoir me redresser à côté de lui sur le canapé et le regarder dans les yeux.

— Pourquoi n'est-ce pas le bon moment au juste ?

— Eh bien, répond-il, mal à l'aise, elle traverse une mauvaise passe – des soucis personnels, avec quelques-unes de ses amies notamment. Sa beauté suscite beaucoup de jalousie, tu sais. Les femmes de son club de dégustation le lui font bien payer, notamment, et Jacqueline le vit très mal. Elle a besoin de quelqu'un sur qui s'appuyer, tu ne te rends pas compte à quel point elle est fragile. Je suis certain que tu as connu ça, toi aussi, belle comme tu es.

Comment peut-il parler d'elle ainsi ? À l'entendre, on croirait qu'il s'agit d'une poupée fragile, écervelée et sans défense (ce qu'elle est certainement, mais quand même...). N'a-t-il donc plus aucune estime pour elle ? Et lui, pour qui se prend-il ? Le sauveur de Madame ? J'aurais presque pitié d'elle... Presque.

— Ne me compare pas à elle, s'il te plaît, lâché-je, glaciale.

— Mais tu comprends la situation, n'est-ce pas ?

Il me prend les mains, qu'il presse dans les siennes.

J'observe son visage : mâchoire carrée, barbe de trois jours, yeux d'un vert profond. Un éclair de lucidité me traverse soudain : je le déteste. Je hais cet homme qui m'a fait toutes les promesses du monde sans jamais les tenir.

Je l'aime, ça oui.

Mais je le déteste aussi.

Lentement, il se penche vers moi, yeux fermés, et je le laisse m'embrasser. Son baiser, doux et mesuré, ressemble à tous ceux qu'il m'a donnés et je m'en veux de céder. Lorsqu'il fait mine de glisser la main sous mon T-shirt, je me dérobe.

— Tu connais la règle, dis-je avec une petite tape du doigt sur le bout de son nez. Est-elle partie ?

— Pour le week-end, répond-il.

Je rigole devant sa mine boudeuse, car je sais qu'il s'attend que je rende les armes. Pourtant, je n'en fais rien.

— Elle est complètement abattue, reprend-il, je suis vraiment inquiet.

À le voir ainsi baisser les yeux, j'incline la tête sur le côté, intriguée. Est-il vraiment en train de m'avouer qu'il se fait du souci pour sa femme ? Celle qu'il prétend être sur le point de quitter ?

S'attend-il vraiment que je compatisse ? Il est complètement à côté de la plaque…

Je lutte pour ne pas laisser libre cours au rire de dément qui me reste coincé en travers de la gorge.

— On est mariés depuis presque six mois, Riley. Ce n'est pas rien, elle compte pour moi.

Je rêve, il ne vient pas de dire ça… Ça, c'est la meilleure ! Il se moque vraiment de moi. Et d'elle aussi d'ailleurs ! J'ai vraiment été aveugle à ce point ?

Il faut bien me rendre à l'évidence, Ethan avait raison au final… Soudain, j'ai le sentiment que plus rien ne nous relie, comme si je me trouvais dans une autre pièce, une autre maison, comme si une espèce d'écran se dressait entre nous. En fait, je suis en train de regarder une vidéo floue dans laquelle une vague connaissance me parle, avec le son en décalé. Je vois ses lèvres bouger mais le sens ne me parvient qu'un moment plus tard.

— Je suis tellement soulagé que tu me comprennes, m'avoue-t-il, reconnaissant.

Il a tort.

Ce n'est pas le cas.

Et, de toute évidence, il me prend pour une idiote. S'il croit que je vais le laisser me manipuler comme un pion dans ce jeu malsain…

La rage plante ses griffes dans mon cœur. Le sang bouillonne dans mes veines, pourtant je meurs à l'intérieur.

Si Jacqueline venait à disparaître, tout ne serait peut-être plus aussi étrange et compliqué. Elle ne va pas bien de toute façon. Sans compter qu'elle s'interpose entre Alex et moi. Entre nous. Elle gêne notre bonheur. Et c'est une personne horrible, à n'en pas douter.

Si seulement j'étais capable de tuer.

— Je comprends, Alex, dis-je.

Je lui serre la main, caresse son visage avec tendresse. Je suis là pour lui… croit-il. Oui, voilà ce que je suis pour lui : un petit jouet idiot qui attend patiemment qu'il s'intéresse à moi.

— On se voit ce soir ? demande-t-il d'une voix rauque.

Je sais qu'il brûle de me toucher. Il pose ses mains sur mes hanches, presse ses paumes contre ma peau… Je me dégage pour enfiler mon sac à dos.

— Grâce à ton rendez-vous surprise avec mes adorables parents, je ne pourrai plus rater aucun entraînement de cheerleading, cours de rattrapage ou autre sans attirer l'attention.

Je dépose un rapide baiser sur ses lèvres.

— Comment ça, « mon » rendez-vous ? dit-il, les sourcils froncés.

Du bout des doigts, je caresse son front à la racine des cheveux jusque derrière ses oreilles.

— Ne sois pas ridicule, Alex.

— Riley, je te jure que ce n'est pas moi qui ai organisé cette rencontre. Mme Felcher m'a mis au pied du mur ! Je ne sais pas comment, mais elle a eu vent des mauvaises notes que je t'avais… euh… attribuées à tort. Bien sûr, elle les a prises au sérieux et… bref, j'étais coincé ! Que voulais-tu que je fasse ?

Je souris. Il veut jouer. Comme c'est mignon.

Sauf que je ne suis pas d'humeur.

— On se voit au lycée, d'accord ? demandé-je avant de me pencher vers lui pour l'embrasser une nouvelle fois.

Lors de ce baiser brutal et rapide, ses mains se promènent partout où elles ne devraient pas. Je me soustrais à son étreinte.

— Tu ne devrais pas tarder non plus si tu veux être à l'heure, le prévins-je. Et ne me décoiffe pas, s'il te plaît.

Je ressors alors par la porte de derrière dans la lumière froide du soleil matinal. Quelques flocons de neige tombent du ciel nuageux. Je souris devant un temps aussi étrange et enfile mon bonnet avant de traverser la cour qui donne sur l'allée.

Alex Belrose sera mien, quoi qu'il arrive.

J'en suis certaine.

Ce qu'il faut savoir sur Riley Stone :

- Quand Riley Stone a eu connaissance de la crise de l'eau dans le Michigan, elle s'est mise à vendre des bouteilles d'eau sous le hashtag #HARTSVILLECARES. Au final, elle a récolté plus de cinq mille dollars qu'elle a dépensés en réserves d'eau potable expédiées ensuite dans les zones sinistrées.
- Riley a aussi lancé un journal anonyme sur les potins du lycée et employé quelques camarades pour poser pour les publicités. L'établissement a fini par interrompre la publication, mais personne n'est jamais remonté jusqu'à Riley, qui en a tiré 1 500 dollars de bénéfices, même après avoir payé ses mannequins (qui, eux, ont reçu des heures de colle).
- L'année dernière, Riley a lancé une campagne dont l'objectif consistait à envoyer des lettres aux troupes postées à l'étranger. L'initiative, qui s'est élargie à l'échelle de l'État, a permis à Riley d'envoyer plus de dix mille lettres et cinq cents colis, sélectionnés avec le plus grand soin. Elle a rassemblé autour d'elle une équipe de volontaires et reçoit depuis de nombreuses sollicitations pour reproduire la campagne tous les ans.
- Quand Riley avait quatorze ans, sa professeure de mathématiques, Mme Corkstone, s'est intéressée de très près à son cas. Alors que Riley obtenait toujours des notes excellentes dans son cours (ce qui ne changeait pas de d'habitude), l'enseignante,

méfiante, gardait toujours un œil sur son élève au point que, souvent, elle lui interdisait de se rendre aux toilettes pendant les contrôles.

- L'une des personnes âgées qui participait au programme Les Amis des Seniors, fondé par Riley, a été condamnée pour meurtre au second degré à l'âge de 93 ans.

Chapitre 30

Absent

Le lendemain de ma visite chez Alex, je me rends à un rendez-vous chez le médecin. Il ne s'agit que d'une visite de contrôle, rien de grave, bien entendu. Mais puisque les téléphones portables ne sont pas autorisés dans le cabinet médical et que je ne suis pas le genre de filles incapables de décrocher des réseaux sociaux ne serait-ce qu'une seconde, je ne prends pas la peine de consulter mes messages en sortant.

Ni quand je m'arrête au Starbucks.

Ce n'est donc qu'en fin de matinée, une fois arrivée sur le parking du lycée, que je remarque que quelque chose cloche. *Étrange…* Une quinzaine d'élèves sont massés devant la porte vitrée qui donne sur le couloir du gymnase. Ils restent plantés là, à parler et à échanger des messes basses sans que personne – ni surveillant, ni professeur – ne leur demande de retourner en cours.

Je rallume enfin mon téléphone. Ce n'est même pas l'heure de la pause.

J'ai reçu pas moins de treize textos… Intriguée, je déverrouille mon portable.

Maman (1)

Kolbie (7)

Neta (5)

Maman : Pourrais-tu t'arrêter à la supérette ce soir pour acheter de la poudre d'oignons, s'il te plaît ? J'espère que ton rendez-vous s'est bien passé. Bisous.

Kolbie : OH MON DIEU, VOUS AVEZ ENTENDU, LES FILLES ?

Neta : OUI ! Vous avez une idée de ce qui s'est passé ?!?!?!

Kolbie : AUCUNE.

Kolbie : DISPARU, JUSTE COMME ÇA.

Neta : C'est la panique, ici.

Kolbie : M'en parle pas, Mme Tanner ne se préoccupe même plus de donner son cours.

Neta : Pourquoi, elle pleure ? Non, parce qu'il y a quand même des filles en larmes dans ma classe.

Kolbie : Oui, ici aussi. Je suis certaine que ce n'est rien, qu'il s'agit juste d'un malentendu. Genre il s'est fait opérer des dents de sagesse ou un truc comme ça.

Neta : J'ai entendu dire qu'ils avaient appelé la police quand même…

Kolbie : SÉRIEUX ?

Neta : Oui… Et puis c'est curieux, ça ne lui ressemble pas. Moi, à la place de sa femme, je serai en panique.

Kolbie : Apparemment ça se confirme… C'est vraiment flippant !

Je quitte ma messagerie, puis glisse mon téléphone dans mon sac à main. Je pourrais demander aux filles ce qui se passe, mais elles sont en cours et ne me répondront pas tout de suite. Sans compter que, vu le ton de la conversation, elles risquent de dramatiser plus que nécessaire.

Je m'approche donc des élèves rassemblés près des marches qui mènent au couloir principal.

— Qu'est-ce qui se passe ? demandé-je.

Avide de partager les ragots, une première année avec de jolies nattes se détache du groupe. Elle regarde à droite puis à gauche, comme si elle craignait d'être surprise.

— M. Belrose n'est pas venu en cours ce matin.

Ces quelques mots suffisent à ce que mon monde s'effondre.

Mon cœur arrête tout d'abord de battre dans ma poitrine. Puis mon estomac se vrille. Mes jambes semblent être sur le point de se détacher du reste de mon corps, mes os de se dissoudre dans les airs…

— Quoi ? demandé-je, d'une voix faible, à deux doigts de m'appuyer sur son épaule pour ne pas perdre l'équilibre.

— Il n'est pas venu de toute la matinée, répète-t-elle. Non seulement il n'a pas prévenu, mais personne n'arrive à le joindre ni ne sait où le trouver… (Elle sautille sur place, comme si elle trouvait la nouvelle excitante.) Tout le monde se ronge les sangs. Certains ont même commencé à prier pour lui à la bibli, même si d'autres essaient de les en empêcher, parce que, eh bien, on est quand même dans un lycée public.

Je crois lui avoir répondu, mais je n'en suis plus certaine.

Tant bien que mal, je regagne mon casier, qui se trouve être le plus proche des toilettes et où je me précipite pour vomir. Neta m'y trouve une vingtaine de minutes plus tard, toujours occupée à rendre tripes et boyaux.

— Ça va ? me demande-t-elle.

Je hoche la tête en m'essuyant la bouche à l'aide d'un morceau de papier toilette dont un bout reste collé à mon menton.

— Une conséquence de mon rendez-vous médical de ce matin, j'imagine.

— Tu n'as pas de fièvre, on dirait, remarque-t-elle, une main sur mon front. Tu devrais quand même aller à l'infirmerie, je t'accompagne.

Je refuse. Il faut que je reste. Je dois comprendre ce qui se passe. Si je reste alitée chez moi, les seules informations que je pourrais obtenir proviendront des messages que l'on m'enverra. Sans compter que si je me montre trop pressante, je risque d'attirer les soupçons. Je me rince la bouche, puis attrape un chewing-gum mentholé dans mon sac.

— Ça va, ne t'inquiète pas, insisté-je.

Je m'efforce de réarranger mes cheveux autour de mon visage afin de cacher ma pâleur et la moiteur de ma peau. Je ne fais pas partie de ces filles qui se lamentent dans les couloirs. Je ne suis pas Thea, qui s'adosse au mur comme si son monde venait de partir en fumée.

Tout va bien. Me réjouir plus que nécessaire de l'absence d'un professeur ne me ressemblerait pas non plus.

— Tu es au courant pour Belrose ? demande Neta à voix basse. C'est étrange, tu ne trouves pas ?

— Oui, très. Tu as du nouveau ?

— Gabriella Hernandez devait rattraper un contrôle avec lui ce matin, mais il n'est pas venu. Du coup, elle a signalé son absence à la vie scolaire : elle ne voulait pas qu'on croie qu'elle ait séché. Bien sûr, personne n'a vraiment réagi, à ce stade. Mais ensuite, il ne s'est pas pointé à son premier cours de la journée, ni au second… Et il n'est toujours pas là.

Je déglutis avec peine en mâchant mon chewing-gum. Le goût âcre du vomi me colle encore à la langue et mon estomac menace de libérer la chose vivante qu'il abrite et qui se débat, malveillante et furieuse, en griffant les parois.

A-t-il tenté de quitter Jacqueline ? Lui aurait-elle fait du mal ?

Peut-être a-t-elle découvert la vérité à mon sujet ?

Ou bien alors… il a juste raté son réveil.

C'est sans doute l'explication la plus simple.

Ça arrive quand on est crevé, et il faut bien reconnaître qu'Alex a subi beaucoup de stress ces derniers temps. Je profite donc de ce que nous marchons avec Neta pour sortir mon téléphone et écrire un message :

Est-ce que ça va ?

Mais je ne suis pas la seule à m'inquiéter. Partout, dans le lycée, c'est le chaos : élèves comme enseignants errent dans les couloirs. Pourtant, on n'entend pas un bruit. Personne ne crie ou ne court. Tout le monde échange des regards inquiets et parle à voix basse.

Les minutes s'écoulent à un rythme étrange, comme si le temps s'enroulait sur lui-même, à la fois trop lent et trop rapide.

Toujours aucun signe d'Alex Belrose.

— Allons voir à la vie scolaire, suggère Neta. Je ne suis pas d'humeur pour le prochain cours.

Je hoche la tête. Moi non plus, à vrai dire. Mon faux problème de mauvaises notes en français devrait me pousser à faire profil bas, mais je m'en moque.

Kolbie nous rattrape dans le couloir et nous décidons d'aller aux nouvelles, ensemble. C'est à ce moment-là que nous l'apercevons, elle.

— Oh punaise, lâche Kolbie.

— Quoi ? s'étonne Neta.

— C'est sa femme, murmuré-je.

Car c'est bien elle, là, dans le bureau vitré de la vie scolaire, avec ses bottines à talons et son large chapeau noir comme si elle venait à peine de descendre d'un podium. On dirait un joli papillon pris au piège, battant en vain des ailes pour essayer de s'échapper de sa prison. En cet instant, elle est l'image parfaite de la starlette superficielle, prête à être photographiée, calme et tirée à quatre épingles au cas où se produirait une tragédie. Qu'est-ce qu'elle fabrique ici, bon sang ? Ne devrait-elle pas plutôt se rendre au poste de police si elle si inquiète ?

Occupée à la dévisager, je remarque qu'elle porte du noir de la tête aux pieds : comme c'est commode… Elle pleure déjà son mari disparu. Elle aurait au moins pu attendre une journée avant d'attirer à elle toute l'attention et la pitié.

— Faut-il comprendre qu'elle ignore aussi où il se trouve ? demande Neta.

— Ça me semble plutôt logique, répond Kolbie. Elle n'aurait pas besoin de se déplacer pour signaler un arrêt maladie, si ?

Je me garde bien de révéler ce que je sais : elle devrait se trouver à Las Vegas. Ou du moins y était-elle, jusqu'à hier soir.

Je fronce les sourcils. Pourquoi est-elle rentrée ? A-t-elle sauté dans le premier avion après avoir appris que son mari manquait à l'appel ?

Pensait-elle le trouver au lycée ? Ou bien est-ce le proviseur qui l'a appelée ? Ou alors, elle est simplement venue jouer son rôle d'épouse modèle attendrissante.

Au moment où Jacqueline tourne la tête dans notre direction, Neta et Kolbie étouffent un cri de surprise, mais, moi, je ne bouge pas. Je la fixe droit dans les yeux.

Battant de ses longs cils, elle se fige.

Loin d'avoir l'air anéantie, elle paraît juste normale, comme si elle venait simplement déposer des papiers pour son mari. Aucune trace d'inquiétude n'entache son magnifique visage.

Elle quitte alors le bureau l'air de rien, suivie par l'écho de ses talons qui claquent sur le carrelage sale.

Puis sort du lycée à grands pas pour rejoindre sa voiture bleue mal garée sur la zone de livraison.

Me vient alors une certitude.

Elle en sait plus que ce qu'elle voudrait bien nous faire croire.

Peut-être ne suis-je d'ailleurs pas étrangère à la situation. Il n'est pas impossible qu'elle ait découvert la vérité sur notre relation, à Alex et moi. Ou alors, peut-être qu'Alex s'est enfui pour se libérer de son emprise, qu'il est retourné en France ou bien est parti s'exiler en Amérique du Sud, qui sait…

Chapitre 31

Rien

Il n'a pas répondu. Après quarante-huit heures, Alex n'a toujours pas donné de nouvelles.

Tout en continuant à marcher, je ne lâche pas mon téléphone des yeux. Ce n'est pas comme si c'était nouveau, il ne m'accordait déjà pas toute l'attention que je lui réclamais. À l'évidence, je ne compte pas tant que ça dans sa vie.

J'ai de nouveau envie de lui écrire. Mais envoyer des e-mails à une personne potentiellement disparue n'est sans doute pas une brillante idée. Je ne souhaite pas vraiment qu'on remonte jusqu'à moi, ni qu'on trouve un cheveu avec mon ADN sur son canapé.

Je fourre mon portable dans mon sac à main, avant de poursuivre mon chemin vers la maison des Belrose. Je n'emprunte pas la route habituelle, mais fais un long détour. Ça m'est égal, je préfère ça que de garer ma voiture à proximité. J'ai enfilé une vieille veste dénichée au fond de mon placard, une paire de moufles, deux écharpes en laine et un épais bonnet en tricot… J'ai même embarqué deux bouillottes de poche empruntées dans le matériel de chasse de mon père, au cas où l'air serait vraiment glacial. Je n'en ai pas eu besoin jusqu'à présent – marcher m'a préservée du froid, hormis sur les joues qui me picotent un peu.

J'aurais dû avoir entraînement ce soir, mais avec le scandale des derniers jours, toutes les activités parascolaires ont été annulées. Tout le monde est à cran, voire commence à prendre peur. Le moindre rire dans les couloirs paraît étranger, déplacé. M. Anderson, un jeune remplaçant plutôt nerveux, a repris les cours de français… Je mettrais ma main au feu qu'il ne comprend pas un traître mot de la langue qu'il est supposé nous enseigner. Il reste planté là, à bégayer, dans ses vêtements trop larges, devant des élèves plus pâles qu'à l'accoutumée, mal à l'aise et un peu perdus sans Belrose pour les guider.

Les chuchotements ne cessent jamais.

J'accélère la cadence. J'y suis presque. À chaque pas, je pense à mon bracelet connecté, que j'ai laissé à la maison, peu désireuse qu'on retrace mon parcours jusqu'ici. L'option de localisation de mon téléphone est restée désactivée par défaut depuis que je l'ai. Je déteste l'idée que les autres puissent savoir où je suis. Je trouve ça flippant.

Je préfère rester intraçable.

Je m'arrête, à dessein, à quelque distance du domicile des Belrose. Rien n'a changé. Pour un peu, j'imaginerais presque qu'Alex attend à l'intérieur que je me glisse par la porte de derrière et le rejoigne dans le petit salon pour lire de la poésie française et échanger des baisers passionnés. Sauf qu'il n'est pas là. Que j'ai vérifié ma boîte mail des dizaines de fois et qu'il n'est nulle part. Personne ne sait rien, surtout pas moi, et une blessure étrange et profonde me lance là où je ne pensais pas pouvoir avoir mal un jour.

J'approche autant que je l'ose pour observer le pavillon, mais je ne remarque rien d'anormal : c'est toujours la même vieille maison qui ne laisse rien transparaître d'une potentielle disparition ou même d'un événement quelconque.

Je me sens trahie, abandonnée. J'ai cru l'espace d'un instant que si je revenais dans son quartier, il réapparaîtrait comme par miracle. Qu'il sentirait ma présence et surgirait de nulle part, heureux de me voir.

À condition qu'il le puisse, bien sûr…

Mais rien ne se passe et seuls le bruissement des sapins et le tintement lointain de carillons se font entendre.

La gorge serrée, je résiste non sans peine à la tentation de pousser le portillon et d'essayer la porte de derrière. Mais je passe mon chemin, slalome entre les arbres puis retourne à pas lourds vers mon domicile.

Sitôt chez moi, néanmoins, je m'efforce de me concentrer. Je m'assois à mon bureau, dans ma chambre, pour terminer mes devoirs, que je relis plusieurs fois même si je sais pertinemment que les professeurs ont d'autres chats à fouetter.

Tout le monde a l'esprit ailleurs.

Il ne s'est jamais rien produit de tel jusqu'à aujourd'hui. Je reçois alors un message de Neta :

Passe donc, je m'ennuiiiiie.

Moi pas. Mais il faut que je me change les idées, que j'arrête de penser à Alex. Que je sorte plutôt que de vérifier sans cesse mes e-mails et d'user le tapis de ma chambre à faire les cent pas.

— Tu es venue ! s'écrie mon amie lorsque je franchis le seuil.

Elle me serre dans ses bras. Elle a l'air d'aller bien, mieux qu'à l'enterrement, en tout cas. Ce n'est pas difficile, cela dit, étant donné que je ne l'avais jamais vue aussi abattue. Dans les jours qui ont suivi la cérémonie, elle a cessé de se maquiller, car elle n'arrêtait pas de faire couler son mascara à force de pleurer. Mais, aujourd'hui, elle a recommencé à en porter et elle arbore un semblant de sourire.

— Comment vas-tu ? demandé-je, prudente.

— Contente que tu sois là, admet-elle.

Pourtant, à bien y regarder, je décèle un soupçon de tristesse derrière son excitation.

— Viens, on descend au sous-sol. La télé nous tend les bras et j'ai fait des brownies.

Neta est une vraie Bree Van de Camp en cuisine (si on laisse de côté les démêlés judiciaires, bien sûr) et je ne peux pas résister à ses brownies. Elle sait aussi que je ne suis pas le genre de filles à culpabiliser pour une bouchée de gâteau. J'en mangerais sans doute une douzaine, et ce avec la plus grande satisfaction. Ensuite, j'aurais mal au ventre et me dirais, après coup, quc ce n'était peut-être pas une si bonne idée. Mais je préfère savourer l'instant présent. Et en ce moment précis, c'est exactement ce dont j'ai besoin.

Je suis quelqu'un qui sait ce qu'il veut, après tout.

— Est-ce que tu as de la glace ?

— Chocolat-marshmallow-amande.

— Tu es la lumière de ma vie, Neta Adriana Castillo.

— Je sais, plaisante-t-elle en rejetant ses cheveux en arrière.

Nous nous précipitons au sous-sol comme de vraies gamines. À l'écran passent des rediffusions de *Danse avec les stars*. Nous avons beau savoir que tout est truqué, ça n'a aucune importance. Le plat entier de brownies nous attend devant la télévision (seules deux parts manquent à l'appel). Neta disparaît quelques minutes, le temps de rapporter deux boîtes de crème glacée – l'une chocolat-caramel, l'autre menthe-chocolat.

— Bon, en fait, j'ai fait des promesses en l'air, j'ai plus ta glace préférée, désolée, s'excuse-t-elle en me lançant une cuillère.

Nous attrapons quelques vieilles couvertures et des oreillers, sur lesquels nous nous installons confortablement.

— Merci d'être venue, me dit Neta, j'avais besoin de me changer les idées.

— Moi aussi. Toute cette histoire au lycée avec Belrose, c'est de la folie, tu ne trouves pas ?

— C'est clair. J'ai même entendu dire qu'il aurait été kidnappé.

Elle enroule un plaid autour de ses épaules.

— Quoi ? Qui t'a dit ça ? m'étonné-je en me redressant.

— Lilah Gilbert. Elle prétend qu'il a été enlevé par un élève à qui il aurait mis une mauvaise note. Ce serait complètement dingue, non ?

Je retombe sur le tas de couvertures. Rien de ce que raconte cette fille ne se rapproche de la vérité. En primaire, elle a prétendu avoir trouvé deux cents dollars dans un sachet de pop-corn, alors qu'elle les avait en fait volés dans le portefeuille de M. Jeppard, ce dont il s'est rendu compte lorsque sa femme est venue récupérer le liquide destiné à acheter un couffin d'occasion pour leur enfant. Bien entendu, Elijah Piper a tout de suite dénoncé Lilah et mentionné ses gains inattendus. M. Jeppard était tellement furieux qu'il ne s'est pas contenté d'envoyer la fillette chez le proviseur : la police l'a arrêtée pour vol. Elle a été suspendue pendant deux semaines et, à son retour, elle a été transférée dans la classe de Mme Dones, ce dont nous étions d'ailleurs tous jaloux puisque l'institutrice en question laissait ses élèves l'appeler Angelica et mettait de la musique pendant les heures de lecture.

— Qu'est-ce qui s'est passé d'après toi ? demande Neta en écrasant du brownie dans sa glace à la menthe.

L'espace d'une seconde, j'ai envie de tout lui raconter. Lui parler des soirées passées avec Alex, des baisers, de tous les dîners qu'il a préparés rien que pour moi, de la poésie française, des promesses qu'il m'a faites (comme celle de quitter Jacqueline) et de nos projets d'avenir.

Lui avouer à quel point je me suis sentie trahie et que, même aujourd'hui, je le déteste encore un peu, parce que je crois que je l'aime vraiment.

Mais c'est ridicule, bien sûr.

Cet instant fugace passe et je me sers une cuillère de son mélange brownie-glace.

— Son épouse a l'air un peu à l'ouest, non ? lancé-je. Peut-être que la police devrait commencer par là.

Déjà lassée des couples virevoltant à l'écran, Neta se met à feuilleter le programme, télécommande à la main.

— Peut-être… Au fait, je t'ai dit que j'avais rencontré quelqu'un ?

— Mais non ! m'écrié-je, surprise.

Je reste allusive… Ce n'est pas moi qui risque de lui rappeler à quel point j'ai été une amie déplorable parce que j'étais trop occupée à me taper mon professeur, si je peux me permettre l'expression.

— Il s'appelle Chase, c'est aussi un ami de Jamal, je crois. Après le fiasco avec Sandeep, j'ai l'impression que Kolbie a pensé que je méritais de tenter ma chance. Et il s'avère que, comme par hasard, Chase rendait visite à son oncle et sa tante en ville. On est donc allés au cinéma avec Kolbie et Jamal, et puis, je ne sais pas… Je crois qu'on est plus ou moins ensemble, en fait. En tout cas, c'est tout comme.

— Tu crois ou tu es sûre ? plaisanté-je en essayant de paraître aussi excitée qu'elle. Vous en avez discuté au moins ?

En réalité, mon cœur vient de tomber comme une pierre dans ma poitrine.

— Un peu. On est censés se voir ce week-end : il veut m'emmener dîner. Et puis, on a échangé des textos tous les soirs. Aujourd'hui compris, d'ailleurs.

À ces mots, elle me tend son iPhone qui affiche trois nouveaux messages de Chase Abrams.

— Tu l'apprécies vraiment, on dirait.

La jalousie que je ressentais à voir Neta et Kolbie vivre leur vie sans moi se dissipe un peu. Mon amie a vraiment besoin de se changer les idées, et si cette distraction s'appelle Chase… eh bien, tant mieux pour elle. J'en suis heureuse. Elle a besoin de positif dans sa vie.

— Oui, on peut dire ça, glousse-t-elle. Mais je regrette qu'il ne soit pas plus près. On pourrait passer plus de temps ensemble, un peu comme je le faisais avec RJ. Lui était toujours là… quand j'avais besoin de lui.

— Je comprends.

Moi aussi, j'aimerais qu'Alex soit là. Tout me paraît si étrange désormais. Avant lui, je me serais sentie à mon aise à manger de la glace avec Neta, à discuter de garçons et à regarder la télé.

Mais, aujourd'hui, ça ne me suffit plus.

Soudain, on sonne à la porte.

— Tu attends de la visite ? demandé-je.

Neta me fait non de la tête, avant de mettre les rediffusions du *Bachelor* cette fois… au moment où Rob Samuels descend d'un pas lourd les escaliers du sous-sol. Les lacets d'une chaussure défaits, le sourire aux lèvres, il tient à la main un litre de soda et un grand sac en papier brun orné du logo « Smiley's », le nom de la supérette du coin. La pochette est largement déchirée sur tout un pan.

— Salut, lance-t-il. Quoi de neuf ?

Je brûle d'envie de traîner Neta dans la salle de bains pour la forcer à me fournir des explications, mais elle se contente de lui indiquer le fauteuil juste à côté d'elle.

— Comment ça va, Rob ? répond-elle. Assieds-toi, je t'en prie.

Pendant qu'il prend place, je fusille mon amie du regard. Elle aurait au moins pu me prévenir qu'il venait. Notre moment soi-disant entre filles prend soudain des airs de guet-apens.

— J'ai cru comprendre que c'était soirée malbouffe, dit-il.

Il déchire le sac en papier, dont il vide le contenu entre nous sur les couvertures. Toute une ribambelle de bonbons se déverse par terre en une cascade sucrée : caramels, sachets de bonbons acidulés et mentholés, truffes au chocolat, des rouges, des roses, des piquants et même des sachets de Skittles.

Je m'adoucis un peu.

— Je vais chercher des glaçons pour le soda, propose-t-il alors. Vous avez fini avec les glaces ? Je peux les remettre au congélateur si vous voulez.

Il ramasse les boîtes, puis remonte les escaliers en deux temps trois mouvements, comme s'il connaissait déjà les lieux.

— Quoi ? lance Neta, l'air innocent, il est serviable !

— Ben voyons… répliqué-je avec un regard noir.

— Ça n'a rien à voir avec toi, je te le jure. Il s'est montré adorable avec moi ces derniers temps au lycée, c'est tout. Du coup, je lui ai dit qu'il pouvait passer ce soir. Et en plus, il est parfait, regarde ! Il ne pouvait pas mieux tomber, il a des goûts de filles : pas de chips aux oignons ni de bœuf séché dans le lot !

Elle se jette dans le tas de bonbons au milieu duquel elle agite les bras comme pour dessiner un ange dans la neige. Devant ce spectacle, je ris malgré moi.

— Peut-être… Sauf que j'adore les chips aux oignons, moi, et le bœuf séché aussi, d'ailleurs.

À peine Neta me fait-elle la grimace que Rob redescend de son pas pesant avec trois verres remplis de glaçons.

— Honneur aux dames, dit-il sans une once d'ironie en nous servant à boire.

Je l'observe du coin de l'œil : il semble en effet assez inoffensif. Sans oublier que c'est Neta qui l'a invité. Aucune raison de m'en inquiéter, donc. Rob s'affale de nouveau dans son fauteuil, une truffe au chocolat à la main.

— Bon, cette soirée reste entre nous, s'il vous plaît, dit-il après avoir fourré la sucrerie dans sa bouche. Autrement, je vais perdre toute crédibilité auprès de mes potes. Oh, vous regardez *The Bachelor* ? Je ne l'ai pas vu, cet épisode…

Il se penche pour ramasser une nouvelle poignée de bonbons.

Je m'attarde quelques secondes de plus sur lui, mais comme il semble concentré sur ce qui se passe à l'écran, je donne un petit coup de coude à Neta.

— Alors, Chase ce week-end, hein ? la taquiné-je.

Elle bouillonne d'excitation. Je la laisse parler en même temps que la télévision, ce qui, d'ordinaire, me rend dingue. Il faut bien que quelqu'un soit un peu heureux dans sa vie et si ce n'est pas moi, autant que ce soit Neta.

Chapitre 32

Faux

— Toujours rien.

— Je ne le sens pas. Je veux dire, viscéralement, tu vois ? Dans mes tripes, précise mon frère, d'un air sombre, une main posée sur son ventre. Ça pue, cette histoire.

— Je sais, confirmé-je.

Vautrée de tout mon long sur le canapé du salon, je suis allongée sur le ventre, et feuillette distraitement un exemplaire du magazine *People* pendant qu'Ethan oscille d'avant en arrière dans son fauteuil relax, qui émet de petits grincements réguliers.

Il n'arrête pas de me parler d'Alex.

J'abandonne ma revue pour faire semblant de regarder un quelconque dessin animé, sauf que je ne comprends rien à ce qui se passe et que je soupçonne mon estomac de vouloir se révulser à tout moment. La nausée me prend déjà à la gorge.

— Ils ont beau organiser des battues, ils ne trouvent rien. Ils ont fouillé les parcs et tous les environs, rien.

Je veux dire, pas le moindre indice. Les flics ont interrogé sa femme, mais je ne crois pas qu'elle fasse partie des suspects potentiels ou qu'elle ait quoique ce soit à voir avec cette histoire. C'est peut-être bon signe de ne rien trouver pour le moment, mais tu sais ce que tout le monde raconte ?

Je n'ai pas envie d'entendre la réponse. Je ne veux pas connaître la suite, ni qu'il le dise tout haut.

— Ils prétendent qu'il est mort.

Captivé par les personnages qui bondissent à l'écran, mon frère s'interrompt, puis reprend :

— Tu y crois, toi ? Un de mes anciens camarades de classe, mort ? Ça craint… Personne dans les gens que je connais n'était encore décédé.

À l'entendre, on dirait que les faits sont acquis, révolus, indiscutables.

— C'est n'importe quoi, je suis certaine qu'il est encore vivant, dis-je.

Pourtant, ces quelques mots sonnent faux à mes propres oreilles. J'aimerais tant ne plus rien ressentir… Mais au lieu de ça, je me redresse, me dirige tranquillement vers les toilettes près de la cuisine, où je vomis dans le plus grand silence, avant de m'essuyer les lèvres et de retourner devant la télévision. La peau moite, je m'affale dans le canapé et recouvre mes jambes d'un plaid.

— J'ai essayé de le joindre, tu sais ? reprend Ethan. J'ai dû l'appeler au moins vingt fois, comme tout le monde. Je ne sais pas… J'imagine que j'avais l'espoir qu'il décroche, mais ce n'est jamais arrivé. (Pensif, il agite la télécommande.) Tu as des infos, toi ?

— Rien, réponds-je.

J'ai la bouche pâteuse. Vont-ils passer la maison au peigne fin à la recherche d'ADN ? Si oui, y a-t-il des chances pour qu'ils tombent sur le mien ? Est-ce que ça a une quelconque importance d'ailleurs ? Après tout, je ne possède aucun dossier dans aucune base de données vu que je n'ai jamais commis aucune infraction.

Ce n'est pas comme si quelqu'un pouvait me soupçonner… non, c'est certain. Personne ne sait que je suis déjà allée chez lui. Aucun voisin ne m'a vue entrer ou sortir.

Enfin, je ne crois pas.

Mon sang me paraît étrangement épais dans mes veines et je cours de nouveau aux toilettes, mais mon estomac n'a plus rien à vomir.

Le lendemain au lycée, l'atmosphère est tendue. Je peine à me concentrer pendant les cours. Si les professeurs partagent le stress ambiant, ils ne nous donnent presque aucun devoir (ce qui est à la fois une bonne et une mauvaise nouvelle, car mon esprit aura le temps de cogiter or, comme tout le monde, la seule chose à laquelle j'arrive à penser, c'est Belrose). À l'exception notable de Neta qui, elle, est obnubilée par Chase.

Ou de Rob, le petit génie à la chevelure dorée, qui, lui, ne pense qu'à moi.

— Riley !

Il me rattrape à petites foulées, alors que je me dirige vers le parking après les cours. Il m'adresse un sourire radieux. Personne, cette semaine, n'a souri de la sorte et sa joie me fait plutôt l'effet d'un hurlement dans l'enceinte d'une église.

En plein milieu d'un enterrement.

Cette pensée m'arrache une grimace.

— Salut, Rob.

Il se cale sur mon rythme.

— Eh bien, euh, j'ai passé une chouette soirée avec Neta et toi, l'autre jour.

— Cool, moi aussi.

— Je peux te raccompagner jusqu'à ta voiture ? demande-t-il alors qu'il m'emboîte déjà le pas.

Tous les autres marchent la tête basse et chuchotent.

— Pourquoi pas, dis-je, les sourcils froncés.

Mal à l'aise, je m'arrête au niveau de ma portière.

— Eh bien, merci, c'est gentil.

— Normal.

Il affiche toujours cet énorme sourire criard.

— Euh, oui, merci, répété-je bêtement en faisant mine de prendre place au volant.

Mais Rob ne s'éloigne pas. Au lieu de ça, il lance un regard à la ronde, en se dandinant d'un pied sur l'autre.

— Riley, finit-il par dire, est-ce que ça va ?

— Pourquoi cette question ? demandé-je, méfiante.

Il donne un coup de pied dans les graviers, puis, appuyé contre ma portière, me répond en prenant bien soin d'éviter mon regard.

— Tu as l'air différente, depuis quelque temps. Pas comme les autres, je veux dire, en ce moment. Mais, vraiment différente. Ne va pas flipper ou quoi, mais tu comptes pour moi. Je veille sur toi, de loin. Tu es un quelqu'un de chouette, une fille intelligente qui mérite qu'on la remarque, mais je vois bien que quelque chose ne va pas, Riley. Je voulais juste que tu saches que si je peux t'aider en quoi que ce soit, eh bien, je suis là, quoi, dit-il, le rouge aux joues.

Je me mords l'intérieur de la bouche pour retenir mes larmes. Quelqu'un s'en est rendu compte. Rob Samuels, celui auquel je m'attendais le moins, l'a remarqué.

Je le prends dans mes bras sur le parking, devant tous ceux qui sortent encore du lycée. Qu'ils pensent ce qu'ils veulent, je m'en moque.

J'en avais besoin.

— En quoi est-ce que ça te regarde ? demandé-je.

Même à mes propres oreilles, la question semble mesquine. Pourtant c'était loin d'être mon intention : je veux vraiment connaître la réponse. Ce n'est pas comme si j'avais mérité pareille attention, vu la façon dont je me suis comportée avec lui ces derniers temps. Et puis, après tout, mes parents eux-mêmes ne se préoccupent jamais de mes humeurs, alors pourquoi lui le ferait-il ?

— C'est comme ça, c'est tout.

Je l'observe avec attention, planté là, devant moi. Son encombrant sourire s'est atténué en une expression plus douce, agréable même. Peut-être devrais-je sortir avec quelqu'un après tout... Ça ne me ferait pas de mal. Surtout en ce moment. C'est d'ailleurs sans doute la meilleure solution pour être au-dessus de tout soupçon.

— Ça te dirait de venir à la maison ?

La question franchit mes lèvres avant même que mon esprit ne l'ait vraiment envisagée. Rob me dévisage, les yeux écarquillés et brillants – son énorme sourire a aussitôt refait surface.

— Oui.

Je le laisse me suivre en voiture et lui conseille de se garder dans la rue plutôt que dans l'allée. Quand il m'emboîte le pas à l'intérieur, je le conduis au sous-sol où nous attendent un grand écran et un vieux canapé d'angle, parfaits pour les films à rallonge et les longues soirées d'hiver.

— Je n'ai rien apporté à grignoter, s'excuse-t-il, l'air contrit, comme s'il avait commis une faute impardonnable.

— Pas grave, le rassuré-je. Je vais aller nous chercher quelque chose à la cuisine.

Mes parents ne sont pas là. J'espère que quand ils verront la voiture de Rob à leur retour, ils mettront cette incivilité sur le compte de l'un de nos voisins. Ils détestent qu'on se gare aussi près de la maison, mais je ne me sens pas encore prête à leur expliquer la présence de Rob. Je grimpe au rez-de-chaussée en toute hâte et attrape un paquet de pop-corn spécial régime de ma mère que je fourre dans le micro-ondes.

Je regarde la poche tourner derrière la vitre de l'appareil dont les vrombissements et les claquements m'indiquent que la plaque ne doit pas être positionnée comme il le faut.

Qu'est-ce que je fabrique ?

Pourquoi l'avoir invité ?

Le sachet se met à enfler, les grains de maïs éclatent. Je me force à me détourner de ce spectacle. Je suis une bonne hôtesse, n'est-ce pas ? Alors pourquoi n'en ai-je rien à faire ? Pourquoi la présence chez moi de ce garçon qui m'apprécie m'indiffère-t-elle au plus haut point ?

Je prends deux canettes de Coca-Cola dans le réfrigérateur, quelques serviettes en papier puis récupère le pop-corn avant de redescendre. Rob a quitté le canapé pour parcourir la collection de DVD de mes parents au pied de la télévision.

— *Die Hard 2* ou *N'oublie jamais* ? demande-t-il. Choix cornélien… qu'as-tu envie de regarder ?

Je hausse les épaules et vais pour ouvrir le sachet de pop-corn, mais la vapeur me brûle les doigts, si bien que le paquet m'échappe. Je souffle sur mes phalanges.

Rob se redresse et me prend la main.

— Laisse-moi faire, dit-il.

Il porte mes doigts à ses lèvres et prend le relais avec beaucoup de douceur, mais l'air qui s'échappe de ses lèvres est chaud. Son contact me paraît rugueux sur ma paume.

Non, ça ne va pas.

Rien de tout ceci ne me semble naturel.

D'instinct, je me dégage.

— Je vais les passer sous l'eau une seconde. Je te laisse choisir le film en attendant. Euh… un film d'action, peut-être.

Sans attendre de réponse, je file à la salle de bains dont je referme la porte derrière moi. C'était sans doute une très mauvaise idée. Je lui plais, je le sais, et moi, qu'est-ce que je fais ? Une fois de plus, je me sers de lui. Il faut au contraire que je le tienne à l'écart, parce que jamais je n'arriverai à me forcer à sortir avec lui.

Je passe mes doigts sous un filet d'eau froide même si la sensation de brûlure s'est déjà estompée et compte jusqu'à vingt. Puis je me sèche les mains avant de retourner dans le coin salon…

… Où commence le générique d'*Orgueil et Préjugés*.

— J'ai pensé que ça te ferait plaisir, lance Rob, penaud.

Avec un soupir, je m'installe à l'autre bout du canapé.

— Parfait.

Il va pour rapprocher un coussin, mais j'étends les jambes pour l'empêcher de s'asseoir à côté de moi.

— Tu veux du pop-corn ? propose-t-il.

Je me lève, en attrape une poignée ainsi qu'une canette de Coca avant de reprendre ma place.

— J'aime beaucoup ce film.

— Moi aussi, ajoute-t-il.

Mais, pour quelqu'un qui adore *Orgueil et Préjugés*, il passe bien plus de temps à me regarder moi que Keira Knightley.

Chapitre 33

Lutte

— Alors, toi et Rob ? roucoule ma mère. Il a bien changé mais il a toujours l'air aussi gentil ! Je ne comprends pas pourquoi tu ne l'as pas invité plus tôt.

Bien sûr qu'elle l'adore. Je n'aurais même pas eu à le lui représenter si celui-ci n'avait pas insisté pour rester ranger après le film, prétextant que nous avions laissé des miettes de pop-corn partout par terre.

— Le maïs, c'est galère à nettoyer, surtout sur la moquette, avait-il dit avant d'ouvrir tous les placards jusqu'à dénicher le nouvel appareil ménager sophistiqué que ma mère a acheté par le biais d'une émission de télé-achat.

Malgré mes protestations, Rob avait tout de même passé un coup d'aspirateur, plié les plaids, rangé les DVD dans leur boîte et fait tout ce qu'il n'avait clairement pas besoin de faire.

Bien sûr, ma mère avait fini par descendre au sous-sol pour voir ce que pouvait bien fabriquer sa fille à faire le ménage si tard le soir (ou même tout court d'ailleurs) et était tombée sur Rob, qui s'était répandu en politesses, à coups de « madame » par-ci, « madame » par-là. Ce qui avait aussitôt fait fondre son cœur de mère. Avant même que Rob ne quitte la maison, elle m'avait à coup sûr casée avec lui pour le bal de promo et l'envisageait sans doute déjà comme futur gendre.

Oui, Rob fait cet effet-là.

Je me souviens, au primaire, il se portait toujours volontaire pour aider les mamans à distribuer les parts de gâteaux pour les goûters de fête. À l'époque, c'était un petit garçon adorable, plutôt trapu, avec des cheveux blonds qui lui tombaient toujours devant les yeux. Peu importe qui fêtait son anniversaire, il me gardait toujours le cupcake avec le plus de glaçage.

Bien sûr, c'est aujourd'hui le genre d'adolescent un peu coincé mais bien sous tous rapports, que toute mère rêverait d'avoir pour gendre. Si je veux éviter de finir fiancée avant la fin de l'année, il va falloir que je trouve une solution.

En attendant, on est samedi et le chauffage ne fonctionne plus. Ce serait dû à des ouvriers qui, alors qu'ils procédaient à de gros travaux de rénovation sur la maison au bout de la rue, auraient accidentellement endommagé une conduite de gaz. Tout le quartier attend désormais que quelqu'un vienne réparer les dégâts. Du coup, ma mère a proposé qu'on prenne le petit-déjeuner tous ensemble dans le salon, emmitouflés dans des couvertures. Après avoir convaincu mon père de se mettre aux fourneaux pour nous préparer des gaufres, des œufs et du bacon, elle a appelé Ethan et nous voilà, confortablement installés sous un monceau de bouillottes et de plaids qui sentent un peu le renfermé. Dehors, le ciel se pare d'un bleu trompeur, trop clair pour un temps aussi inhabituel.

Même Esther nous a rejoints. Elle partage un fauteuil avec mon frère, son ventre rebondi dissimulé sous les couvertures. Une assiette calée entre eux deux, elle a la tête appuyée contre son épaule et lui sourit.

L'espace d'un instant, je me sens heureuse, là, à discuter avec ma famille et Esther en mangeant des gaufres arrosées de beurre fondu et de sirop, la télévision allumée en bruit de fond. À vrai dire, je ne me souviens pas de la dernière fois où je me suis sentie aussi bien.

— Il paraît que tu avais un invité hier soir, lance alors mon père.

— Robert Samuels, un garçon charmant, renchérit ma mère, rayonnante. Mais tu dois voir qui c'est, il était en primaire avec Riley ! Un très gentil garçon.

Gentil garçon. Fille sage…

Le couple parfait.

Au moment où mon père va pour répondre, il est interrompu par Ethan qui lui coupe la parole et, en se penchant, manque de bousculer Esther dans son élan. Il la rattrape au passage, elle s'accroche à son assiette, mais sa fourchette tombe sur le tapis.

— Tu veux bien monter le son ?

À l'écran, une jolie journaliste blonde tient en main une série de clichés. Sur l'un d'eux (notre dernière photo de classe), Alex, identifié dans le coin en haut à droite, porte un sweat orné d'un pin's « Lycée de Hartsville ». Rasé de près, il arbore un sourire policé et maîtrisé.

— … *possibles signes de lutte dans la résidence des Belrose. L'épouse du disparu a été convoquée au poste de police pour un interrogatoire, avant d'être libérée. L'inspecteur en charge du dossier prie toute personne pouvant avoir des informations sur cette affaire de se faire connaître dans les meilleurs délais.*

Noirci et vrillé, mon cœur me fait l'effet d'un morceau de papier auquel on aurait mis le feu.

Un sentiment étrangement familier…

Plus le temps passe et plus j'en suis convaincue : elle l'a tué. Dis comme ça, ça peut paraître absurde, mais j'en ai la certitude. Je le sens dans ma chair. Sauf que je ne risque pas d'aller voir la police pour leur annoncer : « Au fait, mon semblant de petit ami a sans doute été assassiné par sa femme. Ne me demandez pas comment je suis au courant, je le sais, c'est tout. »

L'a-t-elle tué à cause de moi ? Ou bien aurait-elle pété les plombs quand Alex a eu enfin le cran de lui demander le divorce ?

Vais-je moi aussi recevoir une convocation ?

— Et tes notes alors ? demande mon père. Maintenant qu'il a disparu, qui va t'aider à les faire remonter ?

— C'est vrai, ça, abonde ma mère, la main sur le cœur. Je n'y avais même pas pensé. On devrait peut-être appeler le lycée, non ? C'est quand même important, il comptait t'épauler.

J'aurais dû m'en douter… Alex manque à l'appel et tout ce qui inquiète mes parents, ce sont mes résultats.

Non qu'il puisse être mort, sans doute assassiné par la folle qui lui sert d'épouse.

— Euh… j'ai rendu plusieurs devoirs facultatifs pour me rattraper. Ça va aller.

Je me garde bien de préciser que les mauvais résultats en question n'étaient que du vent. Pour en être sûre, je suis même allée consulter le carnet de notes que le remplaçant, qui, au passage, est vraiment médiocre, m'a laissé consulter. Dire qu'il a gobé mon histoire selon laquelle je devais m'assurer que Belrose avait bien rentré une dissertation que je lui avais rendue avant sa disparition !

Alex n'a reporté aucune mauvaise note. Pas une seule.

Mais ça, je le savais déjà, de toute façon.

— Non mais c'est dingue, quand même, peste Ethan. Il a disparu depuis… quoi, une semaine et demie ? Et toujours rien ?

— Vous étiez encore en contact ? demande Esther qui lui passe la main dans les cheveux.

Ethan marmonne des propos incompréhensibles. Parce que la réponse est non. Il fait partie de ces gens qui s'accrochent à de vieilles connaissances en regrettant de ne pas les avoir appelés avant qu'elles ne disparaissent.

Le silence qui suit est pesant. J'entends mon père mâcher son bacon, qu'il aime craquant et brûlé.

— Rob est un mec bien, lancé-je soudain. Il est vraiment chouette.

— Tu comptes le revoir ? s'enquiert ma mère.

— Oui, confirmé-je, ça ne fait aucun doute.

Je bois une petite gorgée du café préparé par ma mère en guise de contribution. Très peu corsé, il mériterait d'être agrémenté d'un peu de sucre et de crème. J'ai soudain chaud. Trop chaud pour toutes ces couvertures, l'assiette de gaufres et le café. Je repousse le tout pour me diriger vers la cuisine.

— Où vas-tu, ma chérie ? demande ma mère, comme si j'allais m'enfoncer dehors dans le blizzard et non traverser une maison froide.

— Chercher du sucre.

Mais, au lieu de retourner aussitôt avec les autres, je m'attarde devant le placard. Le carrelage est glacé.

La police ne semble donc pas prendre Jacqueline au sérieux. Ce qui signifie que je vais sûrement devoir le faire moi-même.

Et si cette femme se révèle capable de tuer, pourquoi en serait-il autrement pour moi ? D'autant plus si Alex lui a parlé de moi.

Oh mon Dieu, faites qu'il n'en soit rien !

Je remue le sucre dans mon café en sautillant d'un pied sur l'autre sur le sol gelé quand, soudain, on sonne à la porte.

— J'y vais ! crié-je à l'attention des occupants du salon qui ne comptaient à priori pas quitter le confort de leurs couvertures.

Je me précipite sur le palier, non sans regretter de ne pas être montée chercher des chaussettes dans ma chambre. Sitôt atteint le tapis moelleux, je remue mes orteils engourdis, puis ouvre la porte dans l'espoir de découvrir le réparateur venu nous annoncer que le chauffage redémarrera sous peu.

Mais non.

Neta et Rob se tiennent sur le seuil.

Mon amie s'engouffre dans la maison sans même me dire bonjour.

— Tu as vu les infos ? lance-t-elle avant de baisser d'un ton. On est venus directement, vu que... oh punaise !

Je m'entoure de mes bras.

— Vous avez choisi la mauvaise maison, le chauffage est en panne.

— Ça ne fait rien, dit Rob avec un sourire.

— Nan, ça ne fait rien, raille Neta avec une grimace.

Toute à son imitation de Rob, elle m'adresse un clin d'œil forcé.

Je récupère les dernières couvertures poussiéreuses dans le placard sous l'escalier et les emmène au sous-sol, loin de la petite réunion de famille dans le salon. Je déniche aussi un vieux chauffage d'appoint que je branche aussitôt. Quand je me retourne, Neta s'est installée à un bout du canapé et Rob à l'autre.

Alors je m'assois entre les deux, sous la couverture la plus fine.

— On peut partager si tu veux, propose Rob en se rapprochant de moi.

— Ça va aller, merci.

Le radiateur se met en route dans un concert de cliquetis métalliques. J'espère qu'il ne va pas exploser. Ma mère est intarissable sur les histoires d'appareils électriques défectueux qui prennent feu et déclenchent un incendie dans lequel tout le monde meurt.

— Alors, vous pensez vraiment qu'il a été assassiné, vous ? demande Neta, l'air triste, les bras serrés autour d'elle. Je… Je n'arrive pas à y croire. Mais s'ils ont trouvé des signes de lutte…

— C'est étrange qu'ils ne découvrent ça que maintenant, non ? la coupé-je. Ça me paraît un peu gros.

— Parfois la police ne révèle pas ses informations tout de suite, intervient Rob qui remonte le plaid sur ses épaules.

J'allume la télévision sur une chaîne de musique pop afin de couvrir notre conversation. Je n'ai pas très envie que mes parents écoutent aux portes. Et comme ils semblent déjà adorer Rob, il est fort probable qu'ils essaient.

Il aura donc fallu qu'un garçon débarque dans ma vie pour qu'ils remarquent la présence de leur fille, découvrent en elle un être doué de sentiments et non un simple visage sur une photo, juste bonne à accrocher au mur. Avoir une enfant parfaite qui croule sous les récompenses et collectionne des bourses pour assurer son avenir et remplir son compte en banque bloqué ne leur suffisait apparemment pas. Mais un copain et quelques mauvaises notes plus tard et ils daignent m'accorder un regard.

C'est étrange de voir qu'être admise dans les plus grandes universités n'était pas suffisant à leurs yeux… En y réfléchissant bien, c'est d'ailleurs un peu le même problème avec mes amies. Je ne comprends pas leur obsession pour les garçons, cette nécessité de les placer systématiquement au centre de la conversation : comment faire pour attirer leur regard, comment réagir quand un contact physique est établi, comment rectifier le tir s'ils ne s'intéressent pas à toi (car ça vient forcément de toi)...

Au final, c'est tout ce qui compte. Que serions-nous sans la validation de la gent masculine ?

Il n'y a qu'à voir ce que j'obtiens avec Rob à mon bras.

Approbation. Attention... Tout ce dont j'ai toujours rêvé.

Comme c'est curieux !

Ethan avait donc raison.

— Pourquoi ne rien dévoiler ? reprend Neta. Ça n'a aucun sens. Rien ne fait sens, d'ailleurs. Pourquoi voudrait-on tuer M. Belrose ? C'est l'homme parfait !

— Peut-être sélectionnent-ils les renseignements qu'ils rendent publics ? Comme ça, si une personne se pointe avec une information qu'ils n'avaient pas révélée, ça voudrait dire qu'elle est impliquée dans le crime, tu comprends ?

Logique.

Ce qui signifie que je ne peux rien leur dire sur Jacqueline.

Absolument rien.

— S'il y a bien eu crime, remarqué-je. Qu'est-ce qui te fait croire que c'est un meurtre ? C'est possible que ce soit un accident, après tout. Ou alors il a pété un câble. Ou quitté sa femme, tout simplement.

— Je suis certain que la police envisage toutes ces possibilités. Mais ils doivent aussi prendre en compte les faits.

La main de Rob apparaît soudain de sous les couvertures pour se poser sur ma cuisse, qu'il se met à caresser.

— Ils n'ont retrouvé aucune trace de lui, poursuit-il. D'habitude, c'est le signe que… qu'il s'est passé un truc grave. Plus le temps passe et plus il y a de chance pour qu'il soit mort.

Je déglutis avec peine. Je voudrais m'écarter de lui. Le repousser. Être ailleurs, n'importe où plutôt qu'ici. Ma couverture est trop fine pour pouvoir m'empêcher de sentir la pression de ses doigts. J'ai l'impression d'avoir la peau engourdie, sale.

— Mais c'est de M. Belrose dont on parle ! insiste Neta. Il est… c'est juste… impossible.

Je ne quitte pas des yeux la main de Rob…

— Je suis d'accord, acquiescé-je. Il doit s'être perdu quelque part.

… qui continue à se mouvoir le long de ma cuisse.

Je le hais.

Je l'utilise. Je me déteste. Il faut que je mette fin à cette histoire. Tout de suite. Que j'arrête de participer aux ragots sur la mort potentielle d'Alex, que je tienne Rob à distance et qu'il cesse de me toucher.

Encore un peu et je vais me mettre à hurler.

Neta étend les jambes sur le canapé.

— Comment fais-tu pour en savoir aussi long, Rob ?

— Accro à *New York : Police judiciaire*. Je suis un expert sur la question.

Je me lève brusquement, la main de Rob retombe sur le côté.

— Je vais à la cuisine, vous voulez quelque chose ? Un truc à boire ? Du café ?

— Je m'en charge, répond aussitôt Rob en se redressant d'un bond. Riley, un Coca ?

— Plutôt une boisson chaude. Un cappuccino, par exemple, suggéré-je, consciente que la machine, éteinte, prendra dix bonnes minutes au moins à se mettre en route.

— Moi aussi, renchérit Neta.

Alors que Rob court au rez-de-chaussée, mon amie me jette un regard interrogateur. Elle sent bien mon manque d'enthousiasme.

— Allez, Riley… dit-elle. Laisse-lui une chance. Il est littéralement parfait. Et il te faut un mec bien !

Je la dévisage. Mais bien sûr… Les femmes ont besoin des hommes, c'est bien connu.

« Un mec bien. »

— Tu n'as pas tort.

La vie est étrange.

Chapitre 34

Brownies

Il est vrai que je n'attendais pas grand-chose de ma participation à mon programme de rencontre entre lycéens et personnes âgées. Mais forcé de reconnaître que Mme Glenda m'a transmis la recette de brownies parfaite. Sa filleule, Dana, rêvait de mettre la main sur ce secret de famille jalousement gardé, sauf que Glenda trouvait Dana mesquine et a préféré la léguer à quelqu'un qui saurait l'apprécier à sa juste valeur. Qui suis-je pour négliger les dernières volontés d'une vieille femme ? Glenda disait qu'un jour ou l'autre, j'aurais besoin de savoir préparer un bon plat de brownies. Il faut croire qu'elle avait raison… Même s'il est vrai que je ne pensais pas en faire un jour pour la potentielle veuve de mon ex-petit ami.

Après tout, apporter de la nourriture à la famille fait partie des rituels quand survient un deuil. La dernière fois, quand je me suis rendue chez la voisine après le décès de son époux, tout le monde avait préparé pour elle plus de tourtes et de plats qu'elle n'aurait jamais pu en manger. Mes parents, eux, avaient fait des pancakes accompagnés de crème fouettée.

Je remue la pâte, fais la vaisselle, la range puis sors les brownies du four avant que mes parents ne rentrent du travail et me demandent ce que je mijote. Je me mets ensuite en route pour la maison la moins joyeuse qui soit.

Une bâtisse plutôt familière.

Celle des Belrose.

Non seulement, j'ai du gâteau et mon sourire d'élève modèle le plus convaincant, mais j'ai aussi un plan.

J'ai longuement hésité avant de me décider mais je ne supporte plus d'attendre. D'autant qu'à chaque minute qui passe, j'ai peur de voir la police débarquer, guidée jusqu'à moi par mon ADN. Alors, malgré les milliers de raisons qui devraient me convaincre du contraire, je passe à l'action.

Je porte un petit polo à manches longues vert impeccable, avec une poche cousue sur le torse, une jupe plissée qui tombe juste au-dessous du genou et mon badge de la *National Honor Society*. Mes cheveux, lissés en arrière, sont attachés en une queue de cheval et agrémentés d'un ruban rose foncé que j'ai noué en un nœud parfait dont les pans retombent de chaque côté de ma tête. Impossible de me prendre pour une débauchée lorsque je sonne à la porte avec mon plat de brownies dans les mains. Je sais que Jacqueline est chez elle, car sa voiture à la carrosserie atrocement voyante est garée le long du trottoir.

Pendant une poignée de secondes, aucun bruit ne me parvient de l'intérieur, puis je perçois de petits pas discrets qui se dirigent vers la porte… laquelle s'ouvre sur la femme d'Alex, maquillée à la perfection, resplendissante dans une robe noire légère. Un borsalino de même couleur est perché au sommet de sa tête et elle a enfilé de délicates mitaines. On dirait qu'elle attendait le photographe pour immortaliser son portrait de veuve sexy et éplorée.

Comme si tout était déjà prévu.

— Si c'est pour les scouts je n'en veux pas, dit-elle, abrupte, en commençant à refermer la porte.

— En réalité, je viens de la part de la classe de français renforcé de M. Belrose, lancé-je d'une voix enjouée. Nous voulions juste passer prendre de vos nouvelles et vous apporter ceci.

Je lui tends le plat recouvert d'une feuille d'aluminium.

— Qu'est-ce que c'est ? demande-t-elle, le nez plissé comme si je cherchais à l'empoisonner.

Ce qui ne serait d'ailleurs pas une si mauvaise idée…

— Des brownies faits maison. Je les ai préparés moi-même. Nous sommes très inquiets pour vous, madame. Je n'imagine même pas l'épreuve que vous devez traverser en ce moment.

Elle me lance un long regard pensif, puis entrouvre la porte.

— Bon, très bien, entre.

Je ravale un sourire.

Parfait.

Si les policiers trouvent mon ADN dans la maison des Belrose et qu'ils remontent jusqu'à moi, j'aurai une explication à fournir. Même s'il ne s'agit que d'apporter des gâteaux à une fausse veuve qui n'a pas l'air d'avoir versé une seule larme.

Et si je parviens à mener ma propre enquête au passage… tant mieux.

Je m'assois d'abord sur le canapé, mes brownies sur les genoux.

— Voulez-vous que je les dépose à la cuisine, ils sont encore chauds. Euh… c'est par où ?

Car, bien entendu, je ne suis jamais venue.

— Là-bas, dit-elle, le doigt pointé vers le couloir qui mène à la petite pièce colorée. Laisse-les sur la table.

J'obéis à la lettre.

— Ils ne contiennent pas de cacahuètes ou d'arachides, au moins ? Si je demande, c'est que je suis terriblement allergique. Sans exagérer, je pourrais en mourir, explique Jacqueline, la main à sa gorge.

Elle s'exprime avec un accent incongru – sans doute teinté d'un léger français, il est vrai –, ce qui est néanmoins ridicule puisque je sais qu'elle vient d'une petite ville du Texas.

— Non, réponds-je.

Hélas ! Je garde l'information en mémoire : Jacqueline souffre d'une grave allergie alimentaire… Intéressant.

Je me rassois sur le canapé avant de croiser les jambes.

— Comment allez-vous, madame ? demandé-je, les sourcils froncés pour feindre l'inquiétude.

Je joue le jeu.

Elle aussi.

Elle essuie une larme inexistante.

— C'est tellement difficile... Euh, comment t'appelles-tu déjà ?

— Riley.

J'observe son expression avec attention, mais rien n'indique qu'elle me reconnaît. Elle ne lève même pas un sourcil.

Il ne lui a donc rien dit. Et s'il a parlé d'une possible séparation, il n'en a pas évoqué la raison.

— Je suis major de promotion, continué-je, soucieuse de justifier ma présence chez elle et le fait que ce soit moi qui représente ma classe, et très douée en français.

— Tant mieux pour toi, ma chérie, dit-elle.

Elle tend le bras pour me tapoter le poignet d'une main raide. Se comporte-t-elle de manière toujours aussi excentrique ?

Nous gardons le silence un moment, pendant lequel je regarde par la baie vitrée en essayant de ne pas repenser à toutes les fois où j'ai contemplé la rue par cette même fenêtre, à qui se tenait près de moi et à quel point je me sentais mieux alors.

— Y a-t-il quoi que ce soit... Avez-vous eu des nouvelles, eu connaissance de nouveaux éléments ? demandé-je. Nous sommes tellement inquiets, je ne peux pas m'empêcher de vous poser la question.

Elle me sourit sans dévoiler ses dents.

— Ce n'est pas pour rien que je porte du noir, ma chérie.

— Pardon ?

Elle bat des cils comme si elle cherchait à refouler des larmes qui n'existent pas.

— Une épouse sait lorsqu'elle devient veuve. Ne te méprends pas, mon mari est bel et bien mort. Je ne sais ni comment ni pourquoi, mais l'autre moitié de mon cœur a cessé de battre. Je le sens au fond de moi, dit-elle, une main osseuse posée sur sa poitrine. Il est parti.

— Comment pouvez-vous en être aussi certaine ?

— Tu comprendras quand tu seras amoureuse, Rayna, me lance-t-elle, le regard perçant. (Elle a déjà oublié mon prénom.) Il est mort, il m'a quittée et il me faut maintenant vivre avec. Il serait d'ailleurs temps que tout le monde l'accepte. Aucune battue ne servira plus à rien. Mon amour est mort. Oui, mort…

Je la dévisage. Elle est folle. Ses propos tiennent presque de la confession. Il faut qu'elle soit bien sûre du décès de son mari pour le clamer ainsi haut et fort. Or, qui de mieux placer pour connaître la vérité que la meurtrière elle-même ?

Je ne comprends pas… Pourquoi la police ne l'arrête-t-elle pas ?

— Mais… comment le savez-vous ?

— J'ai un don pour ce genre de choses, ma chère. Et il ne fait guère bon poser trop de questions. (Elle se penche vers moi.) Merci pour les douceurs, ma belle, mais il est temps pour toi de partir à présent.

Des prémonitions, maintenant. Ben voyons ! Son instinct… Comment peut-elle y voir une explication suffisante pour abandonner son mari si elle ne l'a pas assassiné de sang-froid ?

Je me lève.

— Eh bien, si vous avez besoin de quoi que ce soit, n'hésitez pas à me le faire savoir.

Elle me prend la main. Sa peau, froide et parcheminée, me fait penser à celle d'une vieille femme.

— Merci pour ta gentillesse, dit-elle. Personne d'autre ne se préoccupe de mon sort.

— J'espère que vous vous trompez, réponds-je avec un semblant de sourire.

— Hélas non.

Je prends congé aussi vite que je le peux.

Elle a raison, bien sûr. Elle est bien placée pour savoir si Belrose est mort ou non… Étant donné que je suis prête à parier qu'elle a son sang sur les mains.

D'un battement de paupières, je refoule mes larmes. Pourquoi personne n'est-il suffisamment lucide pour se rendre compte de ce qu'elle lui a fait ? Comment se fait-il que la police ne comprenne pas que c'est elle qui l'a tué ? Pourquoi suis-je la seule à le voir ?

Sitôt garée devant la maison, je remarque que mes parents sont là… ainsi que Rob.

Rob Samuels.

Qui m'attend dans la cuisine en leur compagnie et discute avec eux de Dieu sait quoi. Mes parents sont tout sourire, comme si je devais me réjouir que Rob soit passé à l'improviste, qu'il m'étouffe et ne me laisse jamais une seule seconde de répit.

— Regarde qui est là ! s'écrie ma mère.

Un verre de vin à la main, elle s'appuie contre le plan de travail. Mon père m'adresse un petit signe.

— Salut, dis-je.

— Salut, Riley ! lance Rob en se levant aussitôt. Surprise !

Et là, au vu de tous, il me passe un bras autour des épaules, comme si je lui appartenais.

Nous sommes donc un « nous ».

Une entité.

Ainsi, notre relation est assez sérieuse pour qu'il se permette de me montrer son affection devant ma famille.

J'en ai la nausée.

Il se penche pour déposer un baiser sur mon front.

— Tout va bien ? me chuchote-t-il à l'oreille.

Il est doué pour remarquer ce genre de choses.

Pourquoi faut-il qu'il soit toujours aussi perspicace ?

Je secoue la tête.

Non. Ça ne va pas.

— Hmm… oui, oui.

Nous abandonnons mon père et ma mère dans la cuisine pour monter dans ma chambre, où Rob, les mains posées sur mes hanches, m'attire dans ses bras.

— Qu'est-ce qu'il y a ?

Je fixe le ciel, par la fenêtre ouverte. Le soleil se couche au-dessus des rues qui plongent peu à peu dans les ténèbres.

— Ce n'est rien, juste un peu de stress, murmuré-je.

— Tu veux que je t'arrange ça ? me demande-t-il.

J'aimerais lui dire qu'il ne peut pas débarquer ainsi sans prévenir. Que je ne tolère pas qu'il fasse ami-ami avec mes parents sans ma permission et que se rapprocher de Neta pour m'atteindre ne risque pas de fonctionner avec moi.

Mais j'ai besoin de lui. Alors, je vais faire en sorte que ça fonctionne. Je le laisse m'étreindre et tout ce que je remarque, c'est que je ne lui arrive pas juste sous le menton. Pas comme avec Alex.

Je suis mal à l'aise, j'ai froid, et pour une raison que je ne m'explique pas, je sens comme une présence. Là, dans la pièce. J'ai l'impression que quelqu'un nous observe.

— Est-ce que je peux t'embrasser ?

Je lève la tête vers lui en guise de réponse, mais au moment où il approche son visage du mien, je m'écarte.

— Tu crois vraiment que c'est une bonne idée d'échanger notre premier baiser alors que je suis dans cet état ? prétexté-je, le visage enfoui dans le tissu bleu de son pull à torsades.

— Tu as raison, ma chérie. On peut bien attendre un peu.

Il me serre davantage contre lui et j'ai l'impression de mourir en cet instant. Je ne me souviens pas l'avoir autorisé à me donner ce surnom. Ni lui avoir permis de me toucher. Je ne devrais pas me trouver dans ses bras. Ce n'est pas bien.

Mon regard se porte de nouveau vers la fenêtre.

— Tu es quelqu'un de bien, Rob, murmuré-je.

Même si c'est la vérité, je n'en pense pas un mot.

Ce qu'il faut savoir sur Riley Stone :

- En maternelle, Riley s'est attiré des ennuis à force d'embrasser trop de garçons dans la cour de l'école, si bien que son institutrice l'a menacée de lui scotcher les lèvres. Bien entendu, pour Riley aucun de ces baisers ne compte vraiment, car 1) c'est la honte et 2) elle était en maternelle.
- Après leur avoir donné un baiser, Riley faisait tomber les garçons en question. Brutalement. Pourtant, elle n'a jamais été réprimandée pour les avoir poussés, car ceux qu'elle avait embrassés ne voulaient jamais admettre qu'une fille leur avait fait mal. Riley ne s'est pas privée d'utiliser leur sexisme à son avantage.
- Riley a arrêté le mannequinat à l'âge de quinze ans, après avoir terminé seconde au concours de beauté local qu'elle avait pourtant remporté tous les ans depuis l'âge de quatre ans. Cette année-là, une nouvelle juge, une certaine Melle Brown, avait attribué de mauvaises notes à Riley dans toutes les catégories.
- Kolbie a remporté la première place.
- Après que Riley a abandonné sa carrière de mannequin, elle a pris part à la collecte de fonds menée par l'association historique de préservation du patrimoine de la ville, qui avait lieu à la même date que le concours. L'année où Riley les a rejoints, l'association a loué pour son événement la salle

où se déroulait d'ordinaire le concours de beauté, qui a dû être annulé cette fois-là. Kolbie, qui entre-temps avait déjà signé un contrat avec une agence new-yorkaise, n'a pas considéré cet incident comme un affront.

Chapitre 35

Voiture

Bon nombre de génies étaient insomniaques : Groucho Marx, Vincent Van Gogh, Thomas Edison… Je suis en bonne compagnie.

Les gens intelligents ont sans doute du mal à arrêter de penser.

Peu importe que cogiter soit devenu un sacré problème depuis la disparition d'Alex. Peu importe que je connaisse à présent chaque fissure, chaque imperfection de mon plafond et que trop réfléchir me rende peu à peu folle. Peut-être devrais-je prendre du Lexomil. Le pharmacien l'a conseillé à ma mère pour la tranquilliser pendant les voyages en avion, en remplacement des somnifères.

Mon téléphone émet un tintement discret.

Je roule sur le côté, entraînant avec moi mes draps déjà emmêlés.

Un nouveau message…

… de la part d'Alex.

Mon cœur menace de voler en éclats. Il est en vie… Alex Belrose est en vie !

Sauf si quelqu'un se fait passer pour lui.

Je déverrouille mon portable, et je n'ai pas rêvé, le texto est bien là : j'ai reçu un message de sa part. Je sens que c'est vraiment lui. Je le sais.

Rejoins-moi à minuit sur les falaises près de Porter Lane.

Il veut me voir. Il me donne rendez-vous aux falaises de Porter Lane.

Plutôt logique… Tout le monde connaît cet endroit. Trois ans plus tôt, c'est là que Paul Billson, le directeur des pompes funèbres de la ville, a quitté la route, ivre mort. Sa voiture a filé tout droit vers les falaises, mais la glissière de sécurité lui a sauvé la vie. Le lendemain matin, la police l'a retrouvé endormi dans son véhicule, une roue dans le vide, prêt à effectuer un plongeon d'une centaine de mètres dans la rivière.

La rambarde, endommagée par l'accident, a été retirée mais jamais remplacée. Les gens du coin, effrayés par cette histoire, évitent désormais les lieux.

Ce qui explique le choix d'Alex.

Je regarde l'heure.

23 h 46. Il faut que je me dépêche.

J'enfile à la hâte un sweat à capuche, un jean et des baskets, puis j'ouvre la fenêtre. Une fois grimpée sur le rebord, je saute par-dessus les parterres de ma mère qui longent la maison. Je me faufile ensuite entre les fleurs pour retourner fermer la fenêtre en silence. Si je la laissais entrebaillée, le chauffage se déclencherait plus fort qu'à l'ordinaire, ce qui risquerait de réveiller mes parents.

Je passe la marche arrière sans faire démarrer ma voiture, la pousse hors de l'allée, et, sitôt dans la rue, je mets le contact avant de filer sans demander mon reste.

Aucune lumière ne s'allume dans mon rétroviseur.

Je m'autorise enfin à respirer : mon souffle dessine un nuage de buée sur le pare-brise. L'air nocturne est glacé. C'est un froid mordant qui s'installe jusqu'aux tréfonds de la terre par ces nuits silencieuses, où tout oiseau ou animal se réfugie dans son nid ou sa tanière. Pas un souffle de vent, pas même une brise… C'est d'ailleurs le silence, plus que la température, qui me donne des frissons.

Je monte le chauffage, puis allume l'autoradio. Pendant quelques secondes cependant, il ne diffuse que des grésillements. L'appareil finit par tomber sur une petite station de blues, comme s'il n'arrivait pas à capter d'autres fréquences. Puis tout revient à la normale et une radio pop se met à beugler du Taylor Swift.

Je m'empresse de baisser le son. Ma peau est parcourue de picotements et de frissons étranges.

Quelque chose ne tourne pas rond, je le sens.

Rien de surprenant, cela dit. Je viens quand même de me glisser hors de chez moi en plein milieu de la nuit pour aller retrouver mon professeur porté disparu (et présumé mort).

Une fois sortie de la ville, je m'engage sur les chemins de terre qui mènent à Porter Lane. Malgré la musique, j'entends le gravier crisser sous les roues et heurter le véhicule à mesure que j'approche de ma destination.

Je vais voir Alex.

Je vais enfin le revoir…

Le sang bouillonne dans mes veines.

Au moment où je bifurque vers Porter Lane, là, dans la lumière de mes phares, se dessine une grande silhouette solitaire, au milieu des hautes herbes dont le gel n'est pas encore venu à bout.

Alex.

J'écrase la pédale de frein : ma voiture s'arrête net. Le voilà. Après tout ce temps, il est là. Il semble toujours être le même, n'est ni blessé, ni perdu je ne sais où. Je bondis hors de mon véhicule sans même couper le moteur ni mes phares avant de me figer à seulement quelques pas de lui pour le dévisager. Car oui, c'est bien lui. Il est là, devant moi, et nous voilà réunis, rien que nous deux, après tout ce temps. Et il va bien.

— Alex, murmuré-je.

Après tant de jours hantés par l'incertitude, je savoure de sentir son prénom rouler de nouveau sous ma langue. Il me prend alors dans ses bras et, nos corps serrés l'un contre l'autre, me donne un baiser, long et passionné. C'est bon, tellement bon… Comme si toutes les inquiétudes et la souffrance de ces deux dernières semaines s'évanouissaient d'un seul coup, comme si nous n'avions jamais été séparés. Et je suis heureuse, tout simplement. Il va bien. Alex va bien. Moi-même, je vais bien. Il est revenu… Jacqueline ne l'a pas tué.

— Que s'est-il passé ? soufflé-je à son oreille.

Je prends alors conscience que je tremble comme une feuille. Mon corps me paraît étranger. Chacun de mes membres est tendu, douloureux.

Lorsqu'il s'écarte de moi, la lumière de la lune donne à ses traits harmonieux des reliefs incongrus et acérés que je ne lui reconnais pas.

— On va pouvoir être ensemble, chuchote-t-il d'une voix grave et écorchée. On va enfin pouvoir construire notre vie à deux.

Mon pouls s'accélère.

— Comment ça ?

— Fais-moi confiance, me dit-il.

Non, me hurle aussitôt mon instinct. Pourtant, c'est bien sous mon impulsion que nos doigts s'entrelacent et qu'il m'embrasse de nouveau. Oh mon Dieu, comme il m'a manqué… L'espace d'une seconde, j'ai le sentiment que ma vie reprend son cours, mais ce n'est pas le cas. Loin de là.

Les yeux rivés au sol et les mains sur son torse, je me dégage de son étreinte – les siennes reposent sur ma taille.

— Viens avec moi, me supplie-t-il. Partons, fuyons tous les deux. On repartira de zéro. Une fois que tu seras majeure, on pourra se marier, fonder une famille… On oubliera cette ville absurde et tous ces gens horribles. Il n'y aura que nous, pour toujours.

Je le dévisage. Croit-il vraiment que c'est ce que je désire ? Une famille ? Des enfants ? Tirer un trait sur tout ce pour quoi j'ai travaillé si dur ? Tout abandonner pour lui ? Jamais je n'aurais pris autant de précautions pour garder le secret sur notre relation si j'étais prête à tout foutre en l'air ! Ne comprend-il pas que je veux aller à l'université ? Rafler les récompenses que j'ai gagnées ? Que je mérite ?

Me connaît-il si mal ?

Je recule d'un pas. Je fixe l'homme qui se tient devant moi et me supplie, les mains écartées.

— Alex, je suis désolée. J'ai fait beaucoup d'effort et de sacrifices pour en arriver là. Je ne peux pas fuir ainsi mes responsabilités.

— Je croyais aussi être maître de ma vie et regarde où ça m'a mené : j'ai une épouse qui me trompe et m'abandonne à mon sort de longues périodes durant, une femme qui aime plus son stupide club d'œnologie que moi. Mon salaire ne suffit même pas à couvrir le loyer et les factures. Je ne peux plus vivre comme ça… Riley, je t'en prie. Viens avec moi, je t'en supplie. Je t'aime. Grand Dieu, comme je t'aime !

— Moi aussi, Alex, mais la réponse est non.

Il me tire soudain par le bras et m'entraîne loin de ma voiture qui tourne toujours, portière grande ouverte et feux allumés.

— Laisse-moi te montrer quelque chose, murmure-t-il. Te donner un aperçu de ce qui nous attend. Ainsi, tu verras que je tiens mes engagements.

— Tu permets que je coupe le moteur au moins ? demandé-je.

— Ça ne prendra pas longtemps, répond-il. Je te le promets. Ensuite nous partirons.

Je jette un regard par-dessus mon épaule vers mon véhicule, mais le suis à contrecœur loin de la lumière des phares, là où seule la lune nous éclaire.

— Où est-ce que tu m'emmènes ?

— Tu ne vas pas tarder à comprendre, promet-il en accélérant le pas.

Main dans la main, il m'entraîne à sa suite. Le froid s'immisce à travers mon jean jusque dans mes os. Qu'est-ce qu'il fabrique ? Où était-il depuis tout ce temps ? Aurait-il perdu l'esprit ?

Il sourit. De toutes ses dents, comme s'il savait quelque chose que j'ignore, un détail qui m'aurait échappé depuis le début et qu'il s'apprêterait à me dévoiler. Sauf que je ne joue plus. Je ne devrais pas me trouver là et je le sais. Mais je ne peux pas, je ne veux pas le quitter. Pas alors que je viens tout juste de le retrouver.

— Que se passe-t-il, Alex ?

J'essaie de paraître calme. Je suis soulagée qu'il aille bien, vraiment heureuse, même. Mais je sens aussi comme une étrange vibration au creux de ma poitrine, qui me remonte peu à peu le long de la colonne vertébrale. J'ai l'impression d'être dans un film d'horreur : je voudrais hurler à la fille à l'écran de s'arrêter, de faire demi-tour… et pour l'amour du ciel, de ne surtout pas regarder ce qui l'attend au prochain tournant.

Mais je n'en fais rien.

Alex m'effleure l'épaule.

— J'ai une surprise pour toi, Riley, dit-il. Voilà pourquoi je suis parti.

— Où ça ?

Ma voix reste neutre, comme lors d'une conversation des plus banales. Comme si nous discutions de lasagnes, de cookies, de poésie ou du fait que je ne me donnerai pas à lui.

Mais je sens la folie poindre en moi. Oui, en mon for intérieur, c'est tout mon être qui hurle.

— J'ai tout préparé.

— Comment ça ? demandé-je, incrédule.

— Encore un peu de patience…

Le sol est dur sous nos pieds, l'air froid, chargé de poussière. La terre réclame davantage d'humidité, mais il n'a pas plu depuis des semaines – hormis une averse ridicule de quelques minutes un jour de la semaine dernière.

— Là, finit par dire Alex.

Au départ, je ne vois rien. Puis je distingue une forme massive et allongée dans l'obscurité. La lune se reflète sur des vitres… c'est une voiture, noire, rouillée au niveau des passages de roues. À mesure que nous approchons, je me rends compte qu'elle semble agitée de légers soubresauts.

Ou plutôt, elle oscille dangereusement au bord de la falaise.

Tout sourire, Alex se tourne vers moi. Il plonge la main dans sa poche, d'où il tire une petite lampe torche, qu'il allume avant de me la tendre.

— Je t'avais dit que ça valait le détour.

— De quoi tu parles ? demandé-je.

Mais dans le fond, j'ai peur d'entendre la réponse.

— Viens, me dit-il.

Ensemble, nous avançons de quelques pas. Je jette un coup d'œil en arrière vers les faisceaux des phares de mon véhicule qui m'attend imperturbablement, la portière ouverte.

Je reporte mon attention sur la voiture noire, toujours secouée de convulsions dans les ténèbres.

Lorsque je m'approche, j'en comprends tout à coup la raison.

Il y a des occupants à l'intérieur… qui se débattent.

Que… qu'est-ce qui se passe ?

— Alex…

D'un signe du doigt, il me fait signe d'attendre.

Une fois devant le véhicule, il ouvre la portière avec un grincement sonore et l'odeur familière de l'essence vient me chatouiller les narines.

Alex me prend alors la lampe des mains pour éclairer l'habitacle, où, clignant des yeux pour se protéger de la lumière brutale, Jacqueline Belrose et Rob Samuels luttent pour tenter de se libérer de la corde qui les emprisonne et d'en défaire les solides nœuds.

Mon Dieu…

Assise sur le siège passager, Jacqueline est attachée au volant. Bâillonnée, un hématome ensanglanté sur le front, elle émet de petits couinements. Comme si elle essayait de hurler derrière son bandeau.

Les yeux fous et écarquillés, Rob me regarde en secouant la tête d'avant en arrière comme un animal sauvage. Il semble avoir mal. Alex a déjà dû le blesser gravement, mais je n'arrive pas à savoir où. Je ne distingue ni bleu, ni sang, pourtant il est évident que ça ne va pas. Vraiment pas.

Il faut que je les sorte de là.

Ce n'est pas vrai, c'est un cauchemar… je ne vais pas tarder à me réveiller, il le faut ! Mais j'ai beau cligner des yeux, rien n'y fait. Je dois me rendre à l'évidence : Jacqueline n'était pas la plus folle des deux, après tout. Peut-être était-ce Alex, et ce depuis le début.

Ne pouvait-il pas attendre, essayer de faire les choses bien ? Non… il fallait qu'il vire psychopathe et séquestre des gens dans une voiture perchée au bord d'un précipice. Mon Dieu, qu'ai-je fait ? Qu'a-t-il fait ?

J'ai les jambes qui flageolent et comme une envie de vomir. Mais je ne peux pas me le permettre. Non. Il faut que je garde mon calme.

— Qu… qu'est-ce que c'est que ça, Alex ? Qu'est-ce que tu fabriques ?

— Enfin, Riley, c'est bien toi qui voulais que je divorce pour qu'on puisse enfin être ensemble, non ? Sauf que Jacqueline ne m'aurait jamais laissé partir. Elle serait restée désespérément accrochée à moi ! Elle ne nous aurait laissé aucun répit, elle aurait fait de notre vie un enfer… Si elle meurt, en revanche, elle ne nous posera plus aucun problème.

Sa tirade est ponctuée d'éclats de rire déments.

Est-ce donc là le véritable visage d'Alex ? Un monstre doublé d'un fou… Comment ai-je pu me voiler la face aussi longtemps ?

— Alors la tuer dans un accident de voiture, c'est ça la solution ? Tu ne crois pas que ça aura l'air un peu louche ? souligné-je d'une voix faible. Que les enquêteurs penseront tout de suite à un meurtre ?

— Je ne serai plus là. Et puis, qui irait me soupçonner ? Tout le monde me croit déjà mort, de toute façon !

— Mais pourquoi Rob ? Que t'a-t-il fait ? enchaîné-je pour essayer de gagner du temps, enrayer le cours trop incertain des événements.

Certes, je reconnais que je ne l'apprécie pas plus que ça et qu'il s'est montré beaucoup trop tactile avec moi à mon goût ces derniers temps… mais de là à me débarrasser vraiment de lui ?

L'expression d'Alex s'assombrit. Soudain, je ne le reconnais plus.

— Je vous ai vus ensemble.

Et ça a suffi.

— Ce n'était rien, je t'assure. J'essayais simplement de couvrir mes arrières… Il fallait que personne ne puisse avoir de soupçons sur notre relation, tu comprends ? Je t'en prie… Tu ne trouves pas ça un peu exagéré ? (Je m'interromps quelques secondes, le temps d'agripper la manche de sa veste.) Inutile d'aller jusque-là, Alex. Rien ne te servira de les tuer.

Les paupières papillonnantes, celui-ci me regarde.

— Si c'est moi tout seul ? Non, c'est vrai. (Il plonge la main dans sa poche puis me lance une petite boîte.) C'est quelque chose que nous devons faire ensemble.

De la boîte, je tire une allumette d'une main tremblante.

— Tu veux que je devienne ta complice ? C'est ça ? Que je participe à leur meurtre avec toi ?

Il hoche la tête. Ses yeux verts semblent presque noirs dans les profondeurs de la nuit.

— Exact. C'est ce qui nous liera. Pas notre sang, dit-il, une paume sur le cœur. Mais le leur.

Je fais tourner l'objet du crime à venir entre mes doigts en m'efforçant de ne pas regarder Rob qui se débat toujours dans la voiture ni Jacqueline, le cou tendu vers moi, dont les yeux exorbités semblent hurler en silence tout ce qu'elle ne peut pas exprimer. Je repense à toutes les fois où j'ai souhaité la mort de cette femme. À toutes les fois où j'ai même commencé à fomenter des plans pour parvenir à mes fins.

Et voilà qu'Alex me l'offre sur un plateau, dans une voiture défoncée.

Ma main continue à trembler – de peur, de douleur, de froid.

Il est fou… Alex Belrose, mon premier et unique amour, est fou à lier. Il n'y a plus aucun doute possible.

— Je me débarrasserai de Jacqueline pour toujours si tu en fais de même avec Rob, supplie Alex.

Il arbore toujours le même sourire dément, étrange et agité de tics. Quelque chose en lui s'est brisé.

Et moi, je ne peux plus reculer.

— À ce propos… commencé-je.

Je lance alors la boîte d'allumettes par-dessus la falaise dans la rivière en contrebas.

— Tu as perdu la tête, crié-je. J'ai encore les photos qui le prouvent ! Je te préviens, je vais dire à tout le monde ce que tu m'as fait… Comment tu t'es servi de ton statut de professeur pour me mettre de mauvaises notes et faire pression sur moi en alertant mes parents, par exemple. Si tu tues Rob et Jacqueline, je montrerai à tous à quel point tu es taré, Alex Belrose. Laisse-les partir et ne t'avise plus jamais de t'approcher ni d'eux ni de moi !

Au moment de croiser les bras sur son torse, la lampe torche éclaire son visage par en dessous.

— Qu… quelles photos ? De quoi est-ce que tu parles, Riley ? Quant à la réunion avec tes parents, je te l'ai déjà dit : ce n'est pas moi qui l'aie convoquée mais Mme Felcher. J'ignore comme elle a eu vent de tes présumées mauvaises notes, je te le jure ! Enfin, qu'est-ce qui te prend ? Je ne comprends pas ce que tu me reproches ?

À gestes mesurés, il commence à déboutonner sa chemise qui dévoile la fine ligne rouge sur son cœur.

— Jamais je ne te mentirais, Riley. On a fait un pacte du sang, tu te souviens ? La police peut vérifier ce genre de choses de nos jours. S'ils nous traînent au poste tous les deux, ils verront bien que nous ne faisons plus qu'un.

Le souffle court, le cœur au bord des lèvres, je ne sais plus quoi penser. Je sors mon portable de ma poche pour ouvrir l'album en question.

— Tu t'es introduit dans ma chambre, dis-je, les mains tremblantes.

Il garde le silence un moment, le temps de prendre le téléphone et de parcourir les photos une à une.

— Tu as développé un tel talent pour embellir la réalité que tu ne parviens même plus à distinguer le vrai du faux, ricané-je. Ça te revient maintenant ?

Pour toute réponse, il pousse soudain un hurlement glaçant, presque bestial, et jette mon portable par terre avant de se précipiter vers la voiture.

— C'était toi ! crie-t-il à l'intention de Rob. C'est toi qui l'espionnais, n'est-ce pas ? Elle m'appartient ! Et dire que tu lui courais après depuis tout ce temps… Va au diable !

Avant que je ne puisse esquisser un geste, pousser le moindre cri ou tenter de le retenir, Alex tire une nouvelle boîte d'allumettes de sa poche.

Il en craque une qu'il balance dans la voiture rouillée… puis lance le reste de la boîte dans le vide-poches et claque la portière.

Je ramasse mon téléphone au sol avant de prendre la fuite aussi vite que possible sur des jambes flageolantes.

Les mains plaquées sur les oreilles, je me retourne au moment même où la voiture s'enflamme. Alex, lui, n'a pas bougé d'un pouce. Il regarde le véhicule brûler, observe ses victimes se consumer, dépérir lentement. Quand soudain…

L'explosion.

Une gigantesque boule de feu, aussi lumineuse que le soleil, éclate avec autant de puissance que le grondement de milliers d'armes à feu. Je tombe à terre, essayant tant bien que mal de protéger mes tympans.

Les yeux grands ouverts, je ne rate pour autant rien de ce qui se passe.

A good girl

Le souffle de l'explosion projette Alex en arrière.
Vers la falaise.
Puis par-dessus la crête.
Et soudain, il n'est plus là.
Alex Belrose, présumé mort, a bel et bien disparu.

Ce qu'il faut savoir sur Riley Stone :

- Quand Riley Stone a fait le récit des événements qui ont conduit aux meurtres auxquels elle a assisté aux officiers de police, à son avocat et au procureur, tous ont été frappés par la grâce et la dignité qu'a su conserver la jeune fille malgré l'ampleur du traumatisme enduré.
- Il a été conclu, après enquête, que Riley avait été manipulée et poussée à entretenir une relation tout à fait déplacée avec son professeur de français qui lui faisait du chantage aux notes (avec la promesse de meilleurs résultats si elle obtempérait).
- Des copies des photos présentes dans le téléphone de Riley ont été découvertes dans la boîte mail d'Alex Belrose.
- Les excellents résultats de Riley avaient bien été rétablis dans la base de données après le rendez-vous entre ses parents, Mme Felcher et M. Belrose.
- Les traces ADN relevées dans la maison des Belrose corroborent le témoignage de Riley selon lequel elle aurait passé beaucoup de temps dans ladite demeure.
- Tout au long de la procédure judiciaire, au cours de laquelle Riley a été interrogée de nombreuses heures afin de s'assurer de la véracité de son témoignage, tous ont loué la force et le courage de la jeune fille.

- Quand Riley Stone s'est mise à pleurer, tout le commissariat s'est joint à elle, y compris la procureur, qui a juré n'avoir jamais versé une larme en dix ans.
- La police n'a jamais su que c'était en réalité Rob Samuels – et non Kamea Myers – qui talonnait Riley pour la place de major de promotion. Il avait en effet été admis dans un cursus spécialisé qui lui aurait valu une augmentation significative de sa moyenne.
- Jacqueline Belrose avait commencé sa carrière de top model dès son adolescence et avait tout de suite rencontré beaucoup de succès. C'est lors d'un contrat de mannequinat avec une agence parisienne qu'elle avait fait la connaissance d'Alex Belrose qui étudiait alors à l'étranger.
- Le nom de jeune fille de Jacqueline était Brown.
- Riley possède un trépied spécial pour smartphone, qu'elle conserve soigneusement dans son placard. Elle se l'était procurée en solde au centre commercial et s'en servait pour tourner des vidéos qu'elle postait sur YouTube (ou pour prendre des photos d'elle-même tout au long de la nuit en mode automatique).
- Riley connaissait le mot de passe de la boîte mail d'Alex, laquelle était synchronisée avec son agenda électronique et son smartphone. Elle avait ainsi accès aux moindres détails de la vie de Belrose.

Chapitre 36

Après

Assise devant ma coiffeuse, je peaufine mon maquillage en attendant que Sandeep vienne me chercher.

Il a été tellement adorable ces derniers temps, avec tout ce qui s'est passé. Il m'a soutenue, s'est montré présent. Parfait, en quelque sorte. Je n'aurais pas pu rêver d'un meilleur petit ami. Ce soir, ce sera notre quatrième rendez-vous et je pense lui demander s'il a envie que notre relation devienne officielle. Que Riley et Sandeep forment une entité, un « nous ».

Au début, je n'étais pas certaine qu'il accepte de me revoir, surtout après le fiasco de la dernière fois, mais quand il a appris que j'avais été manipulée par Alex Belrose et découvert que ce dernier avait tenté de faire de ma vie un enfer, il a fait preuve d'une grande compréhension. Comment aurait-il pu en être autrement, d'ailleurs ? Tout homme bien aurait réagi ainsi.

Je finis d'appliquer mon mascara et, après un ou deux battements de cils, observe mon reflet dans le miroir. Rien ne trahit le fait que quelques semaines plus tôt à peine, j'étais une jeune fille harcelée par un malade mental, qui s'était persuadé que je l'aimais vraiment. Aucun indice ne révèle à quel point j'étais sans défense, ni que j'ai assisté à la mort de trois personnes.

Ou que j'ai ensuite fait la tournée de toutes les grandes émissions de télévision nationales pour parler de mon expérience. Ou que, peu de temps après, c'était mon tour de faire la couverture du numéro de *Cosmo* sur les « ados qui ont le vent en poupe ». On me dit courageuse. On parle de moi comme d'une héroïne. Et en réalité, je comprends pourquoi.

Toute autre personne n'aurait pas résisté à une telle pression, se serait laissée dévorer par l'angoisse.

Mais pas moi.

Je m'en suis sortie vivante. J'en suis même sortie major de promotion. Et s'il me faudra sans doute un peu de temps pour m'en remettre – ce qui en soi est parfaitement compréhensible –, tout ira bien pour moi, j'en suis convaincue.

Je suis une battante après tout.

J'ai bien sûr dû faire preuve de créativité concernant les détails afin que tout coïncide, mais ce n'est pas comme si ça avait une quelconque importance. Car contrairement à moi, Alex n'a pas survécu (sa chute du haut de la falaise a eu raison de lui). Je me devais donc d'être parfaite – comme je l'avais toujours été – il le fallait. Pour que tout se termine bien. Si Alex m'aimait vraiment comme il le prétendait, il aurait compris.

Penchée en avant, j'effleure du doigt la fine ligne rouge qui souligne ma paupière, là où un morceau de métal m'a frappée au moment de l'explosion de la voiture et ne peux réfréner une grimace. Ça me fait toujours mal. Et j'aurais sans doute une cicatrice. Mais ce n'est rien comparé à ce qu'Alex m'a fait subir. Rien du tout.

C'est regrettable pour la marque que je conserverai ma vie entière. Comme pour tous ceux qui ont dû mourir. Mais c'est tant mieux pour moi et tout ce que ça m'a apporté. Je suis en pleine ascension.

On frappe à ma porte : mon père entre avec maintes précautions, comme s'il craignait de me prendre par surprise.

— Chérie ? dit-il.

— Oui ?

Je lui souris dans le miroir.

— Ton ami est là, annonce-t-il d'une voix douce.

Ils me parlent tous ainsi désormais. Ma présence est remarquée quand je pénètre dans une pièce, ils s'assurent que je mange assez. Ils me sourient, avec un regard néanmoins voilé de tristesse, quand ils croient que je ne les vois pas.

— Merci, papa. Je descends tout de suite.

— Je vais le prévenir.

Mon père referme la porte.

A good girl

Je noue un ruban rose foncé dans mes cheveux et saisis mon tube de rouge à lèvres.

Je n'en mettrai pas trop, bien entendu.

Je suis une fille sage, après tout.

Ce qu'il faut savoir sur Riley Stone :

• Riley Stone est la perfection incarnée. (Demandez autour de vous.)

Remerciements

Tout auteur sait que le plus difficile à écrire dans un roman, ce sont les remerciements : tant de personnes, toutes aussi importantes les unes que les autres, prennent part à la création d'une histoire !

Merci, en premier lieu, à Michael Strother et à Jennifer Ung : Michael, tu es un éditeur fantastique qui a partagé ma vision de ce livre dès le premier jour. Merci pour ton soutien si précieux, j'ai pris un plaisir incroyable à concevoir cette intrigue avec toi. Jennifer, je te suis immensément reconnaissante d'avoir adopté ce livre et de m'avoir aidée à en tirer le meilleur. Tu n'imagines pas à quel point j'estime ta passion et ton implication envers ce roman.

À Melissa Edwards : merci d'avoir été aussi époustouflante et encourageante. Quelle chance de t'avoir pour agent !

À mes parents, pour leur présence indéfectible, leurs encouragements et leur aide à chaque étape. Merci. Je vous aime.

À Bethany et Suz, toujours aussi extraordinaires. Jamais je n'y serais arrivée sans vous.

À tous mes amis : merci d'être là pour moi et d'avoir été particulièrement présents cette année.

À Tammy Gibson, ma première lectrice – ton aide m'a beaucoup touchée !

À Teresa Kirchner, pour tous ses précieux conseils sur le cheerleading qui ont dépassé de loin mes attentes ! À Amy Ross, Carrie Straub et Aldo Wilson : merci pour votre aide en français !

Achevé d'imprimer en France en juillet 2018
par Aubin Imprimeur

Le papier de cet ouvrage est composé de fibres naturelles, renouvelables, recyclables et fabriquées à partir de bois issu de forêts plantées expressément pour la fabrication de pâte à papier.

ISBN : 978-2-37102-137-2
Dépôt légal : octobre 2017

Loi n° 49-956 du 16 juillet 1949 sur les publications destinées à la jeunesse, modifiée par la loi n° 2011-525 du 17 mai 2011

Numéro d'édition : 0056-026-01-02

Numéro d'impression : 1712.0116

LUMEN